文學小事

廖玉蕙教你
深度閱讀與快樂寫作

廖玉蕙 著

三民書局

自序

閱讀與寫作是一種心靈相互靠近的練習

多年前，國中生會考曾廢掉命題作文。其後，發現考試領導教學，廢考後，學生少了在課堂練習機會，似乎慢慢產生辭不達意的負面影響。經過有識之士多方奔走，教育部才在九十五年恢復加考作文。

施測幾年下來，逐漸又有廢考的聲浪浮現，主要是針對會考中心公布的寫作樣卷而來。認為這些得高分的樣卷除了賣弄文藝腔外，還做作、矯情，充斥陳腐的教條且常言不由衷，看不出有甚麼個人想法在內，純粹是沒話找話說而已，對語文能力的提昇，沒有實質的幫助（史英語），而且因為競相前往補習班接受機械式訓練，淪為作文考試的機器，反倒扼殺了學生的興趣與自主創作的可能性。這個說法，雖不無道理，但我以為對應的方法，廢考乃下策，只是消極的迴避；身為文學創作者及語文教育工作者，我想提供一些較積極的思考。

一般都以為學生作文和作家的創作，最大的不同是「無話找話說」和「有話要說」的區別，其實大謬不然。作家除了主動投稿的不吐不快外，如今的報刊雜誌，常有計畫性約稿，和國、高中的作文一樣，都是先有主題的。所以，作者也經常得面對「命題作文」的挑戰；但因為平日就養成多觀察、常動腦的習慣，自然會有許多的故事和想法儲存腦中，題目一出現，只要在記憶庫裡搜尋，常常就有所得。同理，學生想擺脫在考場上無話可說的窘境，當然也得在平日多所儲存。

我去學校演講時，常被學生問到「如果看到題目時，腦袋一片空白怎麼辦？」我總笑說：「所以，你現在就該練習如何讓腦袋不會一片空白的方法。」所謂的方法說來並不困難，一種就是老師經常都會強調的閱讀，另外一種我以為更實際，就是平日多放眼周遭，多聽、多看、多想，題材其實無所不在。有了粗胚的題材，在課堂上，師生一起切磋分享看到、聽到或身受的故事和閱讀書本的心得，然後，試著將它寫下，寫作其實不像想像中那麼難。

重點是，師生雙方是不是都有求知的動機？這裡所說的求知，包括知識的充實、討論技巧的汲取、凝眸注視生活習慣的養成。我以為對老師而言，教學經驗的分享是一條捷徑，應鼓勵老師多聽演講、多觀摩學習、多認真參與講習，集思廣益以豐富教學策略；對學生來說，閱讀與實作得雙管齊下，尤其是最新的考試趨向，強調有沒有能力去擷取資訊、統整解釋、省思評鑑，不再是把課本背的滾瓜爛熟，或生吞活剝就可以。

學生跟老師同步練習成長，我以為正是作文的目的，也是我覺得作文不應廢考的主要原因。

它可以讓我們藉由觀察體會人情、用時相討論來切磋琢磨，落筆時，謹慎學會歸納、分析，為生活中的所見所聞找個說法；而閱讀賞鑑若找到訣竅，等於間接習得表達手法的周延及優雅。

蘇東坡說得好：「橫看成嶺側成峰，遠近高低各不同；不識廬山真面目，只緣身在此山中。」正因為人生經驗各個不同，也許我看到的是嶺、你看到的真的是峰，我們不必忙著爭論，大家都走到對方位置上看一看，就一目了然；課堂上的討論，一旦援筆寫下，就是觀看、理解、深思後的沉澱，是相互靠近的練習。用筆寫下文章，比光用語言討論，多了些細膩，少了點莽撞，學習作文就等同學習做人。

我一向強調任何的學習都應該是為了讓生活更容易，以往台灣的作文教育卻似乎背道而馳，常聚焦在複製佳句格言和辭彙的華麗豐贍上，把學生困在修辭的牢籠裡，這由所選出的五六級分樣卷可以看出。但實際上，一篇好的文章，通常需要具備真摯無偽的情感、豐富深刻的思想和翻新出奇的手法，有些老師的教學卻常只是要學生遵循起承轉合的套式並多加記誦；尤有甚者，記取一套模稜兩可的詩性語言，不管任何題目都東拉西扯硬性套用，這樣的文章在我的大考評閱經驗中經常遇到，既無「新意」、更乏「心意」。作文沒有創意，不管內容或形式都是一種墮落，如此的作文教學，不但是無謂的浪費，甚至是應該接受撻伐的投機。

每年發布的學生作文樣卷，確實常存在某些厭套，但國中、高中相較於長長的一生，都只是正在起步，能寫到那樣也不是容易的事，問題在於範文的取樣過分偏重誇飾的修辭，這正反映出如今文壇的現況。學術界總是偏愛雕琢奇巧，中文系對現代文學的研究也總挑那些謀篇裁章或字斟句酌的作者，因為存在看似創新的技術在裡頭，比較有文學理論套用的空間，研究者較有發揮的餘地，這基本上也不是太壞的事。今日寫出字斟句酌文章的十五歲少女，只要不是太離譜，就算偶或有些過度文藝腔調也還無妨，也許將來經過歲月更多的琢磨，去其浪漫稚氣，就類似搖曳生姿的簡媜體文學。我們也不必以五十歲的成熟來審視、批判十五歲的天真。

文章自古以來就分兩派，一派簡樸，一派雕飾，讓學生知道作文不只有華麗的辭藻才能取勝，修辭過當跟內容陳腐都同樣惹人討厭，這點非常重要。若在閱卷或提出樣本時能兼顧二者，不要獨沽一味，讓情感真摯，想法有創意者，雖文筆樸拙，也同樣能得到知音的賞鑑，學生就不必盲目勤跑補習班，或動輒邀請名人出來助陣，只要充實知識並認真體驗、觀察生活即可。當寫出真性情的樸素文章也受到肯定，誰還需要用溢言曼辭入章句？當娓娓道出自己深思過後的想法，容或意見有些青澀，也能博得青睞時，學生又何需用諂笑柔色來揣摩閱卷者的愛憎？慢慢的，寫作風氣就會反璞歸真，作文就不再成為謊言競技場。

當然，既然是作「文」，就有別於口語，適度的文飾還是必要的。但文飾未必得全靠藻飾，以學生的一篇文章為例：古早貧困年代，父親出外謀生，母親臥病在床，舉家全靠祖母守著一間早餐店維生。一日，老師宣布要跟隔壁女生班合辦烤肉活動，但每人需繳一百元烤肉費。祖母以手頭不便為由拒絕，國一年紀的他，感受巨大的失落，也以拒絕晚餐抗議。次日晨起，心猶懷恨，忙碌的祖母見他下樓，朝他說：「出去玩要注意安全，錢放在廚房桌上。」他跑進廚房一看，「一百塊就放在桌上。」後來，那句話被修改成：「桌上躺著兩張皺皺的五十元。」一百元變成兩張皺皺的五十元，祖母做小生意的辛苦便躍然紙上。（就好像光說：「醫生是個良心事業」，就不如「當加護病房的門關上以後，就看醫生的良心了」來得有感且動人。）但也有學生反映「既然如此，何不逕自改為一百個銅板，凸顯更甚？」

作文的高下評比，往往就是「一張一百元」、「兩張皺皺的五十元」和「一百個銅板」的斟酌選擇。文學的手法過猶不及，如何得乎其中，往往是寫作琢磨的細微眉角，雖然文字同樣平實，色澤卻呈現出不同的亮度。

筆者長期在國中、國小的教師團體中，和老師相互切磋語文教學策略，也在編譯館（現名國家教育研究院）參與國小課本的審查工作，對目前的台灣語文教育有較多的觀察，也積累一些想法，一直希望能有較為完整的時間將它做更周延的思考、歸納，並形諸文字，以提供更多老師和學生參考，達到切磋琢磨的功效。

本書將分為四輯，分享自身教學及寫作經驗，提供實際操作策略並例舉最新文體。

第一輯〈文字結巢——文章的鑑賞策略〉側重閱讀策略的觀摩。選擇的文章，風趣幽默或深沉悲傷兼具，作具體的鑑賞並及教學策略的運用。篇幅則囊括短製、長篇。體裁以散文為主，既分析作家的字句鍛鍊與謀篇裁章功夫，也分享文章涵蓋的情意開發過程，揭示不同的鑑賞視角與面相。以漸進式方式呈現，除了文章的鑑賞之外，後幾篇還列討論題綱，甚至旁及寫作之旨。最後還以專書的閱讀為例，提供本人實際閱讀時所採取的方法，以就教愛好文學的同路人。

第二輯〈文字行走——觀念釐清與論說文寫作示範與提醒〉收錄的文章，是應《聯合報·四版·名人堂》之邀的專欄寫作，不止針對目前教育的沉痾，提出另類的觀察，也對教育現場的諸多實質問題，譬如：教育目標、抱持心態、教學方法及文學教育的生活化提供意見；甚至有小提示，解說論說文寫作的重點方法；邊闡述文學意見，邊和讀者切磋論說文寫作方法。

第三輯〈文字編織——寫作練習策略〉著重作文方法的探討。這部分可以說是近年來教學、評審的成果展示。這是繼本人前些年所寫《文字編織——讓寫作變容易的六章策略》後，再次就寫作策略提出新的實用建議，以學生及我個人的作品為例，說明寫作時如何尋找、揀選、刪汰題材，進而如何謀篇裁章；創作時可能遭遇的困難及排解困難的方法。老師在寫作教學時，不妨在課堂上實際試試，應該會有驚喜的發現。尤其新課綱推陳出新，考試內容有了革命性的修改，開始以閱讀理解策略為基礎，將來各式統計圖表或圖畫入題，是必然趨勢，學生如何讀懂並在短時間內摘出重點，加以歸納並建構議論架構，在這輯裡也可以循線自我練習。

第四輯〈文字流動——文學與生命養成經驗〉分成兩部分。第一部分提供自身文學與生命養成經驗——包括閱讀與寫作經驗、個人的生命關懷，我如何學習悅讀，如何養成樂學、勤寫的習慣。第二部分是〈答客問〉。這部分，有些來自高雄鳳新高中「與作家面對面」的演講時，對學生提問的即席答覆；另一部分則是在《聯合報．副刊》擔任駐版作家時，讀者對我的提問。所有的發問，都針對我的演講或所發表的文章延伸出去的，可以看出這些問題都是學生及讀者對我之所以成為老師或作家的職涯好奇與探求。所以，也整理出來，做為本書的附錄。我將駐版的讀者和學生提問混合，重新分成兩類呈現，以供喜愛閱讀與寫作且關愛生命的讀者們參考。這些精彩、深刻的提問，因為年深月久，已無法尋得提問人的聯絡方式，謹在此深致謝意。

本書的編輯目的在彰顯不管閱讀或寫作，其目的無非是為了讓生活更容易，如果僅是注視飣餖字句的解釋或在細微的修辭辨識上著力，無疑是走了偏鋒，只有增加學生學習上的厭惡。讓語文教育回歸家常，簡單且實用的聽、說、讀、寫吧！

為了壯大本書聲色，我特別邀請了十位第一線的國、高中優質教師掛名推薦。有的是我最親近與信賴的學生；有些是推廣閱讀與寫作最力的教師。他們遍布台灣各地，多半在教學上得獎無數：如榮獲二十一世紀上升星座散文三十家、師鐸獎、SUPER 教師獎、特殊優良教師、杏壇燭光獎、教育創新一〇〇、閱讀典範教師、愛學網創新教學媒體特優……等不一而足的榮耀；而不論得獎與否，經過我長期的觀察，他們的共同特色是能說、擅寫、樂教，深受學生喜愛。謝謝他們在我提出邀約之時，毫不猶豫地欣然允諾，我為擁有這樣的榮寵而感動，也為台灣有如此優質的教師為國文教學不停研發教學策略、熱情不減地一起努力而慶幸。

目次

自序　閱讀與寫作是一種心靈相互靠近的練習

第一輯　文字結巢　◆文章的鑑賞策略◆

前言：多元解讀的能力從何而來？　2
少年王冕如何布局他的人生？　吳敬梓〈王冕的少年時代〉　4
從極短篇看人生悲喜　C大調賦格〈天使與軟糖〉渡也〈永遠的蝴蝶〉　17
未知的恐懼　雷驤〈小書〉　30
宛如一張設色淺淡卻情味深長的水彩畫　王盛弘〈種花〉　39
時光過於抽象，流速過於安靜　黃信恩〈時差〉　51
一齣高潮迭起的清新家庭劇　黃宏春〈聚〉　62
一場照護他人與自我療癒並行的夢境　陳柏瑤〈燒燙傷加護病房〉　75
閱讀一本書的幾個策略　蔣勳《孤獨六講》　83

第二輯

文字行走

◆觀念釐清與論說文寫作示範與提醒◆

序　言　98

觀察與觀念

從開口到閉嘴　100
承認人有未盡之處　103
不過是醜些罷了！　107
語言邏輯的錯亂　110
尊重和誠信的教養觀　113
弱勢與偏鄉果然都偏遠　116

省　思

只有一個答案嗎？　119
我們就該這樣長大嗎？　123

跟孩子站在同一邊 126
溫柔對待 129
傳統旗袍與現代的作文 132

閱讀

學習掌握語言的「眉角」 135
朗聲尋找最準確的字句 138
為你朗讀 141
推廣閱讀的另一種可能 144
凝眸注視生活 147
不是放棄，是珍愛和疼惜 150

寫作

看見生活裡的繁花盛景 154
作文不妨從尋常親切處入手 157
時間將屆的按鈴響起之後 160

說小故事與講大道理　163
寫出文章的真精神　166
更具前瞻性的作為　169
請鼓勵學生寫些真話吧！　172

實踐

為愛相隨　175
款款捲起細緻的浪花　179
雨中的飯局　183
「傾聽」的溫柔實踐　186
許孩童一座天然的親子森林　189

第三輯

文字編織

◆寫作練習策略◆

從粗豪中找到細緻——擴寫的方法　194
銜接無間的節奏掌握——續寫的策略　209

輕鬆看電影，用心寫文章 214
添枝加葉或翻案補恨——古典與歷史改寫 228
視覺與感覺的結合——看圖說故事 243
腳踏四方，文寫八面——報導的撰寫 253
紙短情長——極短篇 261
長話短說——簡訊寫作 267
以殊相寫共相——親情散文 271
有關學測作文的十四點叮嚀 277

第四輯 文字流動

◆文學與生命養成經驗◆

開窗放入大江來——我是如何學習悅讀、樂學、勤寫 286
答客問 294
閱讀與寫作心得 294
生命關懷 303

第一輯

文字結巢

文章的鑑賞策略

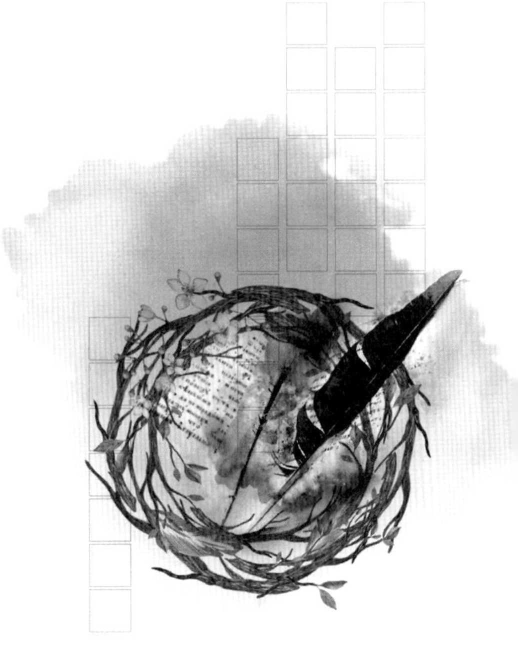

前言：多元解讀的能力從何而來？

文學的魅力與功用無分古今，也無分白話或文言，重點是如何提昇學生上課的興味，讓學生在走進國文課的教室後，樂在其中。而吸引學生投入課程的要訣，就是讓文章和他發生關聯，或對他有所啟發，讓學生覺得讀的不只是作者個人的心事，也可能成為我將來的問題；即使是古文，也絕不是和我毫不相干的古人專利，對我們現代人來說也親切實用。老師要有能力旁徵博引、歸納分析，讓學生既看熱鬧，也看門道。

其次，光是老師站在講台上滔滔不絕是一點用處也沒有的，一定得設法讓學生一起來參與。所以，討論是必須的。讓學生也有表達意見的機會很重要，當然，面對文學作品，為人師者必然有屬於自己的主觀看法，但詮釋應該容許多元的可能，心裡絕對不能只有一個答案，認定「順我者昌，逆我者亡」的老師，只會使得討論徒託空言，最終還是淪為個人的喃喃自語。所有的知識，都只有在通過腦子思考過後，才會沉澱在心底。親愛的老師！你有讓學生在課堂上用過腦袋思考嗎？

教學方法其實應該因人而異，每位老師都有屬於個人的特殊策略；教師之間，如能相互觀摩、彼此切磋，相信在教學成效上必有所長進。以下謹提供一己之得，就是基於切磋琢磨的考量，敬請同行斟酌參考並不吝指正。

少年王冕如何布局他的人生？

前言

從國文課裡，你學到甚麼？基本的聽、說、讀、寫之外，國文課對你的人生有甚麼樣的幫助嗎？在一次的閒聊中，一位學生聳聳肩回答：

「不過就是應付考試罷了！」

當我舉國中課本上〈王冕的少年時代〉為例，請教他們的印象時，大夥兒異口同聲：「應該是寫王冕勤奮向學的經過吧！」

除此之外呢？

「除此之外？」學生搔首踟躕，勉強擠出「好像是畫沒骨荷花的吧！」

「王冕的少年時代干我甚麼事！我自己的人生都搞不定了！我管古人王冕幹甚麼！」一位激

憤的學生忽然負氣地回答。他開始抱怨國中課本裡選的這篇〈王冕的少年時代〉，跟其他的古文一樣，除了樣本的、討人厭的「勤奮向學」主題之外，實在想不起來王冕的人生跟現代的他有甚麼關係。

「我幹嘛得浪費時間去念它！」

王冕的少年時代果真和現代的我們沒有關聯嗎？為甚麼國中生需要讀這一課呢？這件事有意思！且讓我們一起來複習一下這篇課文吧！

古典小說範文

王冕的少年時代

吳敬梓《儒林外史》

元朝末年，出了一個嶔崎磊落的人。這人姓王名冕，在諸暨縣鄉村裡住。七歲上死了父親，他母親做點針黹供他到村學堂裡去讀書。

看看三個年頭，王冕已是十歲了，母親喚他到面前來說道：「兒啊！不是我有心要耽誤你，只因你父親亡後，我一個寡婦人家，年歲不好，柴米又貴，這幾件舊衣服和些舊傢伙，當的當了，賣的賣了，只靠我做些針黹生活尋來的錢，如何供得你讀書？如今沒奈何，把你雇在間壁人家放牛，每月可得幾錢銀子，你又有現成飯吃，只在明日就要去了。」王冕道：「娘說的是。我在學堂裡坐著，心裡也悶，不如往他家放牛，倒快活些。假如要讀書，依舊可以帶幾本書去讀。」

當夜商議定了，第二日，母親同他到間壁秦老家。秦老留著他母子兩個吃了早飯，牽出一條水牛來交與王冕，指著門外道：「就在我這大門過去兩箭之地，便是七泖湖，湖邊一帶綠草，各家的牛，都在那裡打睡。又有幾十棵合抱的垂楊樹，十分陰涼。牛要渴了，就在湖邊飲水。小哥！你只在這一帶玩耍，不可遠去。我老漢每日兩餐小菜飯是不少的，每日早上還折兩個錢與你買點心吃；只是百事勤謹些，休嫌怠慢。」他母親謝了擾，要回家去。王冕送出門來，母親替他理理衣服，口裡說道：「你在此須要小心，休惹人說不是；早出晚歸，免我懸念。」王冕應諾，母親含著兩眼眼淚去了。

王冕自此在秦家放牛，每到黃昏，回家跟著母親歇宿。或遇秦家煮些醃魚、臘肉給他吃，他便拿塊荷葉包了，回家孝敬母親。每日點心錢也不用掉，聚到一兩個月，便偷個空走到村學堂裡，見那闖學堂的書客，就買幾本舊書，逐日把牛拴了，坐在柳樹蔭下看。

彈指又過了三、四年，王冕看書，心下也著實明白了。那日正是黃梅時候，天氣煩躁，王冕放牛倦了，在綠草地上坐著。須臾，濃雲密布，一陣大雨過了，那黑雲邊上鑲著白雲，漸漸散去，透出一派日光來，照耀得滿湖通紅。湖邊山上，青一塊，紫一塊，綠一塊；樹枝上都像水洗過一番的，尤其綠得可愛。湖裡有十來枝荷花，苞子上清水滴滴，荷葉上水珠滾來滾去。王冕看了一回，心裡想道：「古人說：『人在畫圖中』，實在不錯；可惜我這裡沒有一個畫工，把這荷花畫他幾枝，也覺有趣。」又心裡想道：「天下那有個學不會的事？我何不自畫他幾枝？」

自此聚的錢不買書了，託人向城裡買些胭脂、鉛粉之類，學畫荷花。初時畫得不好；畫到三個月之後，那荷花精神、顏色，無一不像；只多著一張紙，就像是湖裡長的，又像才從湖裡摘下來貼在紙上的。鄉間人見畫得好，也有拿錢來買的。王冕得了錢，買些好東西去孝敬母親。一傳兩，兩傳三，諸暨一縣，都曉得他是一個畫沒骨花卉的名筆，爭著來買。到了十七、八歲，也就不在秦家了，每日畫幾筆畫，讀古人的詩文，漸漸不愁衣食，母親心裡也歡喜。

文章賞鑑

一、母親的眼淚和兒子的體貼

套句現代的說法，少年王冕生長在所謂的「單親」家庭。父親在他七歲時亡故，母親做點針黹供他讀書。三年後，母親心餘力絀，無力撐持，只好讓王冕輟學去隔壁秦老家放牛打工。王冕欣然同意，次日，母親帶他到秦老家，交代過後，含著兩眼眼淚去了。

文章到此，我們尋到幾個切入點，可能跟現今國中學生可以產生連結的。詩有詩眼，文有文眼。首先，我們先找到這段文章的文眼「母親含著兩眼眼淚去了」一句。我以為如果國文老師教授這篇課文，讓這「兩眼的眼淚」輕易放過，便是失職。兩眼的眼淚，寫盡一位母親對無力供給兒子讀書的無奈和對兒子必須中輟打工維生的不捨。類似這樣的關鍵字，在教書時，如果沒有特意拈出，學生很容易一眼掠過，而這正是學習的重點所在。

其次，當母親向王冕表明次日就得勞煩他輟學打工時，王冕回說：

「娘說的是。我在學堂裡坐著，心裡也悶，不如往他家放牛，倒快活些。假如要讀書，依舊可以帶幾本書去讀。」

王冕的回答，充分顯示他的體貼孝順。我們將心比心地想，自家會讀書、喜讀書的孩子，因為家境清寒，無法和別人家的孩子一起去上學，母親的深自內疚，可想而知。善體人意的王冕不但沒有表示不滿，為了讓母親不要太難過，還佯裝不在意，甚至提出既能照顧生活、又可進修上進的兩全方案來寬慰母親，王冕的體恤用心，不言可喻。

二、成熟的溝通示範

接著，再來檢視這位王媽媽的溝通方式。我們可以想像一下，現今的單親家庭的媽媽，如果是跟王冕的母親遭遇一樣的困境，在支撐不住的狀況下，必須向成績不錯的孩子開口，希望他放棄學業，去7-12打工以減輕家裡的負擔，她也許會拗不過內疚的煎熬，反倒惱羞成怒地恨聲斥責：

「你以為你家有錢啊！一天到晚只會杵在那兒死讀書啦！也不會想辦法去打工幫忙嗎！家裡是我一個人的嗎？就讓我像牛一樣做到死你就開心了！是不是？」

王冕的媽媽不同，她在這方面作了非常良好的示範。她喚來王冕，跟他說：

「不是我有心要耽誤你，只因你父親亡後，我一個寡婦人家，年歲不好，柴米又貴，這幾件舊衣服和些舊傢伙，當的當了，賣的賣了，只靠我做些針黹生活尋來的錢，如何供得你讀書？如今沒奈何，把你雇在間壁人家放牛，每月可得幾錢銀子，你又有現成飯吃，只在明日就要去了。」

千萬不要小看這一段話，話裡呈現一位明理母親的良好且有效的溝通。她首先清楚地跟孩子說明家裡所面臨的窘境：家境不佳——父親早死，外在的環境困難——物價高、經濟不景氣；其次剴切表明她所做過的努力：除了設法典當舊衣物外，自己也一直勤作針黹，賺取微薄之資。雖則如此，生活依舊撐不下去。接下來，她坦然示弱說：「如今沒奈何」，只能尋求兒子協助，提出讓他到隔壁放牛抒困的方案，情詞懇切、條理分明，相信再是桀傲難馴的孩子，也會為母親的誠懇坦率而興起同舟共濟的決心吧！

三、接受命運卻不容擺布

文章的下半段，敘寫王冕上工後，日日早出晚歸。遇到雇主煮了好吃的食物給他，他總不忘用荷葉包了回家孝敬母親。點心錢點滴存下，也信守對母親的承諾，買書帶到放牛的柳樹下閱讀。一日，天氣煩躁，一陣大雨過後，湖邊山上被一派日光照得像水洗過似的，綠得可愛，湖裡十來枝荷花苞子上清水滴滴，荷葉上水珠滾來滾去，好不有趣！於是，突然發心畫下。沒料到無心插柳柳成蔭，竟從此將荷花畫得維妙維肖，像是從湖裡摘下來貼在紙上似的，引得縣人競相爭購，王冕終於脫離放牛生涯，得以賣畫維生，讓母親感到無限的欣慰，選文到此結束。

這部分著墨於王冕如何面對困難，開創新局。一般在遭遇和王冕一樣的困境時，內向的孩子，難免要自怨自艾一番；外向點的也許要大大地怨天尤人。然而，少年王冕並沒有因為學堂教育上的挫折而灰心喪志，他坦然接受坎坷的命運，也許羨慕同儕能繼續在學堂讀書，卻不因此怨恨母親的無能或自己命運的乖舛。他接受不能繼續在學堂受教的現實，卻沒有一刻放棄喜愛的書本，仍舊千方百計和書本保持聯繫，攢錢購買較便宜的舊書。雖接受現實，卻絕不向現實低頭，他將孜孜求知的課堂搬到柳樹蔭下、綠草地上，沒有甚麼困難能阻攔他求學的心願。所以，經過三、四年的自學，王冕的學問自然有了進步。久處貧困的王冕雖然年紀輕輕的，卻清楚「人生不如意事，十常八九」，知道接受現實才是應世的好方法，坐困愁城根本無濟於事，要趕緊收拾沮喪的情緒和遺憾握手言和，才能心平氣和地繼續前行，也才有機會看到人生其他美麗的風景。而現今的學生如果因為閱讀而有所領悟，進而見賢思齊，這才是讀書的積極作用。

四、天下那有學不會的事？

王冕的另一個足資稱道的德行就是不服輸且勇於嘗試、積極挑戰的個性。從來沒有繪畫經驗的他，在放眼天光雲影之際，心血來潮，不禁興起將它入畫的念頭。對他而言，繪畫堪稱全然陌生的經驗，他不但沒有裹足不前，反倒不服輸地認定：「天下那有個學不會的事？」大膽將辛苦攢來的錢投資到胭脂、鉛粉上，不料，竟為自己的人生開創了第二個春天。因為境由心轉，王冕轉而看到了美麗的天光山色；因為勇於嘗試，他接觸了不同的興趣；因為不輕易屈服，他開啟了潛能、成就了新事業。王冕的成功不是僥倖，他個性樂觀、好奇、自信，灼灼凝眸周遭環境，尋找機會，進而把握機會，這在在都是成功的祕訣。這樣的小說不是空造的神話，是植基生活的寫實文學。我們常發現很多人一直到退休後，得空提起筆，才知道自己原來頗有美術方面的潛能，或在書法上挺有天分，或潛藏寫作的長才。只有勇於嘗試的人，才會及早發現新天地，為自己的人生開拓更多的可能。

總之，〈王冕的少年時代〉文章的前半部，讓我們見識到子女的穎悟體貼、母親的不捨心情和一場零缺點的溝通。

五、情緒管理及挑戰、創發能力

文章的下半段所呈現的是王冕的情緒管理及挑戰、創發能力。如果上課時能讓學生有充分的思考和討論，必能由此逐漸建立他的正確人生觀與思想體系。類似王冕的困頓，不管是家庭問題或情緒問題，都是當今國中階段的學生可能會有的遭遇，讀這課書，可以藉機讓他們及早反思自己的親子關係，體恤大人的困難，並學習應對進退之道，成為一個多情又講理的人，甚至能進一步學習溝通協調的策略，這是國文課裡的情意開發，是國文教學中相當重要的一環。而由此看來，文章裡的人物或作者，不管身處元代或清代，其實，他們要解決的人生問題和現代殊無二致，這是我們讀經典的意義。經典之所以為經典，往往就是因為它放諸四海而皆準。

六、小說的虛構

另外，既是國文課，文學的閱讀自然不只侷限在上述的人生啟蒙，挖掘文學之美與情趣韻的文學魅力，自然也是學習的重點所在。

在史實裡，確有王冕其人。在宋濂與朱彝尊為王冕所作的傳記中，曾記載有一回王冕在放牛的時候，偷偷跑去學堂聽人讀書，把牛都給忘了。回家後，被父親狠狠揍了一頓。由這個故事看來，王冕被迫去放牛時，父親仍然健在。但是，在吳敬梓的小說裡，卻更動史實，將王父的逝世提前到王冕七歲那年，以強化王冕與母親相依為命的孤苦及年幼處困境而不為所屈的精神，並形塑了一位讓人印象深刻的堅強母親。雖然傳記裡的王冕自小好學不倦，但作者顯然有更大的企圖心，何況小說裡就算捨去了這段失牛的經歷，仍然沒有減損王冕好學的程度，卻深度強化作者想要凸顯的王冕的孤苦遭遇及堅強受挫力。有時，改編小說的虛構、渲染細節，往往比真實的部分更加撼動人心，譬如我們熟知的《三國演義》精彩片段借東風、空城計、華容道上放走曹操……等，都是屬於三分虛構的部分，較諸其他那七分的史實更加吸引人且廣為大眾熟悉，由此可以見證文學強大感染力。

七、文學的潤澤

《儒林外史》採用了「雖云長篇，頗同短制」的獨創性結構。不像《紅樓夢》中，以寶釵黛三人的戀情為主軸，貫串全書；也不似《西遊記》以唐僧、悟空、沙僧及豬八戒一路過關斬將，邁向取經之路。故事裡的近兩百個人物牽牽絆絆，逐一逐批出現又逐一逐批退場，沒有貫串全書的主要角色、主要線索或中心人物，雖有利於反映各階層的生活，卻也因為缺少主幹，結構顯得較為鬆散。但是，正如魯迅先生所說，「如集諸碎錦，合為帖子。雖非巨幅，而時見珍異」。當它以單篇呈現時，卻往往言簡意賅，靈動深刻。〈王冕的少年時代〉的動人，可於幾句生動的對白見出。母親的俐落條陳中夾帶無限的自責；王冕的回答裡盡是溫柔的體貼；即使是只出場講一段話的秦老，讀者也能憑藉其聲口特色，摹想其人格。他說：

「就在我這大門過去兩箭之地，便是七泖湖，湖邊一帶綠草，各家的牛，都在那裡打睡。又有幾十棵合抱的垂楊樹，十分陰涼。牛要渴了，就在湖邊飲水。小哥！你只在這一帶玩耍，不可遠去。我老漢每日兩餐小菜飯是不少的，每日早上還折兩個錢與你買點心吃；只是百事勤謹些，休嫌怠慢。」

三言兩語，將工作的實質內容與待遇交代得簡淨完整，埋伏下其後他和王冕的長久深刻交情，也凸顯他的幹練熱情。而一些小細節的鋪敘，也為文章增色不少，譬如王冕上工的第一天，母親送他前去秦老家，回去時，王冕送出門來，母親邊交待「早出晚歸，免我懸念」，邊「替他理理衣服」，接著含淚離去。看似尋常，卻是以小摹大的高明手法，這理衣、叮嚀加上含淚離去的一連串動作，母親的愛便栩栩如在眼前了！「替他理理衣服」的情境描繪，是小說的點染之功，是文章由「故事」提昇至「小說」的關鍵；而對王冕孝順母親的描寫，吳敬梓也不厭其煩，王冕先是隱藏自己失學的痛苦佯裝豁達，繼之將主人給他吃的醃魚、臘肉包回給母親吃，最後，王冕賣畫得錢，總不忘買東西孝敬母親，將王冕孝順的行為再三旌表，以緊扣題旨，也是毫不含糊的地方。讀小說，能具體分析作者寫作策略，就是間接指導學生找出作文的方法。

八、以數位呈現藝術之美

文章中，提到王冕成為一個畫沒骨花卉的名筆。「沒骨花卉」脫胎於「沒骨山水畫」，是唐代的畫家楊昇的畫畫特色。無論畫山、畫石、畫樹，都不用先勾勒輪廓，也不用皴法畫分凹凸及陰陽面，而是直接用不同顏色表現遠近、明暗，來點出大叢樹葉。其後，五代徐崇嗣所畫的花草蟲魚也是直接調色畫出花瓣、枝葉，再用細筆畫花蕊、點花粉。課堂上除說明沒骨派畫作源流，也可利用數位化的作品呈現，讓學生比較各種畫派的作品。甚至，王冕後來轉而以畫梅成家，他所畫的墨梅圖，精彩萬分，都可以趁機讓學生們觀賞。而王冕喜歡在畫作上題詩，在觀賞的過程中，還可以順便解說中國詩畫合一的繪畫傳統，讓學生接觸文學的同時，也能濡染藝術的氣息。

結語：既看熱鬧，也看門道

吳敬梓的文字相當淺白易懂，不須太多的解說，文字的表象意義就能明白，頗適合國中生閱讀。〈王冕的少年時代〉基本閱讀上應該沒有太大的困難，但文章的深層意義的蘊藉，卻有賴經驗豐富的老師作為作者和學生的中介，不只讓學生看出熱鬧，更要讓他們看見門道。前述人生問題的諸多釐清與應對是其一；小說的虛構與文學的潤澤是其二；「沒骨花卉」的源流、畫法的介紹及畫作的展示是其三，加上傳統的作者生平及《儒林外史》寫作要旨的說明。上完一篇古典小說，學生既可穿梭古今，優游文學與藝術的殿堂，又能觀賞數位呈現的畫作，調解文本的單調，而因為老師容許多元的詮釋，學生必然樂意參與討論，教學現場的活潑、熱鬧可想而知，要學生不喜歡上國文課也難！我們的國文的確亟須搶救！但在文言、白話的比例上角力恐怕是走錯了方向，我期期以為應該先從老師的教學方法與品質的改善開始著手才是上策。

從極短篇看人生悲喜

前言

文學的鑑賞角度多元，教學策略也該因應內容而有所調整。質樸的文章，不事雕琢，可能在情感的共鳴及思想的高度上有其卓越之處，教學上，可在情意開發、思維條理上多所用心；若是詞章華麗、意象較為繁複的美文，則可以讓學生多加認識其謀篇裁章或字句鍛鍊之道。如此多方照應，日積月累，既體會了人情世故的微妙複雜，也學會了讓文學越發豐贍的美好手法，達到文學教育的多元目標。

其次，語文教學應該注重累進的功效，讓每一次的學習既能複習先前的學習成果，又能找出更多的新視野。然而，學校教材要照應的地方太多，或許在這樣延展上無法有讓人滿意的呈現，這時，老師的重要功能性就出現了！平日有持續閱讀習慣的老師，就比較能配合課本內容，自行找到適當的相關課外教材，加以補充，讓從課本學到的知識或技能，得到多方練習機會，進而開發出更多元的解讀技巧。

以下，就以網路徵文得獎作品C大調賦格的〈天使與軟糖〉和詩人渡也的〈永遠的蝴蝶〉兩則極短篇小說為例，談談美文教學可以採用的策略：

極短篇範文一

天使與軟糖

C大調賦格

到我掐斷那細嫩的脖子，其間也不過短短幾十秒而已。

幾十秒，就是那樣，她從我指縫永遠地溜走了，像隻初春的黃蝴蝶。

那時，秋天才剛降臨，我帶她上山，代價是一顆紅色軟糖。那天她穿藍白相間的小洋裝，綁鑲有彩色玻璃珠的髮圈。我牽著她的小手，「多麼可愛的小女孩啊！」路人說。是啊，多麼可愛的小女孩。她向我伸出手比了個「五」，我才和她差三十歲而已。

我像個初戀的少年牽著她的小手，在別人的眼裡，我們就像一對父女吧。秋天的太陽斜斜地映在她略帶金茶色的頭髮上，霎時山嶺彷彿成了童話中的城堡。我抱著她坐在一片芒草前，「妳喜不喜歡叔叔？」「喜歡啊！」「為甚麼？」「媽媽罵我。」「那就不要回去了。跟叔叔走，好不好？」

天空漸漸變成灰色，夕陽綻放餘暉。

「我要回家了。」她推開我說。

「為甚麼？妳不喜歡叔叔嗎？」

「我要回家吃飯了。」

「妹妹，別走……」

她甩開我的手，「我要回家！」

「妹妹，別走！」

就是那麼突然，我也不知道為甚麼會這樣。我抓住她的手，緊緊的。她開始掙扎，不知怎地我就放不開，「媽媽——媽媽——」她尖叫，我摀住她的嘴，一手掐住她脖子，「妹妹，不要叫……」

然後就是那樣了。周圍沒有任何人，我看見芒草慢慢、慢慢變成藍色。

後來，我同樣以一顆軟糖帶走了好幾個小女孩，但都沒有第一次那麼動人。該說的我都說了，其餘就交給法庭吧。你能相信嗎？沒有理由，沒有原因，就在初秋的公園，我遇見一位可愛的天使……

（本文為《聯合報》網路徵文得獎作品／主題「我的第一次」／極短篇小說）

文章賞鑑

一、極短篇的定義與基本條件

極短篇是以最少的文字，表達最大的內涵，使讀者在幾分鐘內，接受一個故事，得到一份感動和啟示的小說。所以，篇幅較諸一般的小說為短，約莫五六百字到一千五百字間。除了篇幅短之外，它還必須有一個讓人驚奇或震撼的結尾。〈天使與軟糖〉文長五百餘字，結尾才揭曉是連續殺人慣犯的法庭陳述，因此，兼具「短」和「驚奇」兩個條件，是典型的極短篇。

二、寫作策略的分析

1 用反差效果造成驚悚

文章選自《聯合報》網路徵文的得獎作品，主題是「我的第一次」。大部分的投稿者多環繞在上學、戀愛、生子及生離死別的議題上。這篇文章雖寫死亡，卻不是如大多數人所寫的和親人死別，而是反過來描摹置人於死地的連續殺人犯，題材上掌握了新意。

仔細端詳這篇文章的寫作策略，是由極歡樂寫到極慘痛、用極明朗襯托極灰暗。故事的起始，無論是變態男子自認的初戀的少年牽著女孩的小手，或是別人眼裡的一對父女攜手相偕上山，在類似童話城堡的山頭上聊天，畫面都十分溫馨感人，但隨之而來的卻是極為可怕的失手殺人，作者特意用甜蜜凸顯殘酷，用反差效果來造成驚悚。

2 用顏色變化醞釀氛圍

除了情感上的轉變外，顏色的變化也是關鍵。文章的前半部堪稱色彩繽紛：黃蝴蝶、紅色軟糖、藍白相間的小洋裝，綁鑲有彩色玻璃珠的髮圈、金茶色的頭髮；下半部卻急轉而下，轉成暗沉的「天空漸漸變成灰色」，甚至是代表憂鬱的「芒草慢慢、慢慢變成藍色」。顏色由明朗而暗沉、憂鬱，正和文章的內容的氛圍相應和——由變態男子的絢爛狂想到殺人事件的灰色，到面臨審訊的憂鬱藍色。

3 以關鍵句掌握文章的旨意

另外，詩有詩眼，文有文眼，掌握關鍵的文眼可以快速地抓住文章的旨意。通篇文章的關鍵句在「後來，我同樣以一顆軟糖帶走了好幾個小女孩，但都沒有第一次那麼動人。」將殺人的感覺形容成「動人」，堪稱殘酷之至極，也揭曉怪叔叔之所以連續殺人，原來都是在追求第一次殺人的快感，技巧地拈出徵文「我的第一次」的主題。

4 用抓貓的方法起頭

文章以懸疑起頭，有吸引讀者追根究底的魅力，但起頭方法各異。這篇文章的起頭可以稱之為「抓貓的方法」，從事件發生時間的三分之二處——殺人的地方開始，再從頭娓娓回敘過程，直到最後被捕到法庭陳述為止，就像我們抓貓時總抓貓脖子，正是貓的身體三分之二的地方。這樣的行文方式迴環反覆，可以破除循序漸進的單調，王禎和的《嫁妝一牛車》的開頭使用的也是這樣的方法。

5 以活潑生動的對白增色

對白的使用，也為這篇文章增色不少。對白的寫作，可以稀釋行文的稠密度，並巧妙地讓人物個性畢顯，讓閱讀增加明朗的快感。此文以女童和怪叔叔的對話推進事件的發展，嘔氣的童語與哄騙的花言巧語對映，各懷心事，各說各話，悲劇隱然而生，十分有特色。

三、討論及習作

◆討論：此文描寫冷血的殺人事件，是校園安全防護的負面教材。除了寫作手法上美的鑑賞外，老師還可以針對文中所述的情節，和學生討論人身安全的防護方法，將文學帶入實際的生活裡，實踐「學習是為了讓生活更容易」的教學目標。

◆習作：對白的靈動，繫乎平日的觀察與傾聽，老師可以趁此機會讓學生練習寫些對話，設定和學生生活相關主題的對話，請他們模擬雙方聲口，譬如幫同學勸架，或遲歸時父母的責備與自己的辯駁，這樣的練習對寫作和生活反省都有幫助。

極短篇範文二

永遠的蝴蝶

渡也

那時候剛好下著雨，柏油路面濕冷冷的，還閃爍著青、黃、紅顏色的燈火，我們就在騎樓下躲雨，看綠色的郵筒孤獨地站在街的對面。我白色風衣的大口袋裡有一封要寄給在南部的母親的信。

櫻子說她可以撐傘過去幫我寄信。我默默點頭，把信交給她。「誰教我們只帶來一把小傘哪。」她微笑著說，一面撐起傘，準備過馬路去幫我寄信。從她傘骨滲下來的小雨點濺在我眼鏡玻璃上。

隨著一聲拔尖的煞車聲，櫻子的一生輕輕地飛了起來，緩緩地，飄落在濕冷的街面，好像一只夜晚的蝴蝶。

雖然是春天，好像已是秋深了。

她只是過馬路去幫我寄信。這樣簡單的動作，卻要教我終生難忘了。我緩緩睜開眼，茫然站在騎樓下，眼裡藏著滾燙的淚水。世上所有的車子都停了下來，人潮湧向馬路中央。沒有人知道那躺在街面的，就是我的，蝴蝶。這時她只離我五公尺，竟是那麼遙遠。更大的雨點濺在我的眼睛上，濺到我的生命裡來。

為甚麼呢？只帶一把雨傘？

然而我又看到櫻子穿著白色的風衣，撐著傘，靜靜地過馬路了。她是要幫我寄信的。那是一封寫給在南部的母親的信，我茫然站在騎樓下，我又看到永遠的櫻子走到街心，回頭望我。其實雨下得並不很大，卻是我們一生一世中最大的一場雨。而那封信是這樣寫的，年輕的櫻子知不知道呢？

媽：我打算在下個月初和櫻子結婚。

（本文收入《永遠的蝴蝶》，聯經出版）

文章賞鑑

討論完前一篇作品後，接續下來看這篇〈永遠的蝴蝶〉，學生應該就能將前一篇文章的學習成果加以應用，老師不急著教導，讓學生先試著以前述的策略進行討論，老師可趁機檢驗教學效果。以下稍加爬梳：

一、承襲前文的積累練習

1 極短的篇幅和驚奇的結局

它也是極短篇，字數少，也有一個驚奇的結局：造成死亡禍首的那封信原來是稟告母親即將結婚的喜訊，信的內容，甚至連女主角都未必知曉。

2 用前半部的極歡樂映襯後半部的極傷痛

文章裡悲傷情緒的蘊釀，也是用前半部的極歡樂映襯後半部的極傷痛。男女朋友共撐一把傘，在雨中漫步，本來就是極浪漫溫馨的畫面，女友的那句「誰教我們只帶來一把小傘哪。」更添憨癡的撒嬌，讓閱讀者不禁感同身受地油然而生甜蜜幸福感。就因為這樣的甜蜜，一旦悲劇發生，就更讓人扼腕！女友像夜晚的蝴蝶般飛起，緩緩地飄落在濕冷的街面，使得春天般的溫暖霎時變成秋深的蕭颯。

3 色調的轉換

下半部之所以格外令人感傷，色調的轉換也是重點所在。起始便出現的青、黃、紅顏色的燈火和街對面的綠色的郵筒，形成彩色繽紛的世界；下半部卻只有恍惚看見穿著白色風衣的櫻子撐著傘，靜靜地過馬路。色調由彩色轉換為黑白，正凸顯歡樂乍逝、憂傷隨行的際遇。

二、開拓新的鑑賞視野

除了承自上文的複習運用外，老師還可以想法介紹前文所沒有運用到的策略，開拓新的鑑賞視野，讓學習像源源而來的活水，映照出文學田地裡美麗的天光雲影。譬如：

1 以雨勢大小及侵襲深淺經營意象

作者渡也是一位知名的詩人，詩的寫作通常最講究意象的經營，所以，詩人寫作小說或散文，通常也詩意盎然。此文有一個強烈的意象——雨，貫串全文，閱讀者不能不察。由「那時候剛好下著雨」開其端，接著「從她傘骨滲下來的小雨點濺在我眼鏡玻璃上。」繼之「更大的雨點濺在我的眼睛上，濺到我的生命裡來。」直到「雨下得並不很大，卻是我們一生一世中最大的一場雨。」雨勢由小轉大，循序漸進；甚至風雨侵襲的程度也越來越深：先是濺在眼鏡玻璃上，隔著一片玻璃；接著濺到眼睛上、濺到生命裡來；最後是生命中最大的一場雨——風雨交加，讓失去戀人的主角被打擊得全然束手。這時的雨，既是當時下雨的實況描繪，更是主角被生命中的狂風暴雨無預警襲擊的心境象徵。

2 蝴蝶及櫻子的命名意涵

文章的命名別具匠心。題目叫〈永遠的蝴蝶〉，永遠指的是愛情的持久堅定，蝴蝶則讓人聯想起中國文學裡的梁山伯與祝英台，二人聯姻不成，化成雙飛蝴蝶，是傳唱千古的悲劇，如今蝴蝶單飛越見悽涼。女主角命名為櫻子，也別有指涉。櫻花花期很短，卻開得燦爛，凋謝後委地，死相狼藉，以此比喻女主角短暫卻甜美的人生和橫死街頭的狼狽淒厲，頗具加成效果。講到這兒，老師可以補充一些基本觀念。如：中國文學中，動植物常因詩人的吟詠形成一條沿襲套用的思想蹊徑，而產生約定俗成的意義。譬如《詩經》上有「昔我往矣，楊柳依依」的惜別畫面，沿襲到後代，楊柳的依依牽人遂成惜別的象徵；「桃之夭夭，灼灼其華」起興少女的容色，沿襲至今，桃花遂成為女色的象徵……。而我國小說中人物的命名，也往往有絃外之音。譬如《紅樓夢》裡的命名往往取其背後意義的諧音，如甄士隱為「真事隱去」、賈雨村為「假語村言」；秦鍾為「情種」；元春、迎春、探春、惜春取其首字為「原應嘆息」……。所以，作者將題目訂為〈永遠的蝴蝶〉或將女子的名字命為「櫻子」，應該都隱含深意、別有用心，此說有傳統為證，端賴看門道的讀者從中體會更豐實的意義。

3 反常合道的誇飾手法

誇飾手法的運用，也是這篇文章值得注意的地方。不管是「眼裡藏著滾燙的淚水。」或「世上所有的車子都停了下來，人潮湧向馬路中央。」以實況省視都不免言過其實，然而，文學重視創意，容許有限度虛構，以「乍看出人意外，細看入人意中」的「反常合道」為最高境界。例如：

李白〈秋浦歌〉「白髮三千丈，緣愁似箇長」句，白髮固然不會留到三千丈，但以繞繚不斷的白髮摹寫剪不斷、理還亂的情絲，既明白顯豁又絲絲入扣，誰曰不宜！因此，前述兩則，看似誇大不實，但細加尋思，又不無道理。因為珍視愛情，不捨女友，淚如雨下，使得內心傷痛猶如火灼、熱燙，難以承受。而也正因為心愛的女子遭遇不幸，個人情感上直覺乃世紀之大痛，理當舉世同悲，所以世上所有車子都該停駐致哀、行人都應擁前同悼！雖然較諸事實必有出入，卻在情理之中，具「無理而妙」之趣。

三、討論與習作

◆**討論**：本文只有一句自白「誰教我們只帶來一把小傘哪。」拈出悲劇發生的關鍵原因，可取來和前文大量的對白做比較，顯示寫作方法的多元且無分軒輊。甚至可以找其他不同方式呈現對白的文章，如黃春明的方言對話；李渝〈朵雲〉裡對白與敘述的另類綰合方式，讓同學分享、討論其異同與匠心獨運之處。

另外，題目叫〈永遠的蝴蝶〉，「永遠」二字可能還有怎樣的象徵意義？「傘」在文章裡的作用何在？它是不是也有諧音上的象徵意義？都可以提出來讓同學思考討論。

◆**習作**：這篇文章按照事件發生的時間循序漸進開展，和前述抓貓的方法不同，老師可以加以比對說明。並請同學在這兩個故事中擇一改寫，為文章重新創作一個不同的開頭。

未知的恐懼

前言

本文作者雷驤，集紀錄片導演、畫家、作家於一身，在這三種看似截然不同的創作形式裡，不斷捕捉生命中的細微輪廓。結合速寫及散文創作，建立了獨特的圖文並呈隨筆式散文風格，以珍惜「一期一會」之初心，凝視生途，波瀾不驚的文字裡潛藏韻律節奏與不時閃現的光。散文及小說，文體特異，有一種內斂的張力，即使是奔放的感情，也用極冷峭的文字造成強烈的壓力，最擅長營造奇異的氛圍，將讀者在不知不覺中帶進文字的情境當中，和他同悲喜。技法沖淡節制、從容舒徐。

〈小書〉一文選自雷驤散文集《青春》，為一篇敘事散文，以回敘的手法，描述一段難忘的童年記憶。文中暗示未知所帶來的恐懼，經常數倍於事件本身所可能引起的災難。雷驤以他慣用的類似日本風味的語言，看似淡淡著墨，卻對童稚的心靈做了深度的探索，強烈震撼著讀者。

敘事散文範文

小書

雷驤

像今天的漫畫出租店一樣，小時候有一種出租圖畫書的攤子。那是一種古典風味的連環圖畫故事，因為一頁只畫一格圖，所以裝訂起來小小的一本，大家管它叫「小書」。

孩子們熱衷的情形，一如今天的漫畫書。我們慣常把小書租回家看，這在有些家庭是禁止的，我的母親在這一點上，採放任的態度，直到有一天哥哥的成績單寄回家來了。母親拆開來，吃驚的發現，其中有一科是紅字。

不幸，當她找到哥哥的時候，他正埋首在小書堆中。母親在找出成績低落的全部原因之前，她決定先把這些小書消滅。在三、四個佣人協助下，(他們平常也公看我們租來的書哪！）把搜羅到近四十冊的小書，一口氣燒掉了。

焚書之後，我們兄弟倆真正的災難來了——我們不敢再見那個租書人，而書攤就在我們住的大廈旁的巷口。幾乎是每日的必經之地。沒有人知道買一冊小書真正的價錢，但是賠四十冊書，我們倆是很難辦到的，而母親似乎在燒完以後，就忘掉了這回事。好在，人小總是容易藏匿，夾雜在一羣行人之間，每天提心吊膽的走過書攤；如果必要的話，繞道也願意的。

日復一日的過去，兄弟倆在一起的時候，總是討論著：「已經過了十天了，他一定以為我們已經失蹤而不會再追討了吧？」

「會不會一天天把租金加上去，等著我們還書呢？」也許租書人曾過來找我們，大概樓下的門警擋過他；要不然就是電梯的管理人拒絕他搭乘……「那麼，租書人已經絕望了吧？」

不久，家中醞釀要遷出這個城市，新的定居地，在澳門、鼓浪嶼和台灣之間，作一個選擇。這是多麼令人鼓舞的事！雖然告別這座出生的大城，心中有點難捨，但是去接觸一個新天地，又是多麼誘人。哥哥和我，從可能翻閱得到的書籍中，去認識這些個地方，於是在陌生的、像山芋形狀的台灣地圖上，首次發現到「雞籠」和「打狗」這些奇異的地名。

興奮的遷居準備當中，「小書事件」又成為整個快樂中的隱憂。因為日常夾藏在別人身體後面，混過書攤，雖然已經很拿手，但是搬家卻是那麼公然的一樁事情，箱籠和家具說不定要載運整個上午，即使住在這麼一個漠然的大城裡，也勢必引起街鄰的關心，到時候，向送別的人一一揮手時，那租書人的臉，難免也會夾雜其中吧？

那麼整個春天的躲躲藏藏，想使租書人斷念的，到這個地步，一切都白費心機了。

搬家前一週，父親為了早一步安排，決意先輕裝簡從的出發，竟帶走了我那幸運的哥哥，而今接受追討的最後責任，只落在我一人身上。

不出所料，搬家的工作，光只載運家具什物的貨車，從大廈到港口，就運了五、六趟來回，費掉整個上午和下午的時間。

為了避免在底樓出現的關係，我留在家裡盡力做著九歲孩子所能做的一切事情。我也想到坦白向母親提出要求，去付清這筆賠償，無奈根據經驗，大人們在忙碌的時候，總是容易發脾氣的。所以只好祈禱能捱到天黑才離去，那時候租書人就收攤了。聽母親說，客輪不是午夜才啟航的嗎？

正在癡想的時候，母親大聲的從我背後說：「想一個人留下來住嗎？」我吃驚的環顧四周，發現屋子已經搬空了。現在我不得不跟在母親後頭，從八樓降下，踏入底層的門廳，一些職工和門警都嚴肅的目送我們。

昏暗的黃昏光線，映出門外一輛黑色轎車，前後門都開啟著，等候我們。大約只要二十步的距離，就可以永遠逃避這件不名譽的事情。

正當母親的腳步落在人行道邊緣的瞬間，我的心皺縮起來了——那個從巷口奔跑前來的影子，不正是那個租書人嗎？

「太太，」他的聲音清楚的說：「我是出租小書的人，您的孩子好像還有一些書沒有還來呢！」

「啊——」在還沒有來得及向母親解說之前，她已經從手提包裡取出一枚銀幣，放在租書人的手中，並且和悅的問：「這些——還夠嗎？」

租書人吃了一驚，也和悅的說：「謝謝您，太太。出遠門嗎？一路順風了！」

我從來沒有那麼大的衝動，想上前擁抱母親。

轎車緩緩的駛去，從車後窄小的窗子看去，那個租書人竚立路旁，漸漸縮小遠去。

這時候，母親從前座回頭向我微笑，好像是終於結束辛苦忙碌的一日，也好像是暗示我：「這就是你該嚐一嚐的苦頭。」

（本文收入《青春》，圓神出版社）

文章賞鑑

本篇文字雖從一位九歲孩童的經驗出發，卻夾雜著大人的強烈悲憫於其間。讀者可由這樣坦率的自我表白過程中，或者尋求到共鳴，或者學習到體貼。

違背正規教學的閱讀，在聯考掛帥的時代是個禁忌，小書被燒所引發的一連串逃避與面對的拉鋸戰，相信許多人都曾有過同樣的經驗，這本不足奇，奇的是，作者將那般百轉千迴的心情寫得如此痛切淋漓，讓人感同身受。

首段交代三件事：一、甚麼是「小書」？二、「小書」到底發生了甚麼事？三、為甚麼發生？小朋友熱衷看小書，大人並不加以禁止，誰知有一科紅字的成績單寄來時，哥哥正巧看著小書而被母親發現，是否因貪看小書而使得成績低落，尚且無法論定，但吃驚的母親「寧可錯殺一百、不肯放過一個」的心情十分明白；小孩則因成績不及格而失去辯駁的資格與勇氣，四十冊的小書於是慘遭焚毀。尤其，參予焚書的，除了生氣的母親外，尚且包括平日也公看小書的佣人，格外教這兩個小孩無法心平氣和。

次段敘述小書被母親燒掉後，兄弟二人的憂心與揣測。租來的小書被燒掉了，租書店卻還日日矗立在大廈旁的巷口，還不起書的兄弟倆，如何避開老闆的耳目，成為他們第一個困擾。母親似乎已遺忘此事，即使沒忘，兩兄弟恐怕也沒那膽量向母親求援，於是，只能提心吊膽的躲藏或乾脆繞道。

儘管如此，問題仍舊沒有解決，兄弟倆被此事困擾，無法自拔，竟阿Q的異想天開，揣想老闆會不會認為他們已失蹤而不再催討？還是已來找過，卻被門警擋駕而絕望離去？想歸想，更大的憂慮卻又隱然成形：租金將隨時日增加，到時候，怎麼還得起！就這麼反反覆覆的，二人輾轉反側，讀者也不由自主和書中人同時落入焦慮的情緒裡。

就在焦慮難堪之時，突然又來了一個亦喜亦悲的消息——可能要搬家了。高興的是，即將接觸新天地；憂心的是，搬家的大幅度動作，可能使他們的行跡敗露，則一個夏天的躲藏，將白費心機。平日的躲躲藏藏，固然煞費苦心，但和搬家必須面對租書店老闆的臉相比，則又容易多了。以這樣的比較，來凸顯孩子所擔負的苦惱，實在太大，也太可憐！此段運用堆疊法，將孩子的苦惱推向一波未平、一波又起的困境，讓讀者同情之心，油然而生。

雖說問題十分困擾，但兄弟二人，風險分擔，倒還膽壯。沒料到，肇事的哥哥竟被父親先行帶走，留下他一人獨自承擔被追討的責任。搬家可能引發的危機尚未解除，一個九歲孩子又獨自被迫面對未知的巨大恐懼。而搬家果然如先前所料，工程十分浩大，要不引起注意也難，滿懷驚懼的作者，只能待在屋裡，拼命找事做，以避免被發現。而不時的，又在腦海裡想法解決，或企圖僥倖捱到天黑、租書老闆收攤後才離去，雪上加霜的困境，格外引人同情。而作者所提的諸多疑慮都頗符合人性的發展，尤其談到大人忙碌時總特別容易發脾氣，孩子們都必有同感，而大人看到此處也一定要會心一笑。最後，作者掌握十足的張力：從下樓到租書人出現的短短時間內的幾十步路，每一步都充滿張力，讓人幾乎透不過氣來。

此段落為全文高潮所在。作者處理得非常高明，依舊是不慌不忙的筆觸，卻是起伏連連。由癡想中被母親喚住、隨母親下樓、看見供他們乘坐的黑色轎車就在二十步距離處的門外敞開門等候，只是咫尺天涯，每一步都心驚膽跳，就在步上人行道的瞬間，租書人竟真的出現了！而讓他魂牽夢縈的困境，居然輕易的便解決了！作者衝動地想去擁抱母親，除了感謝之外，恐怕更多的是長期以來緊繃的情緒需要有一個傾洩和依偎的管道。

事情終了，孩子由母親的表情中揣測其教訓的意味兒。從轎車中望出去漸渺的租書人人影，對比從前座回頭微笑的母親的臉，暗示「小書」所引發的諸多問題，已從租書人身上回到母親身上。

經過了前一段落的驚心動魄，這段的韻律顯然舒徐了下來。租書人的影子漸行漸遠，母親微笑的臉從前座回望，雖不著一字，卻盡得風流，而且耐人尋味。

本文回敘童稚時的驚怖經驗，充滿了懸宕的效果。除了韻律緩慢的悲劇特質外，文中不時展示的揣測、懸疑，似解決又未解決的正反拉扯效果，亦將文章推向其後的驚異高潮。其正反拉扯的方式以圖解如下：

小書被燒（問題出現）↓揣測租書人絕望、不再追討（似可解決）↓憂心賠不起增加的租金（未能解決）↓搬家消息傳來：興奮或可脫逃（似可解決）；恐將引起注意（未能解決）↓哥哥先走、陷入絕境（未能解決）↓期待搬至天黑、小販收攤（似可解決）↓下樓被迫面對（未能解決）↓只剩二十步（似可解決）↓小販出現索討（未能解決）↓母親還錢、問題輕易解決（終於解決）↓母親微笑表示教訓。

〈小書〉由問題的出現到問題的終獲解決，高潮迭起，引發閱讀的無限驚奇，作者在氣氛的醞釀、情節的轉折、人物心情的刻劃上算是厲害極了！由不得要讓讀者擊掌稱賞一番。

討論

帶領學生閱讀這篇文章時，除了提醒學生注意它在結構上的創意外，還可以請同學說說是否曾經有過相似的恐懼經驗，當時的心情如何？其後，問題又是如何解決？是否同意小說中母親的處罰方式？理由何在？如果你是那位九歲的孩童，面臨同樣的問題，有何對應的良策？藉著類似的討論，讓學生一邊回味過往，一邊動腦思考危機處理的方法，累積人生的經驗。如此，不但習得閱讀與寫作的方法，也學到了處理事情的態度。

宛如一張設色淺淡卻情味深長的水彩畫

前言

本文宛如一張設色淺淡卻情味深長的水彩畫，是二〇一二年《自由時報》林榮三文學獎散文組首獎之作，後來收入二〇一三年出版的《大風吹：台灣童年》（聯經出版）中。王盛弘寫作此文那年，正是兩性平權議題在台灣吵得沸沸揚揚之際，同志團體積極推動「多元成家立法草案」，並將《民法》條文不承認同性婚姻聲請司法院大法官釋憲。經過七年驚滔駭浪般的交相辯詰，司法院才三讀通過，經總統公布，並於同年五月二十四日生效，中華民國成為亞洲第一個、世界第二十七個承認同性婚姻的國家，這篇文章的適時出現，應有推波助瀾之功，格外具有意義。

王盛弘是台灣目前中生代中的重要寫手，曾獲金鼎獎、時報文學獎、林榮三文學獎、梁實秋文學獎等眾多獎項。二〇〇二年以「三稜鏡」創作計畫獲台北文學寫作年金，後擴充為三部曲，二〇〇六年推出以十一個符號刻畫海外行旅見聞與感思的《慢慢走》，二〇〇八年出版描敘台北履痕與心路的《關鍵字：台北》，《大風吹：台灣童年》為此一計畫的壓軸，凝視十八歲出門遠行前的童少時光。另著有散文集《花都開好了》、《一隻男人》、《十三座城市》等書。

《大風吹：台灣童年》，彷彿偷窺了不同世代的童年，從小處起筆，花草樹木、鳥獸蟲魚、兄弟父母、吃喝穿用，內容像一條伏流串連出人生各階段的記憶，淡淡的憂傷、綿長複雜的情意，家庭互動猶如小津安二郎的家庭劇慣有的惆悵和不得不接受的哀傷。這些如亂針刺繡，繡出了時代的縱橫紋路，有情有趣有韻致，值得跟讀者們大力推薦。

同志散文範文

種花

王盛弘

春天遲到了，往年於清明前後即紛紛綻放的百合花，今年卻遲遲無有音信，直等到五月天才轟地盛開。

百合長在菜畦邊沿，初始只是一瓦盆雜在隨意傾倒土壤裡的幾瓣殘碎鱗莖，菜畦裡甕菜、芥蘭仔、花椰菜、小白菜……一年四時更替，倒是菜畦邊沿這叢百合六嬸任它蔓延，暗地裡坐大，數年後經過一個說是四十年來難有的寒冬，煙火爆發般一開上百朵，佇足下風處數十公尺遙，周身盡皆浸沐於花香。

我誇六嬸汝有一雙綠手指。六嬸淡淡回應，啥物綠手指？我啥攏無做喔。語氣裡竟有一分無辜。生而不有，為而不恃，功成而弗居。我嘻嘻笑告訴六嬸，汝有古早時代一个聖人講的「不居功」的美德。回答我的卻是，我是一个粗魯人，汝講者个，我聽無啦。但嘴角有笑文文，兒子誇她呢。

六嬸是個粗人，一瓢水往下澆，盆裡的日日春百日草圓仔花，枝枝葉葉便往旁欹斜，我跟在後頭一一扶正，嘴裡嘀咕著也毋較幼秀咧。六嬸回答，哪有些个米國時間，等一咧就企起囉。也對，每天這些草花不都立得直挺挺地等著被澆水。六嬸隨手將水桶水瓢交付予我，一轉身進進出出又去行薛西佛斯永無止盡的勞役。

這幾十年都是六嬸澆的水。大哥小弟對養花蒔草了無興趣，我與六叔賞花雖然挺在行，但是種花則如六嬸所說，干焦出一支喙。我離鄉後，六嬸更要向誰叨念去？

十八歲離開竹圍仔，臨走，六叔沒有多作交代，只是說，你作什麼決定都好，但要能夠對自己負責。六嬸沉默，走進廳堂燃起三炷香，拜天地，拜觀世音菩薩，拜列祖列宗，香煙裊裊，兩唇一張一闔念念有辭，把話都說給神佛與祖先聽。我肩著行李邁進稻埕、走出大門，六嬸才說，食乎飽，穿乎燒，想欲轉來就轉來。

很少返家，返家時就坐電視機前看日本綜藝節目。看一家幾代人住幾十年的老房子變得礙手礙腳，拆卸時敲敲打打，工人徒手一掀摧枯拉朽般一張天花板便給揭了開去，漫天塵灰與灰塵；看年輕工匠攜著美麗妻子可愛兒女的祝福，志得意滿登上擂台，不料不旋踵即遭淘汰，妻子兒女難掩錯愕卻仍安慰多桑是最棒的，女兒為他戴上親手編織的桂冠……

六嬸退到邊間，音響開得細細地看本土劇，我湊過去張望，不一會兒她便找個藉口起身去照看鍋裡飯菜、浴間待洗衣物，乃至於棲在欄柵裡的雞鴨，為的是將遙控器交給我。

其實我只是想與她靠近些，也許讓她摩摩我的髮，對我說有白頭毛啊，想袂到來得遮爾緊。

我是直到上了高中還偶爾讓六嬸幫我洗頭。頭髮打濕，半包566洗髮粉在手心底搓出泡沫，六嬸邊洗邊說，頭毛烏黰黰，後擺較緊白。以為以後是很久很久的以後，我沒放心上，讓六嬸身上發散出的彎彎浴皂寧馨香味哄得眼皮微闔快要睏去了。最後舀水一瓢瓢自頭頂澆下，流入耳孔囉我出聲埋怨，帶著一種親暱——那些花啊草啊被大剌剌地澆彎了枝葉時，也是這款感受嗎？

有時和六嬸作伙看新聞。

上台北那年夏天，五二〇，農民走上街頭訴願，與軍警爆發激烈衝突，雞蛋、棍棒、拒馬、鐵蒺藜、催淚彈、汽油彈，叫囂，扭打，廝鬥，火光熊熊看傻了螢光幕前的我和六叔六嬸。街頭運動那些年以燎原之勢蔓延，六嬸不諳普通話，我以普通話、台語交雜扼要說明：睏佇路頭些个人，是抗議厝賣得太貴，躪袂起，就親像鍋牛無殼；坐佇喇叭花邊仔者个學生囝仔毋願食飯，要求解散國民大會；密密親像蚼蟻些个人擇著標語旗仔，是爭取咱老百姓嘛會使直接投票選總統……

看著聽著，六嬸憂心忡忡說，汝佇台北，毋通參人烏白來。好像當我童少，信口批評哪個政府官員不好，或以蔣總統當題材開玩笑，六嬸出言制止：毋通烏白講。若是晚上，她會順手將門扉閩上。

很少向六嬸提及台北的生活，總說無代誌、攏好，偶爾找些小事抱怨以呼應真實人生的粗糙真相。電話裡說的都是天氣：夏天說台北足熱咧，六嬸回我彰化小可仔；冬天說寒死囉，六嬸說汝暗時愛蓋較燒咧；雨天問彰化有落雨無，晴天說出日頭囉。然後我問好否有代誌否，六嬸加倍回我攏好攏好、無代誌無代誌。

早些年在學校讀書、初出社會，六嬸還會提醒我吃飽一點穿暖一些，工作多年後她也不說了，大概知道我不會虧待自己，反倒偶爾叮囑，較儉咧，儉一寡娶某本。我喔喔幾聲敷衍過去。一通電話一分鐘講完，她不逼問什麼，我也不說。

怎麼說呢？怎麼能說呢？我和伊的事。

倒是常對伊提起六嬸，說六嬸喜歡大理花，也喜歡細葉雪茄。伊不識花草，我解釋，大理花花瓣宛如絲絨，花形團圓一派喜氣；細葉雪茄植株低矮，葉細花小，十分謙遜的模樣。大概六嬸也並無特別偏愛，只是偶然聽她誇過，我便覺得大理花是母親的花，細葉雪茄也是母親的花，日後不管走到哪兒，看到母親的花便格外感覺到親切，內心因此而柔軟。

伊坐電腦桌前上網查花典。平日裡伊常把什麼火象風象掛在嘴上，朋友初識總要探問星座當談話頭，很容易與人打成一片。這時伊告訴我，大理花的花語是華麗、優雅，細葉雪茄的花語查不到耶，就用你的話說是「謙遜」好了，這麼說來，六嬸的個性很衝突喔，既華麗又謙遜，是嗎？

你說什麼啊傻蛋，我輕拍伊的後腦勺，一個物件對應一個事件，一個象徵對應一個命運，工工整整，這是作文不是人生。伊沒跟我分辯，沉默，我自身後環抱，在伊耳邊輕語，想什麼？伊回答，我想認識你母親，你的家人。

六嬸就是我的母親。

我叫母親六嬸、叫父親六叔，現在是很可以輕易對人提起，與兄弟對話，若用的是母語，仍稱六嬸六叔，若出之以普通話，則改口媽媽。但有很長一段時期，這是內心底一個難以對旁人展示的瘀傷。媽媽、老母、卡桑……明明有很多選擇啊，為什麼我用了一個難以啟齒的稱呼？如果對人說起，則是以祕密交換祕密、友誼交換友誼，打勾勾、蓋手印，噓，不能說出去喔。

小孩是最天真無邪卻也殘忍不知道底線。曾與同學拌嘴，對方終於不跟我對話，而把聲音向四界放送——他是個沒有媽媽的小孩，他只有六嬸，他沒有媽媽。我感覺受辱，掩耳不願聽。

經過了許多年許多事，有一天突然意識到，於我，這一切都雲淡風輕了。伊回我，本來嘛，虧你還是個讀書人，那句話是怎麼說的？玫瑰，嗯，對了，玫瑰如果不叫玫瑰，它還是一樣芬芳。伊用蹩腳台語窘我，冊攏讀到尻脊骿去囉。

人家怎麼說你就怎麼信啊？我存心與伊鬥嘴，「你們的名字對你們亦然／你是否真的以為它不過是兩三個音節／此外即無意義？」沒聽過惠特曼這幾句詩嗎？屁精、玻璃、兔子、娘砲、半陰陽……長久以來我們所要對抗的，不就是這些污名？

所以我們走上街頭，亮相於光天化日之下，從世紀初四五百人自公司（台北新公園）走向西門紅樓，到新世紀第二個十年伊始，四五萬人集結於凱達格蘭大道，最高國家機器前耍妖作怪。我們走過公園路，走過中華路，走過仁愛路，走過信義路，走過忠孝東路，走過敦化北路……走進人們狐疑的眼光，鄙夷的眼光，理解的眼光，溫情的眼光，這是一場最富創意街頭運動，裝扮扮裝，七彩繽紛，愛、笑容與擁抱，宛如嘉年華。

六嬸，我佇台北無烏白來喔。是六叔給我的臨別贈言，為自己的決定負責，為自己的命運負責。性向從來不單是自己一個人的事，連通管一般它與整個族群互通聲息。

那，你會跟你的母親說你是嗎？伊問。我沉吟片刻，搖搖頭。難保不會我出櫃了，卻讓六嬸關進櫃子裡。和更年輕一代往往無所畏懼不一樣，我自己花了多少時間才接納自己，不敢奢求旁人無條件的愛，即使她是我的母親。伊又問，你不會感到遺憾嗎？遺憾啊——人生嘛，沒有一點遺憾的就不叫作人生，失去的與得到的，加加總總若還能是正數，就不能說老天虧待了。

其實不管你有沒有說，做媽媽的全都知道喔。伊說。

有一年除夕，我終於帶伊回竹圍仔。伊敢毋免圍爐？六嬸問。我編了個謊言：昨暗小年夜圍過囉，講想欲來咱下港，就佮我作伙落來。六嬸嘀咕，過年無參厝內人作伙，安呢敢好？又自言自語，咱彰化有啥好耍的？心裡思忖著，轉身去貼春聯，一會兒後對我說，汝會使帶伊去八卦山行行咧，看大佛、食肉圓，抑是去鹿港拜拜，龍山寺、媽祖宮攏好。

飯桌上六嬸勸飯勸菜，食雞起家，食魚年年有餘，幫伊夾得一碗山尖。我說吃不下就放著吧，伊卻滿臉笑地吃完它，那種滿足的神態好像馬上可以再來一頓。飯後六叔六嬸發壓歲錢，也各給伊準備了一份，伊推辭，我說收下吧，還沒娶老婆的都是小孩。六嬸移開目光，低下頭去壓平紅包袋上的摺痕，把話說得很淡很淡好像只是不經意隨口提起，六嬸說，汝啥時陣欲娶某？

翌年除夕，伊又隨我返鄉。大年初一清晨，稻埕裡有人說話，我起身，隔著窗玻璃看見伊提著水桶跟在六嬸身後，六嬸正一瓢瓢地為花草澆水。伊好慇懃問六嬸這是什麼花。六嬸說，我嘛毋知，我攏叫伊刺仔花。那是麒麟花，一身刺。這又是什麼？六嬸說，這是芳花。那是樹蘭，花小如芝麻，香氣馥郁。這呢？伊繼續問。六嬸大起膽子回答，這是大紅花。那是大理花，幾朵圓團團、紅豔豔的花朵正掛在枝梢呢。看來叫什麼名字，有時候真的並不那麼重要。

後來兩人停步在一盆細葉雪茄前，伊還未開口，六嬸搶先說了，之我毋知喔。伊說，我知我知，這叫細葉雪茄，細是細小的細，葉子的葉，雪茄啊，嗯——伊做出抽菸的動作。窗後的我噗哧一笑，看見六嬸也笑了，伊也笑了。我們三人都笑了。六嬸說，汝哪會知影？用的是問句，而其實僅僅只是誇伊懂得多，那傻蛋卻用手指比比我的房間，伊教的。

隔一年，只剩我孤伶伶一個人回竹圍仔，行李裡有支水壺，白鐵材質，圓柱體，壺嘴細長如吸管，造型簡約俐落，現代感十足。我將水壺交給六嬸，說是前兩年來家裡過年的朋友從日本買回來送她的。六嬸接過水壺，說，遮爾幼秀我哪會曉用。又說，伊今年哪會無佮汝轉來？我連說謊的力氣都無，只回說伊無閒。六嬸上上下下看了看手中的水壺，抬起臉來看著我，對我說，汝愛對伊較好咧。

這句話，六嬸在心上琢磨多久才說得出口？我卻背對著她，任她自己一個人去面對。

我喔了一聲表示聽到了，裝作若無其事走進稻埕，蹲到菜畦邊沿。地面有一道道微微破裂的痕跡，百合新芽自地底深處萌發，頂著的泥土又乾又硬，倒像是被壓制住而非即將冒出頭。我不經心地，信手掰去一片片泥土，一不小心便弄傷了芽眼，留下一個個潮濕的傷口。

身後響起輕輕腳步聲，緊接著人影子靠近，似有遲疑。也不知因為情傷或更多地，六嬸的理解，我的眼眶蓄著兩泡淚水，愈發將一張臉埋在雙膝之間。人影子稍作停佇，隨即掉轉頭悄聲離開。是六嬸嗎？面對這些掙扎著要冒出地面的新芽，六嬸會怎麼做？

良久良久，日頭曬得我脊背隱隱發疼。我聽見遠遠地六嬸自裡屋喊我，去把手洗洗咧，來幫我貼春聯，毋識字，寫啥物我攏看無。

（本文為第八屆林榮三文學獎散文首獎，收入《大風吹：台灣童年》，聯經出版）

文章賞鑑

這篇文章的筆致輕緩，看似閒閒下筆，卻餘味無窮。題名〈種花〉，潛藏三重意義，明寫蒔花弄草的花事，暗布風花雪月的愛情，兩者牽絲拉線綰合起不待言詮的親情。

文章從遲到的春日裡轟地盛開的百合花寫起，花事爛漫中，兒子誇讚母親有一雙綠手指，母親只以文文的笑回應。自承是粗人的母親，澆花雖然豪邁，對待孩子卻細膩體貼，母子二人以舒徐的節奏，你推、我讓，靠近與走開端賴溫婉的相互揣度，默默織就疏密有致的家常互動。

文章前三分之一部份，悉數將筆墨置放在與母親互動的絮絮叨叨中：母親的勤奮任事、不逾越尺度的默默關懷，就在電視遙控器的移動、為兒子洗髮與寒暄天氣、憂慮時事中透露。其中，「食乎飽，穿乎燒，想欲轉來就轉來。」幾字箴言，嵌在無殼蝸牛、五二〇農民走上街頭訴願、解散國民大會、總統直選……的緊張社會氛圍中，顯得分外簡淨素樸，是天下母親最殷切、實際的盼望。

情節進行到母親叮嚀他：「儉一寡娶某本」時，忽然筆鋒一轉，用「怎麼說呢？怎麼能說呢？我和伊的事。」盪開，無縫接軌到當年仍屬禁忌的同志「伊」身上。

在「伊」的熱切企盼中，母親和「伊」兩回照面，明顯冷熱有別。第一回在除夕，母親維持矜持的客套，猶疑、生份，故意在飯桌上以「汝啥時陣欲娶某？」淡淡宣示立場；第二回直接將鏡頭拉到次年大年初一清晨的窗外，「伊」提著水桶跟在母親身後，一老一少溫馨互動，最後窗外的二人及窺看的「我」，三人都笑了。讀者想必也都跟著笑了；但對母親而言，這笑裡曾歷經多少的自我遊說與調適，是不言可喻的。

然則好景不常，再次年，「我」攜回「伊」致贈母親的造型簡約俐落水壺，卻落得形單影隻。情傷的「我」蹲到菜畦邊沿，埋首膝間，掩面落淚。去年的歡樂陡然轉入今年的創傷，惻惻生別，傷痛尤深。美好戀情原本深情無限，卻以眼淚吞聲宣告無疾而終。原因隱晦不明，「我」只以一段類似隱喻的文字帶過：「地面有一道道微微破裂的痕跡，百合新芽自地底深處萌發，頂著的泥土又乾又硬，倒像是被壓制住而非即將冒出頭。我不經心地，信手掰去一片片泥土，一不小心便弄傷了芽眼，留下一個個潮濕的傷口。」只留下潮濕的傷口的過程如詩似畫，母親將春聯兩度張貼，終究沒貼出圓滿的花事，像一則美麗卻讓人惆悵的童話。

文章最讓人印象深刻者是沒有讀書的鄉下婦人擔心兒子過度參與家國大事，殷殷叮嚀他遠離革命的是非地；而兒子卻偏偏攜回同志愛人，不啻為保守的家庭掀起另一場翻天覆地大造反。可想而知，老人家必然經歷多方內在的自我拉扯、掙扎，但形諸於外的反是躡手躡腳、不驚不擾，只輕問一聲：「伊敢免圍爐？」若無其事叮嚀：「汝愛對伊較好咧」，然後是陽光下一抹人影，猶疑靠近情傷淚流的孩子，卻終於悄然離開；智慧的母親知道某些時刻最好保持緘默，這些最終都像電影鏡頭留下的遺憾，讀者歷歷在目。

簡單的話、模糊的影和母親潛藏的憂心，影影綽綽就出深摯的母愛，文筆欲馳還斂，特別令人動容。全書中最動人的一句話——「汝愛對伊較好咧」，幾乎成為當年度最夯的語言。其中驚鴻一瞥的父親，只留下一句「我」奉為圭臬的話：「你作什麼決定都好，但要能夠對自己負責。」偏這基本原則背後還千絲萬縷，與整個家族甚至社會互通聲息，獨善其身根本不適用。

這篇文章以國台語交迭出現的書寫，言詞不多的母親，使用的台語，簡單利索，言簡意賅，且句句穿透核心，堪稱風格別具。

時光過於抽象，流速過於安靜

前言

作者黃信恩，一九八二年生，是喜歡寫作的現職醫生。曾參與多項徵文比賽，無論聯合報文學獎、時報文學獎、林榮三文學獎、全球華文青年文學獎、教育部文藝創作獎等全國性比賽或各地方文學獎，每每手到擒來，幾乎所向皆捷，是極傑出的寫手。

〈時差〉是第十九屆梁實秋文學獎的首獎作品。寫父親勉力親侍病中阿嬤的經過。文章最精彩處，是靈巧地將祖、父、孫三代的記憶時差跟現實生活中時間錯亂的時差綰合，帶出各人時差所呈現出的精神與生活狀態。作者的醫學背景，讓他對老化、老人失智等病症有準確的描繪，也成功做了各種類比，使得文章緊密地扣住題旨發揮，「時差」一詞因之有了更寬廣的詮釋空間。

記人散文範文

時差

黃信恩

我一直認為，長年臥床的人，在室內燈光的明滅中，過著專屬的日夜交替，身上一定存在時差。

時序已進入第三年仲夏，我仍時常在夜裡，聽見阿嬤數聲的喊叫，接著是爸醒來，搖晃走過樓梯後的一陣驚動，那力道使我下意識張了眼翻了身，隱約感到阿嬤房裡燈源被開啟，一片明亮。

那年夏季，因為一場跌墜，阿嬤從此無法行走，陷入臥床之途。那時，爸人在加拿大，第一次面臨照顧臥床老人，我與媽慌了手腳，僅知趕緊攤開涼蓆，驅走盛夏熱氣。只是氣溫高燒不退，我們過於在意清涼，忽略竹蓆堅硬質地，第三天便開始面對褥瘡難題。第一個被發現的褥瘡位於背部薦椎處，那病灶帶著一種藍紫與玫瑰紅交錯的色澤，枯瘦的皮下正流出透明的體液。隔天，又發現第二處褥瘡，位於踝關節外側。

臥床以後的褥瘡，總是如此，以一種無節制的姿態擴展著。它提醒我們定時翻身、注意通風、更換軟式床墊。當然，關於那些家常生活，譬如飲食、沐浴與排泄，阿嬤現在一項都不能。每次欲如廁，她會喊我的名字，然後我趕到，將雙手伸入她的腋下，托起，扶往一旁的流動馬桶。接著右手維持支撐，左手則脫下她的褲子，準備坐上馬桶。

只是更大的難題是，我們開始要處理「時差」的問題。日夜週期對一位臥床病患而言，不是簡易的概念或計算。時光過於抽象，流速過於安靜，阿嬤總是躺在床上昏睡，然後醒來，啖食，排泄，進行一些碎裂無章的對話，便又睡去。她開始日夜顛倒，頹廢的清晨，亢進的深夜，因此我們會在睡夢中聽見她欲就廁的呼叫。

一週後爸迅速返國，來不及調整時差，厚重行李尚未整頓歸列，他便開始購置通氣臥墊、罐頭食糜等，同時帶著阿嬤就醫，並循著指示，練習褥瘡傷口塗擦與包紮。不過，這十多小時的時差恰是一個精準微妙的巧合，使得爸與阿嬤有了極大的作息交集。

起初，夜間狀況爸會處理，但他終究還是要調整時差的。日日夜夜，夜夜日日，爸與阿嬤開始在混亂時序裡，對抗時差。我漸漸發現，時差只是一個矇騙現狀的用語，更多時候，它的本質是失眠，一場蠢動的老化工程——粉碎生理作息，毀壞記憶修復。

阿嬤的記憶也開始出現了「時差」。

那天，阿嬤坐在輪椅上被爸推來神經內科就診。醫師出了幾道題問她，類型有是非判斷、人時地指認、長短程記憶、摘要歸納與簡易計算等。我才赫然知道，跌跤以後的近程記憶，阿嬤全都忘了，有些新舊記憶甚至交錯，時空對位。醫師說，她開始有癡呆，「人時地」中，因為「時」

始終維持變動，因此失智老人將先失去時光相聯的記憶，接著是「地」，然後才是「人」。

此後，爸開始在阿嬤耳旁教導記憶，也溫習記憶。你幾歲？幾個孩子？叫甚麼名？住哪？午餐吃了嗎？早餐吃甚麼？我是誰？誰來看你了？你快樂嗎？這些簡易而退化的問句，爸會模仿孩童的語調，慢慢地說，憨憨地問，口氣中有一點詼諧，也有一點遊戲況味，卻又讓人感到笑與不笑都不是的窘境。

不久，爸突發奇想，他拿起兩部對講機，阿嬤與他各執一機，然後爸會躲在近處，刻意提高音質，假裝是旅美孫子越洋來電。爸的目的在於給予阿嬤一些臥床生命的驚喜，因為他知道，阿嬤獲知孫兒來電會遺忘疼痛，獲取復甦的力道。而爸也樂於這樣的飾演，縱使那些孫孩早已步進青春，嗓音理應轉而低沉，阿嬤從不思索時序關係，也無法分辨電話與對講機，信任機子內爸滿是破綻的假童聲，加上重聽，她只知貼著話筒盡責講著：「你有想阿嬤無？」

那是他們母子間的新對話。穿越時空，爸成為孫，孫則滯留在永恆的童年，未有發育，在扮演中練習固守時差。

那陣子，我家的甦醒時刻也存在時差，總是比整座城市快了一小時。每天，我醒在一片飄逸花生醬的空氣中，烤箱內已是塗滿各式口味的土司；聽覺不再是以往送報機車的引擎聲，而是阿嬤房裡傳來的電視嘈嚷；廚房總是一臉躁動過後的模樣，爸已將那組裝早晨的生活零件，一一備齊。

常常在盥洗中，我聽見房裡傳來的對話：「你幾歲？幾個孩子？今天星期幾？」在爸的想法裡，記憶的底限必須在一日之始便予防禦，他相信，唯有如此反覆的演練，阿嬤的記憶才得以堅妥，足以與老去抗衡。

那樣生動的清晨，我會繞去阿嬤的房裡，她被爸扶坐在流動馬桶上，惺忪的眼神隨時準備睡去，顯然仍是處於晝夜倒置的時光。爸見我來會央我一同攙抱阿嬤，將她側臥於床上，例行一日的褥瘡塗藥。好幾次，順著爸的棉棒推移方向，我發現他的專注與條理；有時我還會看見，阿嬤皺萎的下肢在爸的牽動下，被動伸縮，遵循復健指示，在簡易的節奏中，索求奇蹟。之後，爸開始擰毛巾，準備接下來的擦澡。而我，出門了，在交通號誌最囉唆的時刻，卻感到戶外空氣的輕省。

其實我也不確定，這種走出家門的感覺是否叫「輕省」？有好幾次，我對這樣輕易的出門舉動，感到罪惡、了無責任感。最近幾次回家時，我撞見爸躬著身，穿上束腰帶，背著阿嬤。阿嬤擔心摔落，一手繞過爸的頸項，一手碰觸牆壁，試圖抓住牢靠之物。上樓，下樓，爸的頸上浮出暴漲的血管青筋，汗滴滾滾，臉色脹紅。後來我才知道，爸計劃讓阿嬤接觸外界，他將她背至一樓，然後乘坐輪椅，推往附近公園。爸會隨身攜帶數位相機，將阿嬤的圖像留在繁花麗景中；有時心血來潮，沿著步道一路推往市場外環的水果攤，讓阿嬤練習購買；週末時，他還會將阿嬤抱上休旅車，開上高架道，直驅山區，讓她享有假日的輕盈與光亮。

爸都不曾感到疲累嗎？他會厭倦如此日日不懈的負載嗎？我不知道，只知道爸似乎懂得如何與阿嬤在另一個時空裡，安適生活。

有次回家，浴室裡一片譁噪。原來是爸將阿嬤連同流動馬桶一起搬到浴室，拆下坐墊底部盛裝穢泄的容器，讓她光著屁股，再以水柱沖洗糞口。阿嬤會感到清涼，一種愉悅熱鬧的溫度。我才明白，阿嬤解便後不習慣使用衛生紙，糞便的擦拭是以水洗去。後來，我陸續發現，阿嬤退化的記憶裡，那些關乎時代與風俗的未曾衰變。譬如飯食，她慣於吃粥、番薯簽或地瓜葉；譬如語言，她無法遺忘台日語，時而吟唱日本小調；譬如炎夏，她樂於蒲扇的搖動，不安於電扇的快轉。她將時光安心地停擺在一個恪守儉約的朝代，抗戰、日據或光復，我不清楚。

那是一道她專屬的時差，隔著歲月與世代，看見飢餓與遷徙。

「爸，需要幫忙嗎？」當我再次目擊爸背著阿嬤下樓，我說。但爸連忙搖頭，「你好好唸書，你不會做的，這些事你不用管。」他說得乾脆、直接。

那陣子父母外出，我得一人在家監視阿嬤的動靜，聽候叫喚隨時待命。這寂寞時空裡，總會使我想起身邊朋友，他們或許此刻在餐館品嘗美食，紀念青春滋味，漫談情愛美好；他們或許在球場，激烈的動作中，展現線條；他們更或許已在遙遠旅途上、異色街道裡，放縱嘴慾，享受聲光。我開始學會拒絕朋友的邀約，理由是「家裡有事」。起初他們熱心追問，展現關懷，但答覆過於頻繁，我漸漸厭倦解釋，生活圈也安靜起來。

一人照顧阿嬤，其實也只不過反覆一些基本的生活技能。照著三餐飲食，她最愛魚粥、不能太燙、不要多量，飯前記得圍上兜巾，飯後記得服藥，然後清理掉落食屑；晚睡前，記得卸除活動式假牙，然後舀一壺水，端一臉盆，供其漱口；偶爾幫她修剪指甲、陪她看電視、滴眼藥水。只是，我最不善於處理腹瀉情境。

有次我聽見阿嬤尖銳的呼叫，去到房裡才發現是一褲子的癱軟糞便。至今我仍記得那氣味，它是那樣霸氣、無法消滅，於是我憋氣，扶起阿嬤準備更換衣褲，然而糞便滑落，沾得被單滿是。我對異味相當敏感，將阿嬤擺回躺臥姿勢，衝回客廳翻找口罩，伸手之際，才赫然發現，自己身上也沾染糞便。接下來的時光慢了下來，我與阿嬤相覷，陷入一種微妙的安靜，之後她竟微笑說：「毋要緊，等爸爸返來再處理。」

而爸總比預定時間提早返家。他會立即進房將我驅逐，臉色有些冷淡，然後接手照護阿嬤，我的責任界線似乎至此為止。

十多個月過去了，阿嬤還是時常處在一個時光錯亂的狀態中。有時她意識清醒，有時卻又胡言亂語；有時整夜安眠，有時卻又突然喊餓。甚至，她開始出現無意義的呼叫，常常喊了幾聲，我們趕到，卻甚麼事都沒發生。

阿嬤還有時差嗎？她明白晝夜交替的原理嗎？她找到對抗時間的策略嗎？

有回，我坐在她身旁，那一刻她相當清醒，言語充滿條理，眼神盡是專注。她說了一些婚姻的道理後，向我感嘆無法行走的餘生，生活孤單，日子恣意荒廢，愧對爸與家人的勞碌。我趕緊告訴阿嬤不要這麼想，說完，她又回歸迷糊的對話，顛三倒四的作息。然而我知道，一定有甚麼東西，位於記憶底層，永遠清醒，恆久戌守，那裡是時差無法侵略，歲月無法風化的。阿嬤一定仍能感覺晝與夜，白與黑，而且牢記記憶底層，那些我未曾懂過的生命資產。

至今，我依舊看見爸不發一語地背負阿嬤，彎腰，緩緩站立，上樓，下樓。他開始在背膀貼起辣椒膏，治療痠痛。我想，五十多歲的中年男人，骨質該是流失的時候，而我的二十初歲，也該是上場背負阿嬤的年齡。但爸始終不放心，擔心摔墜意外，嫌我的經驗缺乏、惡我的好管閒事。

許多時候，我覺得那真正有時差的不是阿嬤，而是爸自己。他一直認為，他還年輕，是阿嬤力壯的兒子，而他的兒子仍處於幼稚、不懂事的年少，無權也無能負荷阿嬤的體重。但他確實已開始裸露衰老的痕跡——鬆弛的皮紋，間雜的白髮，消退的視力。時差於他而言，只是一條模糊的界線、蒼白的鐘面。它模糊了晝與夜，勞動與安眠，旺盛與衰退，卻永遠模糊不了母與子的關係。

但也或許，那更巨大的時差存於我身上。我還是停留在十多歲的青春裡，性喜游逛，富於幻想，一個隨時準備抽身而退的旁觀者，學不會精準的傷口包紮、忍受不了糞便惡臭、堪不起長期無歇的犧牲照護。更多時候，我是追不上成人世界裡的那段時差。

（本文為第十九屆梁實秋文學獎散文創作類文創會優秀獎，原載二〇〇六年十月二十一日《中華副刊》，收入《游牧醫師》，寶瓶文化）

文章賞鑑

故事從一場無預警的跌墜起始，阿嬤從此陷入晨昏莫辨的臥病生涯。由加拿大星夜趕回的阿爸，來不及調整旅遊的時差，即刻投身侍母的行動，十多小時的旅遊時差正好和阿嬤狂亂的作息暗合了節拍；阿嬤記憶的時差，其實是一場蠢動的老化工程——粉碎生理時鐘，毀壞記憶修復。阿爸於是綵衣娛親般地以假童音假冒旅美孫子，用童音和阿嬤對答，以提高阿嬤的生命驚喜，在阿嬤耳邊慢慢憨憨地教導記憶、溫習記憶，這種爸變為孫、孫回歸童年的把戲，父親在扮演中固守時差。除此之外，父親還有另類時差，他老忘記自己已然逐漸衰老的事實，老認為兒子不堪重任，他錯估自己還年輕，還是阿嬤力壯的兒子，而他的兒子仍處於幼稚，無能負荷阿嬤的體重。

阿嬤的時差又是另一種——她將時光安心停擺在恪守簡約的朝代，看見飢餓與遷徙，慣於吃粥、番薯籤、地瓜葉，吟唱日本小調，樂於蒲扇的搖動。而儘管阿嬤已被失智找上門，但偶而也能神志清晰的說些充滿條理的道理，顯見再是老病，也有時差無法侵犯的記憶底層，差堪安慰。

作者的時差則是停留在十多歲的青春裡，喜遊逛、富幻想，追不上成人世界。他眼見父親清晨即起，為阿嬤準備早餐，為阿嬤塗藥洗澡，吃力地背負阿嬤至一樓坐輪椅，帶到公園照像，踱到市場，讓阿嬤練習購買，週末開休旅車載阿嬤出遊……。他束手旁觀，走出家門那刻，雖感輕省，卻充滿無責任感的罪惡感。五十多歲的父親該是骨質流失的時候，而二十初歲的作者，該是上場背負阿嬤的年齡，然而，生活總是逸出常軌，不按牌理出牌的台灣父子比比皆是，有人說這是現代版的「孝子」——孝順兒子。作者雖身在泥沼中，卻常抽腿退出，理性分析，作出最深沉的反省，並非冷血，只是力有所未逮。

〈時差〉裡最動人的是那位忘記時差，猶然漲紅著臉揹負老阿嬤下樓享受假日輕盈與光亮的父親，那樣無怨無尤、那般奮不顧身，那麼絞盡腦汁地設法和阿嬤的記憶抗衡，他假扮童音和他老邁母親玩著電話遊戲的圖像，讓人過目難忘，甚至淚眼模糊。

張曉風教授在評論這篇文章時曾解釋時差的發生，起自太古之初，因為有晝夜、有晨昏，時差便當然存在。但是：「這篇文章所寫的時差又自不同，那是顛倒作息混淆今古的乾坤大挪移。

一人病了，三代全亂了，這樣的亂，哪個家庭不會碰上哪？」旨哉斯言！黃信恩拈出了一個生命中的大命題，既慌亂又無解，這位時間少年的驚呼，在老人時代逐漸逼近的現代，真是讓人聞之驚心！

就像作者說的：「時光過於抽象，流速過於安靜」，如果不是黃信恩寫出的〈時差〉，我們依然渾然不覺春夏秋冬的變化。

一齣高潮迭起的清新家庭劇

前言

本文是二〇一九年台中市文學獎的散文首獎之作。作者黃宏春，年輕時，從事廣告設計，拍過廣告影片，夢想是拍電影。壯年時，當過粗工、養過蜜蜂，夢想能大大中個樂透，好好瘋狂瘋狂。他自曝：「電影和樂透都無望了，初老，才靜下心來試著寫寫文章。」

也許是因為年少時拍過廣告影片，他刻畫父喪後的家人聚首，如電影分鏡的串連，手法流暢如行雲流水，深情無限。〈聚〉的結構緊湊，一家八口，魚貫上場，結尾才揭曉全篇乃家人共聚守靈，每一段或愛或恨的事件，都聚焦已然謝世的父親行止，猶如極短篇的最後驚奇。

聚

黃宏春

「阿彌陀佛……南無阿彌陀佛……」念佛機的聲音沉緩綿延……

草蓆上有人趺坐、有人側臥，有人說話、有人應和，低低的聲音同佛號融成一片悠遠的海洋……我閉上眼，隨這海洋浮沉……越漂越遠……

「快點、快點，來不及了！」二姊捏緊拳頭喊。

「趕得上、趕得上。」媽拉著小妹伸長脖子說。

爸兩手插腰，皺眉不語。我跑向屋後的橘子園，高處看得遠……看大哥趕上末班車沒有。

那時，大哥退伍教了幾年書，考上美術系正在唸大學，住台北舅舅家，月餘最多兩個月會回家一趟。他回來，爸憂喜參半。喜的是多一個幫手，憂的是要給大哥生活費或者買畫布顏料，而他註冊時向親戚借的錢都沒還清……。大哥回來家裡添了股活力，忙完農活，有時給屋舍補竹籬笆有時種幾株花，或者在土牆掛上幾幅他的畫，給一成不變的村野土屋添一點新氣息。我們喜孜孜看著家裡的變化，可外地工作的二哥回來卻說：「這能吃嗎？」

週六住一晚，週日下午媽開始忙碌。不是挖竹筍，就是割絲瓜或者南瓜、芋頭一類的菜蔬，要大哥帶給和舅舅同住的外婆。媽在忙，晚餐由剛上國中的二姊掌廚，傳來陣陣蒜頭辣椒爆了油的香味。媽平日炒菜捨不得多下豬油，大哥難得回來，且不計較豬油還有多少。日頭快落山了，大哥才一身汗進屋，匆匆沖澡，扒兩口飯瞧一眼牆上的老鐘，「沒時間了！」放下碗筷，穿上襯衫整理包包。媽拎了一麻袋的青菜，大哥皺了下眉把菜全倒了出來，用日曆紙重新一一包好放進提袋。

「二十……不，二十一分！」我看著鐘大聲宣布。末班車六點二十發車，到我們這一站頂多五分鐘，而從家裡到站牌快走正好五分鐘，用跑……就得看腳程和耐力了。爸也放下筷子幫忙包絲瓜，紙不夠了二姊去撕日曆紙，一急，把下個月的中秋節給一併扯了下來。

「二十二分！」我看著一團亂，鐵面無私地宣布。

「來不及了。」大哥放下菜，紮進襯衫繫好腰帶，背了包提上菜「我走了！」衝出大門。

媽一手抱顆紅木瓜、一手拿瓶醃冬瓜追出去，「他來不及了，毋好再追。」被爸拉住。

我在醃冬瓜和木瓜下頭鑽了出去，先跑往河邊——那兒看得見巴士過橋。還沒跑到河邊，才剛過竹叢就看到上橋疾馳的巴士：「車來了！」邊喊、邊轉身跑回樹下張望的爸媽。「車上橋了！」對著在田埂上疾奔的大哥喊，大哥立即埋頭狂奔，一家人七上八下望著……

大哥過了彎，身影被竹圍遮去。我跑向屋後的橘子園，順著飛揚的塵土找到了竹縫間的車影……巴士停了下來。我慢慢走回樹下，故意不看等著我答案的四雙眼睛。

「唉——還是……」就在二姊喪氣地開口時。

「趕上了！」我大聲喊。大家突然鬆了口氣，慢慢回屋裡吃飯。

「每次都搞得像救火。」爸的語氣是責備，心情卻輕鬆。

要是大哥沒趕上末班車，得走半個多鐘頭到總站，再搭直達車往中壢，那得多花好幾塊錢。而這樣全家像打仗，接著跑百米趕車的戲碼，大哥回來每次都要重演。

大哥有一回沒有跑百米趕車。那次他放假回來也沒有幫忙，帶著帳篷說要去露營。太陽未落山又拎著帳篷回來，在屋裡好久不見動靜。爸草拏一半起身，我以為他要去喊大哥幫忙，卻在路口碰上背著包的大哥正要出門。他們在樹下說著，我跪在田裡邊拏草邊留意卻聽不清。只見爸腿上的黑泥漸乾發白，拿下斗笠灰髮黏在額頭上，而大哥垂肩低頭……像是幹了壞事正在悔過。太不尋常！我也起身一臉污泥走近。

「……這輩子都不結婚了！」大哥激動地說，扭頭決絕地走了。我瞥見大哥雙眼紅腫，覺得非常意外。

爸放下搧風的斗笠憂心忡忡，怔怔地望著，嘆氣……

「要看開啊，放寬心……看開一點呀……」媽追了幾步邊喊。

我問捧著蒸地瓜的二姊「怎麼了？」

「他女朋友要結婚了。」二姊遞給我一條地瓜。

大哥的女朋友是他師範的同學，我們只看過照片，卻一直認定是未來的大嫂。二姊說多年來這準大嫂數度要來家裡，都被大哥藉故推拖，終於……我拿著熱騰騰的地瓜，轉頭看我們那土牆裂了縫、屋瓦塌斜的家……把地瓜放回碗裡，見到一旁嘶哈有聲啃著地瓜的小妹「就知道吃！」

大哥低頭走在田埂上，不趕末班車，現在搭的是五點那一班。人影漸遠，哀傷卻濃。「看開啊……要放寬心呀……」媽還在呢喃。

我真希望大哥提起勁兒跑百米趕末班車。

十年過去，土屋終於改建成水泥房子。

過年，大哥買了件藏青色的長大衣給爸，樣式和質料都很好，想必花了不少錢。爸卻一臉不高興，任全家說破了嘴就是不願試一試那大衣。

「不要就算了！」大哥突然發火，把大衣狠狠甩在藤椅上，拎了包就走。

爸繃著臉，不發一語坐在靠椅上。

媽追出去喊著：「別生氣，不要走呀！要吃飯了別走啊……」大哥頭也不回，大步越去越遠。

那年的年夜飯極為安靜。大哥負氣回台北，爸在房裡生悶氣飯都沒吃。那年，我們沒有壓歲錢。

又幾年，鎮公所補助，在屋後的園子闢出一條水泥路，轎車可以出入。大哥買了部二手的喜美，終於可以不再趕巴士。

北上時，照例帶上南瓜、冬瓜、芋頭、玉米之類的菜蔬，外婆已逝，是帶給舅舅的。但坡陡路彎，二手車馬力不足，老在樹蔭下的彎路打滑。一家人在後頭幫著推，幾十米的坡路又跑又推，弄得氣喘吁吁大汗淋漓。

我還是寧可大哥跑百米追末班車！

「二哥唸書時帶的便當多半是番薯籤，也沒有像樣的菜色，不是鹹魚就是醃冬瓜。打開便當，同學就掩鼻迴避。二哥乾脆不再帶便當，中飯時到操場對著牆壁扔躲避球，再到水龍頭喝自來水把肚子灌飽。」當我面對便當裡一成不變的菜脯蛋嘟著嘴時，大姊跟我說二哥唸小學的過去：「有白米飯吃就該覺得幸運，何況還有個菜脯蛋！」

大姊說的是我出生前的事情，二哥又去當學徒，一時無從求證，所以只當是耳邊風不曾上心。

「畢業旅行時繳不出車錢，二哥早早到路口，跟在同學坐的巴士後面一路跑到楊梅，那可是十幾公里連續上坡的山路！」大姊又說。

我聽了只覺得二哥好厲害，可以跑這麼遠，依然嘟嘴瞪著便當……

二哥婚後在家住了半年多，因為工作上方便搬去竹東。離家時沒帶走一樣傢俱，機車載著二嫂，一個背包、兩袋衣服開始新生活。

一回，二哥的朋友帶著老婆和兩個小孩來家裡採橘子。都市來的三五歲孩子看到滿樹的橘子非常興奮，不管橘子大小、不分是綠是黃，抓到橘子就摘下來。媽看到非常不捨，說還沒熟的橘子摘下來又不能吃，好可惜啊。二哥的朋友大概太過高興，兩夫妻都沒阻止小孩繼續亂採。媽說了幾次，小孩卻依然故我。不甘橘子被糟蹋，終於當場翻臉開罵。那夫妻愕然傻眼，帶著小孩匆匆離去，連橘子都沒拿。二哥臉上無光對媽說「橘子才多少錢？我跟妳買可不可以！」扔下五百塊氣呼呼走了。

往常，一兩個星期二哥總會抽空回來，幫忙除草施肥甚麼的。橘子事件後，整整兩個月沒有回家。

有天清早，爸突然出現在二哥家門口，拿給二哥一大包豬肉說：「你媽沒甚麼見識，不要同她生氣。」跨上腳踏車又慢慢騎回家。

從家裡到竹東要翻過好幾個山頭，摩托車得騎上四十分鐘，腳踏車再快也要兩個鐘頭。

「爸到我家時，天剛亮不久，他一定是三、四點就摸黑出門……留下豬肉，沒坐下喝杯茶，說了句話就走……」二哥越說越小聲。

我怔怔地想著爸騎的那輛雙橫槓的笨重腳踏車，現在還放在車庫生鏽。爸就是騎那腳踏車載我和小妹去看電影。電影演甚麼已記不清，可我記得回家的路上，銅盤一樣的月亮忽兒在左邊忽兒又跑到右邊。小妹坐前頭橫槓上的小藤椅，我坐後面的貨架，拉著坐墊下亮亮的圓彈簧，身體後仰吹著晚風，四野唧唧蟲叫聒聒蛙鳴。爸突然高唱山歌，胸腔裡的共鳴就在我額頭，婉轉顫動，聽來格外分明，尾音拋向幽暗的山坳不斷綿延……綿延……

大姊接連生了幾個小孩，上有公婆下有幼子，還得幫開鐵牛車的姊夫搬磚頭、鏟砂石。心直口快的大姊常和姊夫吵架，然後拎了包袱就回娘家，住上幾天，氣消了，再回去照顧一家老小。

有次大姊回來住了一晚，天濛濛亮，在屋旁的龍眼樹下「要忍啊，看在一群子女的份上，無論如何都要忍耐啊……」媽邊說邊把包袱交給大姊。大姊抹去淚水接過包袱，頭低低走在田埂上，身形漸漸隱入晨霧裡。爸背著手望著望著……終於垮下肩，長長一聲嘆息……

那幾年爸白天幫人插秧割稻，夜裡剖桂竹做籮筐賣錢。拼了命地作，總算攢了點錢可以翻修漏水的屋頂。

修了屋頂，爸又抱回幾包白灰泥，要師傅趕年前將坑坑疤疤的土牆抹平。一家人興奮地期待，就要在新瓦白牆裡吃年夜飯了！

「轟——」一聲，我眼看著師傅抹了一半的白牆坍下一大片。

「走，快走！」師傅大吼。我望著土塊瓦片掉進大灶滾燙的水裡冒煙，完全傻眼。

「往外跑……快！」被爸拖著向外衝。

「啪啦——」剛奔出門口一回頭——正好瞧見屋頂斜塌激起漫天煙塵。

驚魂未定中，師傅說那六七十年的老土磚，禁不起白灰泥的水分失了韌性，幸好人走得快。本就氣喘瘦得剩骨架子的爸，臉色慘灰彎腰咳出膽汁苦水。幾年沒日沒夜地幹，「轟！啪啦——」一切都成了泡影。

爸咳完直起腰，一頭塵土眼神呆滯，望著唯一完好的牆上那祖先牌位，也是嘆氣……

當兵時有次放假回家，家附近的水泥橋遭洪水沖垮，收假時得涉水過河。

背著包，大皮鞋掛脖子，拄根棍一步一探過河。過了河，坐石頭上用襪子擦乾脚，穿鞋。那一邊十幾個孔的大皮鞋很費事，繫好鞋帶抬起頭，才發現對岸的爸媽和小妹一直望著我。我以為他們早回去了呢，拍了拍屁股向他們揮揮手。

「要……身體要顧……」媽揮手喊著，水聲嘩嘩聽不分明。

「知道了，回去吧。」我喊了聲，扭頭一腳高一腳低走在亂石磊磊的河床上。一會兒，忍不住回頭望，他們還呆呆站在水邊。「回去吧！」我提聲喊。

走出好遠，又望回頭。月亮剛冒出山脊，在河面暈出一抹散了的蛋黃，山影下的窗子透出枯黃，那是媽不捨得開大燈所點的五燭光，濛濛的三個人影……仍站在水邊望……

我提了氣用力喊「回——」才想到，這麼遠又隔著河水，喊得再大聲他們也聽不見，扭頭往鎮上走去。

來不及了，說再多都來不及了。

日昇月落……我們一個一個出外求學工作，一次次扭頭轉身，把背影留給爸媽去擔憂。不曾想過他們為甚麼總是一臉愁苦，那麼容易就老。

月昇日落……爸突然心肌梗塞，沒留下一句話撒手就走。我們兄弟姊妹難得聚在一起，守著靈柩一件一件說起——那快遺忘了的蒼白而遙遠的過去……

「公公呢？……公公呢？」二姊未滿四歲的一對龍鳳胎，摸著爸的靈柩兜著圈子找，一直問。

「噓——公公睡覺覺了，不要吵他。」二姊說。

（本文為第八屆台中文學獎散文類第一名）

文章賞鑑

一出場，就是大哥趕車上學的緊張氣氛、接著是女友另適他人的傷痛、再來是送父大衣被拒的暴走；而當學徒的二哥，唸書時，因便當裡鹹魚氣味被嫌而寧可餓肚子、繳不出郊遊乘車費而跑十幾里，在遊覽車後狂追；就業後，朋友歡喜來訪，卻因友人稚子糟蹋水果，引起母親翻臉開罵，二哥因此賭氣久久不肯返家；大姊因婚姻不諧而離家出走，讓父母憂心不已；父親辛苦攢下錢翻修房子，舊屋卻轟然坍塌，化為灰燼。

作者自己回憶當兵時，把大皮鞋掛脖上涉水過河後，坐石上穿鞋綁帶，遙見家人望遠送行，不忍離去。只有二姊幸運生了龍鳳胎，小妹則在文中影影綽綽，和父母一起充當永遠守候的背景。兒女的每次扭頭轉身，都把背影留給父母去擔憂。

故事的埋伏照應，教人擊節稱賞；事件的動人心弦，全家甘苦共嘗的喜怒哀樂，則讓人為之鼻酸，像一齣高潮迭起的清新家庭劇，十分動人。

一家八口，命運各有不同的坎坷。文章以大哥與末班車競速開場，結在舊屋轟然坍塌，化為灰燼，父親默然撒手塵寰的段落，又開創出龍鳳胎尋找公公的稚嫩聲音，節奏由輕快活潑逐漸轉為沉重悠緩，接續又闢新局，隱喻人生進程的生老病死輪迴。

先上場的大哥，明顯在家中接受所有的關注與期待，透露出長子在家庭中得到的格外優容，這是牢不可拔的傳統。父親一生致力改善家庭環境、照顧妻女，騎的是腳踏車；努力打拚工作的二哥也只是靠摩托車代步；讀書的大兒子接受高規格待遇，開著汽車，雖然只是一部必須靠合力推動的二手車。

居主角地位的父親，鮮少被直接白描，總是透過與孩子的互動來刻畫，彷彿一生都在為兒女的心事嘆氣。大哥趕車時，爸爸「兩手插腰，皺眉不語」；大哥因為情傷在樹下紅著眼眶、垂肩低頭，矢志一輩子不結婚，「爸放下搧風的斗笠憂心忡忡，怔怔地望著，嘆氣……」；家境略微改善後，大哥買了長大衣送給爸爸，爸爸卻板著臉抵死不肯接受。也許就像務實的二哥看到牆上掛著的大哥圖畫作品，撇著嘴說：「這能吃嗎？」清貧年代，做父母的就算傾其所有，也不足以支應生活之所需，他哪裡需要長大衣！節儉持家的老父和接受現代化濡染的長子，在表情達意上，注定會產生扞格。

文中，時不時就迸出讓人閱之心惻的互動，總是讓人揪心不已。最讓人印象深刻的是，母親暴怒嚇走賓客，二哥因此負氣不再回家，爸爸在凌晨三、四點摸黑騎了兩個多鐘頭的腳踏車去說情的場面。看似對兒女一籌莫展的傳統父親，必要時，也願意低下姿態，為母親緩頰道歉。二哥轉述時，歉疚的聲音漸小，讀者想必都淚眼迷離了。

書中唯一的愉悅情節也就在這樁事後上場。作者回憶起父親騎車載著他和小妹去看電影，回程中，一向憂容滿面的爸爸「突然高唱山歌，胸腔裡的共鳴就在我額頭，婉轉顫動聽來格外分明，尾音拋向幽暗的山坳不斷綿延……綿延」，真是神來之筆。

接近尾聲處，作者在河流對岸看到天黑後的家，因為捨不得開大燈，以濛濛的五燭光取代，以致作者轉身回頭時，只見「山影下的窗子透出枯黃」。雖然枯黃，因著文學之筆的濾過鏡，讀者看到的卻是如此美麗。

結尾，揭開原來是父親仙逝，一家團聚。先前只驚鴻一瞥的二姊和未滿四歲的一對龍鳳胎出現，世代於焉交替，是很有創意的收束。

一場照護他人與自我療癒並行的夢境

前言

本文是二〇一九年新北市文學獎的散文首獎之作，作者陳柏瑤，畢業於日本女子大學被服學科，主修東洋染織服裝史。目前是專職的日文譯者，也從事日語教學工作。她自謙無傲人的得獎資歷，僅有斑斑的人生與努力活下去的生活。興趣是看電影、以三分鐘熱度研究突然驚豔的人事物。

這篇〈燒燙傷加護病房〉敘寫焦慮症與憂鬱症纏身的女子，因熟諳日文，謀得為燒燙傷日籍病患翻譯的夜班工作，偶爾也分擔些許照護事務，從而得以躲開人群，在暗夜裡默默療傷。文章題材殊異，寫精神創傷與身體燒傷患者的遇合。作者帶著不欲人知的傷痛，在黑暗的燒燙傷中心觀察他者的肢體痛苦與艱難搏鬥；一再於晨光中走出病院，欣見白日的陽光璀璨。最後，病患的植皮增生和她的精神病症終於都在夜以繼日的翻譯溝通中，從室內走出到明晃晃的街道，甚至重回職場，加入打卡上班的行列。

病體書寫散文範文

燒燙傷加護病房

陳柏瑤

決定勇敢活在這個世界，我開始找工作。

從異鄉回到台北，已一段時日。不像那些學成歸國的同學迫不及待進入商社，年復一年也位居管理階級。我像壞掉了甚麼，多數的時間躺在床上，或兩眼茫然望著畫面不斷變化的電視機，思索著怎麼過活。

那個思索太沉重，如火灼燒著我，現實與未來的「該怎麼辦」糾結成團，卻找不著鬆脫的線頭。我不知道自己為何活成了那樣，只能匍伏，只能一點一點地活下去。

當時網路尚不發達，求職仍得讀報。起初並無特別選定甚麼工作，直到一則求職廣告吸引了我。

地點是林口長庚燒燙傷加護病房，採一日三班制，工作是需為醫師、護士與病患做中日文的口譯。

我選擇了大夜班，寄去履歷，立刻得到回應，對方要求在加護病房外面試見面。見到的是一名著套裝的女性，原來是新竹某化學藥劑公司的總經理，病人是臨時來台工作的日本技師，因劑量計算錯誤引發爆炸，全身有近百分之八十的灼傷。

「你還這麼年輕，為何來做這份工作，還選擇了大夜班。」總經理不解地問。

我隨即被錄取，聽說另外兩名口譯是六十多歲的歐巴桑。大夜班，是因為我知道深夜大家都睡了，我的工作量較輕、較少，至於其他理由我真的說不出口，也不想與陌生人說，自己明白就好。

其實燒燙傷加護病房內，是不允許病患家屬隨侍在旁，一切由護士處理。每天有固定時間開放家屬入內探望，進入時必須穿戴消毒帽、消毒衣、口罩、鞋套。由於病人是不懂中文的日本人，所以我們破例可以待在旁邊，美其名說是翻譯，最後我們也被護士要求做其他的工作，像是為病人秤量食物量、喝水量，還有排尿量。

病人雖燒燙傷嚴重，仍意識清楚。我們的見面總是我全身包裹，而他也全身綑著紗布，彼此看得最清楚也最熟悉的恐怕只剩下眼睛。他有雙大眼，非常濃密的眉毛與睫毛，我幾乎能想像他受傷前的帥氣，那樣的眼眉就足夠了。

夜裡他睡去後，我可以到醫療相談室的長沙發休息。只要拉上布簾，立刻變成一個獨處睡覺的空間。但布簾終究無法隔音，不時聽到醫生告知家屬病人病情或病危的聲音。有時，那個被醫生唸出的名字，也許明天就不在人世了。或是，聽到家屬一邊啜泣一邊簽下放棄急救同意書。

翌日，等到早班的同事來接手，我趁著晨光在一波波上班的人潮中逆行回家。昨夜的一切彷若隔世，那裡是病與死，而這裡是生與活。清晨的太陽特別溫柔，柔軟到一身邋遢的我忍不住望向迎面走來的人群，羨慕起那些提著公事包、正裝趕著上班的都會女子，曾經以為自己理所應該是如此。

在病房內無需口譯時，只要病人未睡著，我們也會聊天。起初是聊電視節目或在台灣的生活，直到越聊越多，才知道他離了婚，孩子歸前妻，目前與父母同住九州。受傷時他意識非常清楚，看著另兩位日本同事不斷傷痛哀號，他以為自己傷得最輕，沒料到最後兩位同事都出院了，他竟住進加護病房；而且是最接近護理站的病房，代表最需要照顧、傷勢最嚴重的病人。他要我拿出護照，照片裡受傷前的他蓄著平常不過的西裝頭，但如今的他必須仰賴頭皮植皮，而被剃光了頭。

每回植皮手術時，我會被要求休工一天，總經理婉轉地回應，「術後，需要別人協助排尿，他可能不想讓年輕女孩來做吧。」我才察覺自己的不專業，層層的消毒隔離，並未消滅性別的差異，也未讓病人感受到母性的照顧吧，病人在最痛苦時還記得男女授受不親，還記得羞於讓我看見他的生殖器官。

他終日必須打點滴，疼痛難耐時可以按下某個按鈕，聽說能釋放止痛劑。尤其是植皮手術後，他更是頻頻按壓，也許藥劑裡有助眠成分，沉睡後他像夢遊般開始動作，那場景彷彿幾個人圍著他喝酒，他取下頭皮，分享給酒友們。深夜的加護病房燈火通亮，但我總猶如看到鬼片，縮在牆角，翌日不敢提起任何事。

一個月後，我們從最接近護理站的病房遷移到最遠的病房。他不再全身裹滿紗布，我可以看見他大部分的軀體，他也可以從我稍微鬆懈、不再嚴陣以待地挪開口罩之際，見到我的臉龐。

早班的同事得知大夜班的我，在病人睡著後可以躺著休息，吵鬧著班表不公平，如此簡單單純且另類的工作環境，終究還是爆發人際惡鬥。總經理找我商量，我遂被調到午班，總算見識到病房日間的工作樣貌。不若大夜班的靜默是日常，白天相對的更有生氣，護士們除了必須處理例行公事外，還得應付突如其來緊急送入的燒燙傷病人。於是，人聲、奔走聲、醫療器具聲總是充斥病房。

接下來，病人不能再時時躺著，必須復健，穿著復健衣練習走路；或是每天不時對著一個透明盒子吹動裡面的小球，以鍛練肺活量。在復健師的帶領下，他第一次下床學走路時，我才知道他如此矮小。每踩一步他就面露痛苦，氣喘不已，往日尋常的步行，如今變成需要學習、需要費力。原本必須為病人服務、勞動的我，此時再也無法幫忙甚麼，只能在旁邊喊著加油。不知情的人，或許以為我們是相扶持的夫妻，或許在某個恍神片刻間我也有那樣的錯覺，畢竟我們在最慘澹之際相遇，日日相處，直到燒壞的皮膚都再生了。

某日隔壁病房，火熱地送來燒燙傷病人，聽說是餐廳的廚房工作人員被燙傷了。是個年輕女孩，她鎮日哭泣，哭得醫生都來痛罵她。我才想起我的病人從沒哭過。那哭泣惹得我不時把注意力放在隔壁病房，每回會客時間就豎耳傾聽。起初來探望的人不少，有個男孩來時她總哭得特別激動。後來男孩不再來了。每次必來的似乎是她的父親，但她終於不再哭了，轉而是更多的沉默。

再一個月後，醫生宣布我的病人可以出院，他的父母特地從九州過來接他。我們收到他父母的謝禮，一盒來自九州的餅乾。不知為何那是我吃過最好吃的餅乾，但我竟一點也記不得味道，也不記得外盒的模樣，似乎被潛意識裡另一個自己催促著往前，不要再標記記號停留佇足。

卸職前，總經理問我願不願意到新竹上班，她可以每天載我通勤，可是我已找到另一份工作。新職就任在即，最後我甚至來不及與病人說珍重再見，也來不及相互交換通訊方式，或許那是我們最佳的道別方式吧。

終於我也變成了那些正裝趕著上班打卡的都會女子，不再逆流而行。上班時與同事們團購絲襪或名店美食，下班時與同事們相約唱歌或吃麻辣火鍋。在獨自沉默低頭的片刻，偶爾想起燒燙傷加護病房的一切、僅在交接才看得見的同事、善意的總經理、別來無恙嗎？我的病人，以及自始至終不能說出口的那個理由。

那不能說出口的理由是，在曾經焦慮症與憂鬱症糾纏，不時浮現的自殺念頭中，我彷彿也是燒燙傷加護病房中的一員，隨著植皮增生，終於長出了我的盔甲。路很長，而我們只能各自堅強。

（本文為第九屆新北市文學獎散文組首獎）

文章賞鑑

作者行文語調壓抑，節奏深緩，彷彿敘述的是一場照護他人與自我療癒並行的夢境，充滿悲憫關懷。在簡短的篇幅內，作者側筆帶出特殊的翻譯職場，不但寫出燒燙傷者巨大的生理痛楚，幽暗的夜裡，本該是照應病患的，卻也暗自舔嗜著無法言宣的心理傷痛，照顧者跟被照顧者同樣苦苦追求再生，只是一個是皮膚，另一個是被施了魔法的靈魂。

文章中，除了摹寫艱苦的止痛療傷歷程，還有細膩的浮生掠影。人類的競爭法則，無法豁免地在單純且另類的工作環境中爆發人際惡鬥。作者看似閒閒一筆帶過，惡鬥結果，簡單地由大夜班調到午班，其實正是寂靜翻轉成吵雜的過場，人聲、奔走聲、醫療器具聲充斥的病房瞬間有了生命的氣息；只是，哭聲中隱然暗藏了質變的愛情。而曾經日日相處，勝似夫妻的兩個再生人，竟倉促地錯過了告別。雖然，當事人語調輕鬆說：「或許那是我們最佳的道別方式吧。」但偶爾獨自沉默低頭的片刻，也不禁要感到悵然。然而，人生恐怕也只能是如此。

閱讀一本書的幾個策略

●以閱讀蔣勳《孤獨六講》為例●

前言

所謂「閱讀策略」，就是拿到一本新書，你可以用甚麼樣的方法來閱讀。用不同的方法閱讀，將看出不同的心得。閱讀原本就是非常私密的過程，也是一種再創作的歷程，同一本書給二十個人看，將看出二十種不同的面貌，所以，每一個讀者都有屬於自己的閱讀方法。

以下就以蔣勳《孤獨六講》為例，提供筆者可能採取的幾種閱讀策略，魚貫進行或分別進行：解讀文本、延伸閱讀、生命經驗的印證與啟發、糾繆。文本的解讀，不外從主題、內容及手法三方面入手。延伸閱讀是順著閱讀的走向，不斷向外或朝內延伸探索的過程，藉由一本書的閱讀，可以向外拓展視野、豐富知識，也可以向內深掘，最後取以和生命經驗相映照，如果能在閱讀過程發現作者資料或論點的瑕疵，加以辯證，收穫就更大了。相信經過以上所說的一番腦力激盪後，必能達到共鳴、豐富與提昇的功能。

一、解讀文本

1 主題：作者為甚麼寫？

這是蔣勳應邀演講的講詞，分別探討六個孤獨的主題：情慾、語言、革命、思維、倫理、暴力。

2 內容：作者寫出甚麼？

◆明說：因為渴望孤獨，珍惜孤獨。認定只有孤獨，可以讓生命變得更豐富而華麗。歷史及社會現實中的許多偉壯的身影，都是因孤獨而起。

◆暗寓：時代喧囂，人聲吵雜，看似熱鬧繁華、百花齊放，實則徒勞無功。

3 手法：作者怎麼寫？

作者旁徵博引，從歷史取材，由現實觀照；既讀書也看電影，既論他人文章，也兼談自己作品；既云承平，更論爭戰……林林總總，無非說明：孤獨是生命圓滿的開始，並非洪水猛獸。沒有與自己獨處的經驗，不會懂得與別人相處。所以，但凡社會心靈的思考者，都必須保有長期的孤獨。

二、延伸閱讀

1 從此到彼的資料追索過程

除了文本的解讀外，閱讀時，還可以循著作者的筆觸所到，一路追尋。作者提到的內容，若有不甚清楚之處，可以找尋資料加以釐清；作品中時常提到的知識或人物，如有更進一步認識的興趣，也可以更深入的探討；書中僅點到為止的知識，也可作進一步的搜尋認識。譬如：在《孤獨六講》中，最常被舉出作為例證的，除了蔣勳自己的作品外，就數五四時期的小說家魯迅及日本的導演小津安二郎了。我們可以找出詩人楊澤所編《魯迅小說集》（洪範書店）、Donald Richie原著、李春發翻譯的《小津安二郎的電影美學》（電影資料館）及《尋找小津——一位映畫名匠的生命歷程》（高雄市電影圖書館），將這兩位人物及其作品、電影重作一次回顧。

首先，從楊澤寫的序裡摘要魯迅的創作精神；再找出何以稱呼他為「盜火者」；而在楊澤文章中，提到魯迅一系列鄉土中國的寫真照中的人物，「臉上、身上，仍留有一種班傑明所謂的光暈(aura)」，那麼，班傑明所謂的光暈(aura)，又是甚麼？接著，蔣勳在第一講的〈情慾孤獨〉裡，特別拈出魯迅有一篇小說就是以孤獨為主題，題為〈孤獨者〉。這篇小說的內容又是些甚麼？

其次，不只蔣勳在文章中常提及小津安二郎導演，許多其他的作家及電影工作者也對小津電影頗為青睞，而《小津安二郎的電影美學》、《尋找小津——一位映畫名匠的生命歷程》對小津的導演生涯及電影有詳實的分析，熟悉其作品者正好可藉此機會重溫，陌生者則因為這樣的延伸閱讀積累更多的知識。更有興趣的，甚至可以尋線找來小津電影觀賞，趁機摘記小津安二郎如何在電影中表現人的孤獨。以下便是前述進程的摘記：

◆魯迅其人其文

楊澤在《魯迅小說集》卷首寫了一篇相當有分量的導讀文字〈盜火者魯迅其人其文〉。其中，對魯迅作品的創作精神有精要的勾勒：

「故事的敘述者常是一個被卡在過去與現在、城市與鄉鎮之間的知識分子，充滿了灰色的絕望與無力感，卻擅長以回憶的角度去追尋一個因為現代的逼近而呈現殘敗、失落面貌的故鄉。這是一系列『鄉土中國的寫真照』：在廢墟般的家園裡，被禁錮在封建禮法裡的人像臉上、身上，仍留有一種班傑明所謂的光暈(aura)，神秘而動人。」

◆為何稱呼魯迅為盜火者？

中國歷代改革者「徒手搏龍蛇」，面對道統常有的「孤高自憤」在魯迅的身上看得最清楚。盜火者魯迅自言他從域外盜火來，正為了把自己的心肝煮給眾人吃。

◆班傑明所說的「光暈(aura)」是甚麼？

首先，所有事物都能顯現真正的光暈；它並不像人們所臆想的那樣，只與特定事物相關。其次，光暈處在變化之中；說到底，物事的每一個變動都可能引起光暈的變化。第三，真正的光暈，決不會像庸俗的神秘書籍所呈現和描繪的那樣，清爽地散射出神靈的魔幻之光。真正的光暈的特徵，更多地見之於籠罩物體的映襯意象。

——本雅明：《毒品嘗試記錄》，《本雅明文集》卷六(1)，法蘭克福：Suhrkamp，一九九九年，第五八八頁。

◆魯迅的〈孤獨者〉（《魯迅小說集》，第二五一—二七五頁）

這篇〈孤獨者〉，原先收在《徬徨》裡，寫一位在中學教歷史的老師魏連殳，好發議論，作風與眾不同。其中一條線索寫，扶養他長大的祖母過世，村人以為他是吃洋教的「新黨」，對傳統喪禮穿白、跪拜、做法事的儀式必然甚多意見，大夥兒嚴陣以待，準備對他道德勸說一番，誰知連殳卻全無意見，只說：「都可以的。」村人大駭。可是，有條不紊辦理喪事的連殳，卻在大殮完畢後，失聲痛哭，像一匹受傷的狼。其後，他和第一人稱的「我」聊天時，才揭曉他痛哭的原因並非孝順，而是：「我那時不知怎地，將她的一生縮在眼前了，親手造成孤獨，又放在嘴裡去咀嚼的人的一生。而且覺得這樣的人還很多哩。這些人們，就使我要痛哭，……」魯迅將這個孤獨靈魂一生的變化，描寫得既傳真又殘酷，尤其最後為了活幾天，甚至腆顏遷就地要求：「不知道那邊可有法子想？——便是鈔寫，一月二三十塊錢的也可以的。」「我……我還得活幾天。」把一個「躬行先前所憎惡的和所反對的一切，拒斥先前所崇仰所主張的一切。」的孤獨者描摹得堪稱淪肌浹髓！

◆小津安二郎如何在電影中表現人的孤獨

小津的電影裡，幾乎都有一個薪水階級的老頭子，由於退休年限將屆，乘醉回想過去之種種，而對自己的一生興起懷疑。他的電影中，幸福的家庭很少。幾乎都顯示了家庭成員的乖離。大體上，小津的人物，對生活都很滿足，但總有徵兆顯示，這個家庭不久就會失去它原先的面貌。例如，女兒出嫁，留下孤伶伶的父親或母親；父親或母親亡故；雙親突然離家到他處同某個子女同住等。

小津的電影裡，沒有一個人物是全然壞的，或是全然好的。也沒有一個觀念是全然對的，或全然錯的。對他而言，如果有絕對的事物的話，那就是萬物之變遷不息了。生途悠悠，一切殊難逆料。流轉的世界裡，沒甚麼是注定的。《東京物語》裡，父親談起在戰爭中死去的孩子，說：「失去孩子令你難受，但真和他們一起生活，卻又有許許多多的難處。」失望是與生俱來的。媳婦紀子感嘆：「是的，人生是令人失望的。」淋漓盡致地點出人生注定孤獨的原因。

2 聯想生發

以往各式各樣的閱讀經驗，必然會和每一次新的閱讀相互衝撞，古典的、現代的，在腦海裡交互出現，相互綰合，形成另一種全新的體會。

◆關於孤獨

李白〈獨坐敬亭山〉：「眾鳥高飛盡，孤雲獨去閑；相看兩不厭，只有敬亭山。」似寫山中獨坐，遠離塵囂，悠然忘返的情懷；也可隱約見出李白孤高的寂寞與對俗世的厭倦，這是不是也是一種所謂的「孤獨」？強調只能和寂然獨立的敬亭山相看兩不厭，也許正暗示著無法在世間找到和諧的人際，徹底否定長久愉悅相處的可能。而蘇軾〈卜算子〉：「缺月掛疏桐，漏斷人初靜，誰見幽人獨往來，縹緲孤鴻影。驚起卻回頭，有恨無人省，揀盡寒枝不肯棲，寂寞沙洲冷。」又是另一種孤獨樣貌的呈現。蘇東坡為了抱負，為了原則，不肯屈就不肯苟合世俗，而飽嘗人生千般的荒冷寂寞；遺世而獨立，孤高而悲愴。孤單、寂寞、寒冷，全在筆端流露。

赫胥黎曾說：「越偉大、越有獨創精神的人越喜歡孤獨。」紀伯倫說：「孤獨，是憂愁的伴侶，也是精神活動的密友。」歌德更進一步闡述：「人可以在社會中學習，然而，靈感卻只有在孤獨的時候，才會湧現出來。」證諸前述兩位中國最偉大的詩人李白和蘇軾的作品與際遇，果然是有幾分道理！

◆讀黑色恐怖的小說，當你愈保持一種絕對旁觀的狀況時，它的黑色恐怖性就愈高。（《孤獨六

講》第一八四頁）

由此聯想起紀大偉得獎的極短篇〈早餐〉（唐捐、陳大為主編《當代文學讀本》二魚文化），以烹飪來為出軌的感情贖罪的男人，用深夜的放浪和清晨的美德來達成生命的平衡。他穿梭在太太的餐桌和情人的床笫間，前一夜在情人處銷魂，翌日為妻子準備的早餐就更動人。一日，情人迭出怨言，他失手摑掌，反挑起慾望海嘯，欲仙欲死，來不及回家做飯，中午過後返家……摸索開燈，赫然發現母子二人穿好衣服靜坐陰暗的飯桌前，兒子說：「好餓，我們還沒吃早餐。」那時，屋外驕陽高照，他家裡卻還沒有開始天亮。如此黑色恐怖小說，果然因讀者保持旁觀而愈顯恐怖。

三、生命經驗的印證與啟發

閱讀是為了讓生活更容易，所以，有的可能希望聽到一個有趣或好聽的故事，以打發單調無聊的閒暇；有的盼望從作者豐厚的學養裡汲取營養，來滋養自體貧薄的知識；有些讀者從現實面出發，希望能從閱讀中找到解決他人生困境的良方；有些讀者從精神面著眼，盼望從作品所提供的美好表現形式，獲得美感經驗的饜足；因為閱讀的目的不同，讀者的生命經驗迥異，所以，常常會有讀者讀出了超乎作者想像的意義，這是因為閱讀者一邊讀著作者的生命經驗，一邊會忍不住拿來和自己的人生相互印證生發，所以，一般都承認，閱讀是一種再創作的過程，不必一定依循作者所期待的方向前進。好的作品，通常具備多元解讀的空間，不必擔心自己的閱讀是否符合作者的期待，或是不是跟大多數人相同。以下略加舉例說明。

1. 生命裡第一個愛戀的對象應該是自己，寫詩給自己，與自己對話，在一個空間裡安靜下來，聆聽自己的心跳與呼吸。（《孤獨六講》第四八頁）

蔣勳在第十四頁〈情慾孤獨〉中，說：「不同年齡層所面對的孤獨也不一樣。」接著在第十七頁裡談到年幼時與母親對話的經驗，好像充滿了禁忌與不被認同的孤獨，我的心裡隱隱感覺有些地方被觸動了。當我繼續看到第一百八十三頁談到〈暴力孤獨〉時寫的：「我們經常用不同的暴力形式待人，打罵是最容易發現的暴力，但有時候我們對人的嘲諷是暴力、對人的冷漠是暴力，有時候……母親對孩子的愛也是暴力……」，忽然，我就不由得回想起童年經驗：因為轉學，上學時，得強撐著新同學謠啄紛紛的攻擊；黃昏回家，還要背負昔日老同學背叛的指控；在家，因為父母的忙碌，又根本得不到親情支援；在幾乎可稱之為「眾叛親離」的窘境下，只能據守閣樓和行走公路上喃喃自語的瘋子展開通關密語式連結，造成日後不斷與自己對話的習慣，甚至因之走上寫作的路途，所以，寫作對我而言，也許只是自言自語習慣的延伸，也許這就是蔣勳在第四十八頁所說：「生命裡第一個愛戀的對象應該是自己，寫詩給自己，與自己對話，在一個空間裡安靜下來，聆聽自己的心跳與呼吸。」也是挪威探險家弗里喬夫．南森所說：「人生的第一件大事是發現自己，因此人們需要不時孤獨和沉思。」閱讀至此，適巧在演講場合邂逅小學時隔壁班的一位女同學，忽然前塵往事湧上心頭，於是，寫出了一篇〈隔壁班的女孩〉（收入二〇〇九年十二月九歌出版的《純真遺落》），發抒積壓內心的深沉感慨，希望藉此提醒老師多關心校園內孤獨的身影，籲請家長能多設法聽懂孩子的話，想法和孩子站在同一邊，這是閱讀和寫作不經意間所衝撞出的火花。

2. 當我們用超出對話的角度去觀察語言，語言就會變成最驚人的人類行為學，遠比任何動物複雜，這裡還牽涉到很多人際關係。（《孤獨六講》第九〇頁）

用同樣的語言，為何我們會聽不懂對方語言的真正意涵？是因為個性不同？是因為所處環境迥異？所以，應該努力學習將心比心、站到對方的角度來思考語言的真義。譬如：同樣一句帶著驚嘆號的「死相！」可能是撒嬌，也可能是嗔怒，如果沒有注意說話人的肢體語言，可能就會因錯解而要被控騷擾或被嫌不解風情。又譬如：居遠地的阿嬤來台北，你問她：「天氣滿熱，要不要開冷氣？」阿嬤可能並不以「要」或「不要」應答，而是說：「無要緊。」那麼，面對「無要緊。」的回答，你是該開還是不該開冷氣呢？到底阿嬤真正的心意是傾向何者呢？我曾以此請教年輕一代的學生，大部分都說：「不要開啦！阿嬤如果怕熱，她就會直接說。阿嬤是不想開，但是揣摩我的心意，以為我怕熱想開冷氣，不好意思煞風景。」而實際的狀況真是如此嗎？是不是也可能是另一種狀況：老一輩的人總是節省成性，也許是捨不得讓兒女開冷氣、多花錢，「無要緊。」三個字裡潛藏「沒關係！天氣雖熱，我還能忍耐。」的深層心意呢？這時，如果你夠孝順，不忍讓阿嬤忍耐炎熱，就應該開個冷氣，讓阿嬤舒適些。這兩種考量何者為是？就考驗著你對阿嬤身體、個性或思考的理解程度，是一個測試你和阿嬤默契的命題，同時也是考察你孝順與否的尺規。阿嬤也許罹患風濕，不喜吹冷氣，加上為人客氣，不喜為難家人，那麼，前述年輕人的選項就符合阿嬤的心意；如果阿嬤一向節儉、捨不得花錢，又體恤兒女，那麼，開冷氣的選項就是你表達孝心的方式。所以，語言的孤獨，是因為語言的解讀空間極大、極多元，與它連結的變數無法勝數，因此，所謂的「準確度」和你對人的觀察與關心有莫大的關聯，而在疏離的年代，必然更增加孤獨的可能。

四、文學藝術裡抽象與具象的轉換

上司在警員離去之後，聽到巨大的月亮升起在城市的上空，無數咻咻的狼犬的叫聲，十分淒厲的、在四面八方的巷弄中流傳著，牠們要找回婦人明月遺失在這城市中的九根手指。（《孤獨六講》第一八六頁）

這是蔣勳作品〈婦人明月的手指〉裡的一段，是蔣勳談到暴力美學時所舉的例子之一。他說：讀者可能會問我，為甚麼上司會「聽」到巨大的月亮升起？月亮升起是有聲音的嗎？對此，他沒有具體回答，只強調此處顯示整座城市已經變得荒涼。這不由讓我聯想起帶著學生一起觀看電影《郵差》時，學生提出的疑問。《郵差》敘寫智利詩人聶魯達被流放義大利，結識一名郵差，教他寫詩，建立良好交情。其後，聶魯達得以解除流放命運，重返故鄉，請助理捎信前來要回留在島上的物件。郵差受到聶魯達的啟發，非但學會寫詩且毅然加入反對運動，為弱勢團體發聲；甚至因為寫詩，得以觀察、領會到島上的美麗。他在送回聶魯達留下的物品前，苦心孤詣地用錄音機錄下島上的各種美麗，打算送去給人在遠方的聶魯達。這些聲音包括卡拉狄史托的小海浪、大海浪、懸崖的風、吹過灌木叢的風、悲傷姑娘的教堂鐘聲和神父的罵聲、孕婦肚子裡嬰兒的心跳，還有父親悲傷的漁網及島上的星空等八種聲音。學生曾很納悶的提問：「父親悲傷的漁網及島上的星空有甚麼樣的聲音可錄？」蔣勳的自問和學生對《郵差》劇情的提問，其實都是文學藝術裡抽象與具象的轉換，《郵差》裡，錄下大海浪與小海浪、懸崖的風與吹過灌木叢的風，意在告訴觀眾，這些對周遭事物微小變化的敏感辨識，正是寫作者必須具備的能力。而父親悲傷的漁網及島上的星空也許存在所謂的天籟，也或許象徵島上人民的奮發求生的刻苦身影及當地環境的詩情畫意，要學寫詩，就先得學會擁有豐富的想像力，這是一種必要的訓練，也就是必須將具象事物轉換成文學藝術裡的抽象。這也是為甚麼蔣勳不寫「看到」而寫「聽到」「巨大的月亮升起在城市的上空」的原因吧。

五、糾　繆

最好的作品不免有失誤或可再增補之處，閱讀作品若秉持「盡信書不如無書」的想法，對作者所徵引資料的精確及詳實度加以考核，往往會留下更深刻的印象。閱讀《孤獨六講》也發現有若干地方可再求精確：

1. 譬如：第五十三頁，寫小津電影中的結婚多年夫妻，妻子習慣在先生發出一個聲音後，應聲而出，這裡所謂的小津電影指的就是《早安》，「一個聲音」其實就是先生的放屁聲音。因為放屁的聲音在《早安》裡指涉無謂的應酬語言，言之無益，卻又缺之不可，是劇中最重要的符號，具體寫出來，絕對對他的論證有加分效果，沒寫出《早安》的劇名及放屁的聲音很可惜。

2. 在第八十頁裡，寫著：「小津安二郎則是讓一個男子在火車上愛上一個女子，在劇末他走到她身邊，說：『早安！』說完，抬頭看天，再說：『天氣好啊！』」這些敘述正是《早安》的結尾。蔣勳應該具體寫出劇名，方便讀者尋線找尋。

3. 第八十七頁裡，〈趙氏孤兒〉故事中，公孫杵臼並未如蔣勳所說被斬首，而是主動觸階基求死。

4. 所舉事例，若能更照應經驗法則，應該會更具說服力。例如：第一百七十二頁所舉作品〈婦人明月的手指〉，雖則寓意深遠，恐難取信讀者。其中寫手指被剁的婦人，眼睜睜看著自己的手指黏在一疊厚厚的鈔票上被搶匪帶走，竟然還能從容和路人對話，且又不厭其煩和過路的學生慢條斯理訴說整個過程、分析必有接應者、並和大學生爭辯手指黏在鈔票上的感覺之存在與否……這種種都和一般人的經驗法則相去較遠，會因此難以說服讀者。因為手指被剁後，不但鮮血淋漓，而且一定痛徹心肺，常人一定顧不得其他，立即求醫，不可能有作者所敘的狀況出現，當然，這也是個人主觀的看法。

蔣勳《孤獨六講》旁徵博引，不但提供相當多的知識，也充分展示他對文學、歷史與社會現況的多元解讀能力，讀者細嚼慢嚥，必然能累積相當豐富的知識，這部分就不用於此贅述了。

第二輯

文字行走

觀念釐清與論說文寫作示範與提醒

序言

論說文的寫作，通常讓學生最傷腦筋。在短暫的時間內，如何針對某一個事件提供意見，再闡釋對事情的看法，平常當然得多下工夫。首先，得常常看看報章雜誌，多關心周遭的事物，才能累積題材。有了題材後，當然還得思考，對這件事有甚麼想法，就由觀察進入思考階段。很多事，我們常視而不見或習焉不察，也就是缺少好奇，不用腦袋；或求學過程中，專事記誦，不知其所以然。寫論說文時，當然就不容易有自己的意見。結果只好人云亦云，複製古人的說法，或隨順別人的意見，常常無法寫出有意思的文章來。

最好的論說文，不只是文清字順或邏輯周全、不自亂陣腳而已；最可貴之處，在於論述中有屬於自己的創見，見人所未見處，言人所不曾言，甚至這些獨到的見解具備解弊的良方或促成進步的功效。論說文不必然得板起臉孔說教，理直如果能夠氣和，甚至以小故事佐證，意見的被接受度必然相對提高。

這一輯裡的文章，是在《聯合報》撰寫「名人堂」的專欄文字。大部分在針砭台灣語文教育的諸多現象，從正反兩面論述閱讀與寫作的意見。認真說起來，從八年多的百餘篇作品中擷取這些論述文章放進這本書裡，是別具用心的。真心希望閱讀者可以從中仔細琢磨，看出每篇文章如何構成？作者觀察到甚麼樣的現象？基於何種動機提筆寫？它的字句鍛鍊與謀篇裁章是如何講求的？論述邏輯又是如何力求周全？尤其，這兩、三年來，國文科試題也好，作文題也罷，光會記誦已不敷需求，考試跟將來工作需求能力的培養日益縮短距離。題型開始強調閱讀理解素養導向，內容不僅限於國文領域，而延伸到不同領域，如何閱讀資料、擷取資訊、統整解釋、省思評鑑變得非常重要。這一輯的文字，從觀察與觀念、省思、閱讀、寫作與實踐各個角度，逐漸開展論述。希望能從實質面提供意見，使閱讀更深刻、寫作更容易。

觀察與觀念

從開口到閉嘴

去年春天，曾應邀到某國小演講，對象是四年級的小朋友。

學生在禮堂的一隅席地而坐，約莫百來人，眼睛晶亮，充滿興味地望著演講者。當我和他們互動時，這些十歲上下的孩子舉手回答的踴躍，讓我大吃一驚。因為不管是我曾經教授的國、私立大學生，抑或其他社會機構演講場合中遇到的成人，應對同樣的發問，多半不是立刻低下頭來，就是微笑不語、莫測高深。

由小學的踴躍發言一路到社會的微笑沉默歷程，到底隱藏了怎樣的玄機？這些在大學課堂外也許可以滔滔不絕說著俏皮話的學生，忽然集體在教室內失聲，是純粹成長時的荷爾蒙或生長激素改變所使然嗎？抑或在求學過程中越來越沒有機會思考或發言所導致？甚或在課堂上積累太多不愉快的發言經驗而形成？我們的老師需要為學生一逕沒有答案的緘默習慣負些責任嗎？

從開口到閉嘴，絕非一朝一夕之事，當學生藉由各項學習逐漸建立個人思想體系之際，我們的國文課曾經提供他深思、討論的時間和空間嗎？換個角度思考，國文課為他往後的人生儲備了那些資源？是情意的開發？是美感經驗的涵養？是解讀人生能力的增進？是創意的養成？抑或只是讓學生在學力測驗或指考裡爭取到高分？

前一陣子，應邀參與國小教科書的審查。翻開第一頁，赫然發現，目錄頁上，只條列篇名，作者姓名竟然付諸闕如。當舉世都在呼籲「重視智慧財產權」之際，承擔孩童啟蒙的國小課本，竟然昧於潮流，未能順勢將智慧財產權的觀念具體落實，實在是相當大的疏漏。而某些篇章，觀念老舊，動輒喜歡將人比喻成螺絲釘，把人徹底物化，嚴重忽略個人存在的意義；選文的老氣橫秋，更是讓人不敢恭維，或者高談野草的強韌和溫室花朵的脆弱，苦苦呼籲學生挑戰困難；或者文章情境悖離時代太久，遠遠超出學生能夠想像……呼告、教條的空言充斥字裡行間，陳腔濫調，完全漠視學習的效果。這不禁讓我想起多年前審查軍中教科書的經驗，第一篇〈申包胥哭秦廷〉，

第二篇〈梅臺思親〉，第三篇林覺民〈與妻訣別書〉……完全是失敗主義的再現，彷彿告訴軍中袍澤愛國的結果就是犧牲，人生最大的榮譽就是進忠烈祠！怎不教年輕人閱之卻步？社會的變化一日千里，我們的教科書得趕緊跟上時代的腳步。

語文教育應該從個人的情意共鳴為起始點，體察時代的變化，廣泛跨界閱讀，才能收表情達意、欣賞陶冶及與世界接軌，進而達到潛移默化的功效。編輯委員如何選擇文質兼備、切近年齡層需求的文章；教師如何透過觀摩學習，相互切磋教學策略，善盡作品與學生中介的職責，引發學子課堂上學習的樂趣，進而促進他們課外摸索的興味，我期期以為這些都遠比白話與文言比例更加直指教育問題的核心。

提示：這篇文章從一場演講及長久審查課本的發現切入，發現教科書的內容的問題：選文內容觀念陳舊，跟不上時代思潮，既難以讓學生產生共鳴，更難以對學生有創新的啟迪。所以，改變選文的板滯，增添學生討論的參與度實為當務之急，我相信如今旁及各領域的閱讀素養將大大提昇文學的實質意義。

承認人有未盡之處

女兒上高職的第一堂統計學課，老師開宗明義「統計學」，以學生家長的學歷作現場統計。女兒回來後生氣地轉述一位同學因為父母是文盲，面紅耳赤地舉手，窘得不得了！我雖然向女兒寬慰這也許只是老師一時的思慮不周，但也不得不承認這樣的教學的確不足取。雖說學歷的高低，沒甚麼好驕傲或羞恥的，但高中的學生正值愛臉的年齡，要他們在眾目睽睽下公佈父母的低學歷，也真的讓人感受極度的不舒服。法國導演楚浮的電影《四百擊》裡，描繪一位含冤被罰的學生，一步步走上不歸路的過程，對老師無心之過所引致的可能後果，有淋漓盡致的痛譴！影片最後孩子那張不知何去何從的茫然臉孔，讓人看了心痛難當！

然而，當老師的也只是凡人，只要是人，一不小心就會犯錯，所以，如何謹慎地迴避犯錯的機會很重要，而犯錯時坦然承認並由衷致歉，也是必須的身教。我觀察到我們的教育太強調「法古今完人，養天地正氣」，去哪裡找完人？正氣又是如此抽象！上大學時，老師盛讚孔子是聖人，同學笑問：「既然是聖人，他離婚的事怎麼說？」老師的答案讓人噴飯：「連聖人都無法忍受的女人，又是一個怎樣糟糕的人！」孔子周遊列國，為國事操勞，他怠忽婚姻的經營，假設真的離婚，恐怕可怪罪之處要較太太為多，老師欲蓋彌彰，並非智舉。

我從年少時期就對教科書中大禹的行為感到生氣，為了治水，三過其門而不入，是何等冷血的父親！其實，孔子的偉大是有教無類的教育理念；大禹的重要是運用了疏導的治水方法，這兩人既有崇高的理想，又有履踐理想的方法，都是值得尊敬的人，但也可能因為過度從公，疏忽了人際的其他環節，人生本來就難以求全，實不必強作解人以「聖人」或「完人」相期。承認他們也有未盡之處，讓他們回歸凡人的角色，坦然面對失誤並檢討如何改進，才不致讓教育失焦，徒然引人反感。同樣的，老師偶爾也會犯錯，承認錯誤並不可恥，可恥的是敷衍粉飾，甚至蠻悍地強辯。

前一陣子，我發下期中考卷後，為了讓學生知道分數的評量標準及如何作答會較周延、豐富，我打算請最高分的三位同學將考卷讓其他同學傳閱、觀摩，當我徵詢高分同學舉手時，一位女生笑指身旁的男同學，我不知是她故意的捉弄，追問得了幾分，那位男同學窘得紅了臉，悻悻然說：「四十五分啦」，頓時引來哄堂大笑。我表面故作鎮靜地請他參考同學考卷改進，實則為自己粗疏的暴露學生的低分惶惑不安，一整天都心事重重。湊巧次日清晨，我和那位學生在校園不期而遇，我們相互微笑頷首，錯身而過十公尺之後，我鼓起勇氣轉身喚他，為前一天的失當舉措致歉，那位學生先是一愣，隨即笑開了臉，回說：「老師不用擔心，期末考我會更加努力，一定設法考好。」那樣的清晨，陽光溫煦，微風拂面，學生轉身大踏步走了，我佇立當地，不爭氣的紅了眼眶，為著自己沒能細心迴避錯誤，更感激學生的天真寬諒。

陶淵明曾為他的兒子找了一位僕役，殷殷叮嚀兒子：「今遣此力，助汝薪水之勞。此亦人子也，可善遇之。」因為疼惜自己的兒子而雇請僕役代勞，然僕役也是他父母的最愛，淵明提醒兒子要心念及此，善待他人骨肉。而每一位學生不也都是帶著父母成龍成鳳的熱切期待而來，老師如果都能秉持陶淵明將心比心的仁厚心腸，提防成為日本學者渡邊一夫所說「固執己見的機器」，一方面謹慎避免錯誤發生，一方面不吝承認並改進錯誤，以身教成全正確的教育理念，則學生幸甚矣！

提示：這篇的寫作宗旨是在彰顯只要是人，都會有未盡之處。坦然面對失誤並檢討如何改進才是正道。文章從古書和現實生活取材，說明「盡信書不如無書」，從孔子、大禹談到法國電影《四百擊》和女兒的老師，甚至自己犯錯補過的經歷，最後以陶淵明的同理心作結，挑戰傳統觀念，和一般光是「複製、貼上」名人佳句的作法，大異其趣。寫文章不要人云亦云，要有反常合道的創發。

不過是醜些罷了！

因為失眠，我亟需一只夜裡能讓我清楚目視的電子鐘，外子很快回應我的需求，從市場邊的小鐘錶行攜回一只長相雖然堪稱端正、卻平板單調到無聊的鐘。我嫌它長得太「抱歉」，得空，親自前往，希望換回一個較為美觀的。老闆聽完我誠懇的道歉及換鐘的理由後，笑得前俯後仰，樂不可支，隨即老氣橫秋地指導我：「醜，是不能換的。只有壞了不能用，才能換。我這鐘錶店開了幾十年，從來沒有人因為鐘醜拿來換的，……何況我覺得這個鐘一點也不醜。」

那只在我看來毫無美感的鐘，終究因為老闆的堅持而被留置在我的臥房內，在失眠的夜晚，每每因為看到醜醜的它和我一樣，猶然睜著無辜的紅眼而讓我失眠症狀加劇。夜深人靜之際，我忽然發現老闆的話可以和好幾個教育議題做有趣的連結思考。

首先，醜，居然不能成為退換的理由，只有好壞的實用問題才有資格被列入退換的考慮，難道美是無關緊要的嗎？其次是幾十年沒有人做過的事，是不是就一定是牢不可破的鐵律？完全沒有被修正或顛覆的可能？最後一點，因為一時疏忽，就註定永遠不得翻身地被迫使用不喜歡的貨品，長期失眠已經夠可憐了，暗夜裡，還被迫面對一只毫無美感的鐘，這算不算不人道！

偶而的疏忽該不該被長期折磨的問題，讓我聯想到有些調皮的孩子，可能因為偶發的過錯，就被貼上標籤，導致前行不易卻又回頭無路，乾脆隨波逐流地往抵抗力最低的方向走去，正是教育裡最可怕的黑洞。其次，幾十年都沒有人做過的事，就沒有被接受的可能嗎？蘇東坡說：「詩以奇趣為宗，反常合道為趣」，所謂「反常合道」就是乍看「出人意外」，細審「入人意中」，這種不蹈襲前人思想的挑戰習慣領域精神，不只是文學藝術裡最寶貴的資產，也應該是教育裡很重要的涵養。最後，美，重要嗎？在未開發國家，人們謀生不易，自然談不上對美的積極追求。如今的台灣，業已邁入開發國家之林，卻因為考試領導教學之故，美術、音樂課常常被借去分解因式或趕升學進度，美育變成可有可無的一環，學生對美的鑑賞因之毫無概念。美，彷彿只存在於美術館或博物館中，生活裡極度缺乏美感經驗的結果是滿街毫無章法的建築、一路詭奇的男女打扮、一屋子華而不實的暴發戶行頭……。醜，我以為是不道德的污染，當然可以換，也應該換。

幾天前，我坐在國家劇院裡聆賞崑劇《玉簪記》，忽然驚心美學教育的不足將導致何等可惜的後果。台下的觀眾在或嘈錯或溫柔的旋律裡如醉如癡，正見證了美是何等重要的資產！我不由想起六年多前在聖塔芭芭拉走訪白先勇先生時，他憂心慨嘆台灣美學教育闕如時的再三立起陳辭！

如今他劍及履及，在校園內扎根幾被遺忘的文化遺產；可笑的是，我卻只能對著一只醜陋的電子鐘嘆氣！

提示：因為想換回一個較為美觀的鐘，卻遭到店家留難，引發「醜」能不能換的思考，旨在提出日常生活中美感經驗被漠視的偏見。文章從尋常日子的買賣小動作說起，帶出美學素養的匱乏實源自美學教育被賤視。美，不只存在於音樂廳、美術館，應落實在家常的細事中。

語言邏輯的錯亂

黃昏時分，偌大的辦公室裡，悄無聲息。忽然，高跟鞋敲打在磨石子地的尖銳「喀！喀！」聲傳來，眾人都抬起頭好奇地張望。原來，一位年輕的女子拉著個年莫六、七歲的孩童走進了室內。坐在角落的男子驀地大聲地朝女子驚訝地說：「哇！林大姐！你的女兒怎麼越長越大了呀！」我忘形地噗哧大笑出聲，大夥兒齊齊將眼光朝我射來！我只好佯裝咳嗽，掩飾失態，心裡嘀咕著：「幹嘛看我！六、七歲的孩子不該越長越大嗎！難不成還越長越小！這『怎麼』二字用得何其詭異！」

電視劇裡，失去阿嬤的阿春，撲倒醫生懷裡，傷心哭泣，白袍醫生撫著阿春安慰道：「阿春！既然你奶奶已經死了，你就不要再哭了！」螢光幕前觀看的群眾，都沉浸劇情裡，跟著阿春哭紅了眼，我想到的卻是：「那阿春該何時哭比較好？難道該在阿嬤還沒死去之前先嚎啕大哭一場嗎！」

新聞節目中，傷痛的被害人家屬，對著眾多的媒體麥克風，咬牙切齒說：「如果兩位兇嫌沒有被判死刑，我的母親就死得很不值得。」啊！這話不也大有問題！聽起來彷彿只要兇嫌被判死刑，被冤殺的母親就死得很值得！然而，這真是他原本想要表達的意思嗎？

猶記動物園搬遷去木柵的前夕，遊客如織，齊往圓山舊園憑弔。一位姓孫的男士，在園內逡巡徘徊，並纏綿地對著電視記者的鏡頭感性陳述：「小時候常來玩，今天舊地重遊，感到非常的溫暖，好像回到自己的家一樣。」立刻，我幫電視台編輯下了個簡潔有力的標題：「孫行者重回花果山」。媒體的即時性，使得說話的人缺少深思熟慮的時間，因此，常常說出讓人噴飯的話來。

我發現人們對類似的邏輯不通或無心鬧下的笑話，因為習焉不察，覺知度變得越來越低，不但事發當下，沒能敏感發現；當我在講述語文誤謬時，提出作為例子，聽眾常常也無法立即心領神會，總要在我具體指出荒謬點後，才引發哄堂大笑，可見邏輯不通竟成社會常態。尤有甚者，不知從何時起，年輕人忽然集體將「然後」當作每句話的發端語詞；而喃喃自語的「對！」則取代了段落的暫停逗號，不停地出現在每句話的後方，聽多了這種新世代語言，簡直要抓狂。

周延的邏輯和豐富的語彙，是使語言深具魅力的因素，如何讓學生在國語課上學到其中三昧很是重要。我曾經在收音機裡聽到有趣的對話：主持人請來一位導演介紹拿手菜——清蒸魚的烹調法。導演輕描淡寫：「最重要的是魚要新鮮。清洗乾淨後，放到蒸鍋裡蒸個八或九分鐘就可以啦！」主持人楞了一下，接口：「導演！你說得太簡單了啦！聽眾聽不懂的啦！」導演呵呵反問：「說得簡單反而聽不懂？那我得說到多複雜他們才明白！」這個導演有趣，他充分掌握到語言的多義性，耍弄「簡單」的反義詞，故意模糊「複雜」與「詳細」的界線，造成語意雙關的趣味，這也正說明了語文的繁複豐富需要更細緻的學習與體會，才能在應用時曲盡其中的神髓，達到風趣幽默的境界。

提示：日子得過得有滋有味，興會淋漓，才有足夠的資料入文。這篇〈語言邏輯的錯亂〉，所舉例子，從辦公室、電視劇、新聞播報、動物園、收音機中取材，如果平時能勤做筆記，將所見所聞記下，或養成寫日記習慣，將來順手拈來，都是文章。

尊重和誠信的教養觀

「尊重」和「誠信」問題，每到選舉期，必成為對手交相攻訐的箭靶。大人在新聞上吵得火熱，讓人不禁要喟歎基本的美好德行似已蕩然無存。朋友聚談，總為此種惡質選風憂心忡忡。此刻談「道德重整」彷彿是個笑話，仔細想來，卻又不得不嚴正以對；而世道混濁如斯，恐怕非得從民族幼苗的教育著手不可了。

民主教養得從小扎根，自前年晉身為阿嬤之列，我對孩童的成長有了比以往當母親時更多的觀察。《禮運．大同》篇裡的「講信修睦」不只適用於外交，在親子溝通上，尤顯重要。孩子對大人的信任，是從一次又一次的相互對待裡建立起來，必須雙方都拿出誠意，從基本的生活細節裡開始講究起。大人和孩子站在一樣的高度，共同商量著訂立規則，是其後督責孩子守信的憑藉；如果大人單方自行立法，由上而下，嚴控孩童不要逾矩，如此，犯規就如同觸法。守信是從情感出發，守法則有賴理智控制。情感和理智打架，理智的贏面向來較低。所以，尊重和誠信堪稱一體兩面，互依共存。

尊重不是姑息，姑息是對惡劣生命品質的縱容；尊重是對生命的敬畏，小自個人生活的品味，大至對未來人生的規劃，縱使只是孩子，我們都得尊重他們的抉擇，並容忍他們在追求過程中所犯的錯誤，讓孩子從犯錯中培養對不良事務的抗體。

在成長中受到適度尊重與信任的孩童，通常因為拘執少，溝通多，學習進度相形較快也比較能夠自重。我的孫女雖才兩歲多，自主性就頗高，不肯隨順大人飯菜合一的進食方式，不但堅持飯菜分離且各菜獨立，湯匙內，一次只容一種滋味，我們也覺堅持有理而予以尊重。

曾在一次南下之旅中，她不停問：「現在到哪裡了？」我雖竊笑：「我說了，妳又知道甚麼！」但仍耐下性子一一回答「新竹」、「苗栗」、「豐原」，感覺她彷彿從大人的鄭重以對中維持了相當的學習興致。另外，她曾因拉開小抽屜時用力過猛，導致小抽斗整個脫落傾地而驚慌莫名，也因為得到大人適時的安撫：「第一次做的事出錯是難免，不用害怕，以前阿嬤也曾這樣。」並得到力道拿捏的指點及再度練習的機會，得以掌握對她而言有些難度的拉開抽屜的要訣。

尊重與信任就是這樣日積月累而得，非一朝一夕之功。這一點，我從小孫女父母的教養方式上也有所領會。譬如：小孫女的爸媽前來托嬰，向來跟兩歲的小娃兒說得清清楚楚，她也乖乖站到門口揮手說再見，看著爸媽的電梯關閉下樓，講理、不哭鬧，爸媽從不偷偷溜走；身為阿公、阿嬤的我們，肅然起敬之餘，也跟著重然諾；承諾過的事，就算孫女忘記了或不再提起，也一定設法履踐。同樣的，因為大人的信用額度高，小孩童也有樣學樣，譬如：看到玩具店雖眼睛發亮地飛奔前去，但除非行前約定好的，否則，她從不隨興要求；店員問她要買甚麼，她總說：「家裡已經有了。」不會任性耍賴。跟她玩遊戲，我督責她，要換另一種新遊戲前，得將先前玩的玩具收拾乾淨。小孫女要求「阿嬤一起收。」我說：「自己的玩具自己收。」小孫女據理力爭：「阿嬤也有玩。」因為言之成理，我也只好遵命行事，不敢耍威權。

小朋友的學習與成長，以子夏的話來說最得其實：「日知其所亡，月無忘其所能，可謂好學也已矣。」我深信尊重及信任可以讓孩童的學習多了些溫度，也必增加厚度與質感，為人父母者或者可以常常放在心上。

提示：尊重和誠信得從小扎根，且身教勝過言教。文章從尊重和誠信一體兩面談起，再進一步明辨尊重與姑息的差異。遊說時，舉實例絕對勝過滔滔雄辯。信任植基於尊重，大人若率先履踐，不仗勢權威，一切以平等對待，日積月累，必事半功倍。

弱勢與偏鄉果然都偏遠

小野寫了篇文章，激動地提到有些學校編了要給較弱勢或有學習障礙孩子的預算，卻全部挪給有競爭力的資優班，這不禁讓我想起一樁往事。

幾年前，我在本專欄寫了篇文章批評現行教育長期掌握在一群「聰明」人的手中，其實潛藏危機。他們天生睿智，求學生涯一帆風順，無法設身處地，使得教育政策一逕圍繞資優生設計，資質稍差的學生，簡直走投無路。

文章登出後，一位正在高中任教的學生C，熱情洋溢地寫信來回應，說她正教授的體育班同學，對這篇文章深有感受，當他們得知作者是他們的太老師時，興奮莫名。C靦腆地問我有沒有機會去為這些學生打打氣？當下，我毫不猶豫地就答應了。沒多久，我專程南下，打算免費跟他們講一場以「遠方」為名的演講，談談如何拉近理想與夢的距離，藉此嘉許C，也鼓勵C的學生們。

我發覺C這時開始忐忑，可能怕我高估了學生的程度。她預先寄來學生的作文，解釋說：「體育班很著重專業訓練，但這些孩子不愛學科學習，或者與一直以來的學習成就低落有關。雖然他們的作文總是讓人啼笑皆非，可是他們重感情、重義氣。雖然可能連四大奇書都說不出來，但他們誠懇善良。雖然對未來茫然迷惑，可是我超級喜歡他們每天認真踏實練習專業的樣子。他們功課真的不好，可能會比您想像的還糟糕，可是聽到這次的作家演講是他們『獨有』的福利時，顯得相當開心又有自信。同事們一直要我向您大略說明體育班的狀況，我不知道該說甚麼。面對著這樣的一群孩子，我想，您一定會跟我一樣喜歡他們的真誠與直率。」這封充滿情感的信真讓我感動莫名。

然而，沒料到調課時驚動校方，校長說：「這麼好的機會，幹嘛給體育班的學生，更應該讓資優班的學生來聽才是吧！」我差點為之氣結，但顧及禮貌和我學生的處境，只好擴而讓其他的學生一起參加。誰知，演講廳裡，原訂的演講對象——體育班學生硬生生被安排在偌大講堂的最後方，附帶來聽講的學生倒穩坐前排，我真的很生氣，便下台站到後方開講。事後，每回想起校長的偏執還一肚子氣。

倒是那些可愛的體育班學生讓我魂牽夢縈，他們認真聽講，天真有禮。事後，C寄來學生寫的回饋單，我回信說：「我最欣賞的句子是：『剛開始以為她應該是很無聊、說到最後會讓大家受不了的教授，沒想到結束時大家竟然都還活著。』他真是個天才，再沒比這句話更有趣、更寫實且更高的讚美了，請代我向這位同學致意——要他好好利用這份幽默感。另外的一句美好的句子是：『想不到我們和教授那麼合得來。』好感謝這位同學的知遇之恩。總之，請轉告妳的學生：他們的表現跟我去演講過的學校中表現最優的新竹中學學生一樣讚，太老師太滿意了。」

這次的經驗，幾年來一直惦記在心，想到非菁英的弱勢學生或偏鄉的學校長期遭遇的漠視，我決定今夏開始展開四十場偏鄉義講之行。當我在臉書上公開徵求，各地的邀約信竟如雪片飛來，迫使我提早關閉應邀信箱。

惆悵的是，搶先前來邀約的，看來多半非偏鄉。邀約截止後許久，才有好幾個真正偏鄉的學校，說是透過紐西蘭或美國的朋友，得知此訊息，「可是，看來已然遲了。」我這才知道，不止弱勢被排擠，偏鄉果然也偏遠，在資訊的傳播上，台東、花蓮看來比紐西蘭或美國更加遙遠。

> 提示：由報上的文章聯想起過去的一樁經歷，經常是寫作的動機。那樁往事原本只寄居內心角落，偶爾喃喃抱怨；一旦被勾引出來之後，忽然有不吐不快的急迫感，綰合其後的偏鄉義講。於是，便開始噴發為弱勢與偏鄉的「偏遠」發聲的衝動。「偏遠」是地理的隔閡，更是心理距離，雙重的忽略。

省思

只有一個答案嗎？

一日，心血來潮，和學生閒聊起國中課文中〈王冕的少年時代〉的旨趣，學生不約而同地指向「勤勉向學」、「孝順」的制式答案。於是，我們重新仔細推敲，另外尋索意義：因為經濟不景氣，生活陷入困境，王冕的母親不得已含淚讓王冕輟學去鄰村放牛，王冕回說：「娘說的是。我在學堂裡坐著，心裡也悶，不如往他家放牛，倒快活些。假如要讀書，依舊可以帶幾本書去讀。」看到這兒，我先請同學就此發表意見。有人說吳敬梓在描摹單親家庭的困境；有人拿現今社會環境的不景氣和王冕所處的年代類比；有人強調體貼的孝行；有人闡述「境由心生」的意義。這時，一位從開學伊始便不時插科打諢、講俏皮話的同學忽然舉手發言，習性不改地嘻笑說：

「依我看，吳敬梓是在嘲諷學校教育有多無聊！」

全班頓時哄笑一團。我笑著順水推舟：

「說實在的，你這想法我還當真想都沒想過、也從沒聽過，但仔細想來也不無道理。」

從那之後，那位經常漫不經心的學生，似乎因為得到肯定的回應而開始比較願意用正面的態度參與討論。這樣的良性轉變，給我留下很深的印象。試想，設若當時我扳起臉孔斥責他：「你就不能正經些嗎！成天淨說些無聊的話！」那麼，這位同學日後的討論參與度也就可想而知了。我因此領悟教書的時候，如果能夠虛心以對，將學生的每個答案都在心裡過一過，不預設立場、不高姿態地心存唯一的答案，也許能聽到更多，從而獲得教學相長的功效。

文學的解讀是一件相當有意思的事。它不像科學講究精確、一絲不茍；好的文學作品，通常有著多元解讀的空間，所謂：「懂的，可以看門道；不懂的，也可以看熱鬧。」文學創作是作者一連串觀察、思考、聯想、生發、變形、結構乃至虛構的連環套；閱讀則是逆勢操作的另一種再創作的歷程，它可能循著作者的思維摸索前進，直探原始命意；也可能順著讀者的學養、思考習慣，開闢出另一番風景。自古至今的種種文學理論幫我們做了各項的歸納分析，在在都指向解讀的百花齊放。作家寫出了胸中的一點塊壘，讀者可能讀出了千百種的滋味。作者經常得面對評論家或讀者另類解讀的驚奇。

語文教育除了基本的聽、說、讀、寫能力的養成和文化傳承之外，我以為最重要的莫過於個人思想體系的建構。透過綽約多姿的文學風貌及上述延伸出的多元解讀，學生可學習多角度觀看人生、情意開發和容納異議的襟抱。深刻的文學可以訓練習慣多元思維和多元感情，從而說服我們承認除了自己的觀點之外，還存在著其他的觀點，文學不只存在唯一的答案，而生活的艱難和歡喜往往更勝文學，它自然更具多角度詮釋的可能。如何藉由齊聚一堂的閱讀，尋找出作品中最多層次的意義——包括生命處境的共鳴、生活意義的豐富及情操的提昇；進而培養海納百川的胸襟和容易看見美好的性情，也許才是國文老師在課堂裡引領學生入門的終極使命。

蘇東坡說得好：「橫看成嶺側成峰，遠近高低各不同；不識廬山真面目，只緣身在此山中。」生活裡的每一件事，都存在橫看和側視的不同，如何不厭其煩地多走幾步路，走出本位的「山中」，從更寬廣的角度諦視、詮解，是人際關係潤澤的不二法門！國文課不是只用來應付考試，若學得了竅門，還能讓生活更加容易、生命愈為豐美。

提示：多元時代來臨，非黑即白並非常態。文中以〈王冕的少年時代〉裡的一段話舉例，說明虛心寬容，如海納百川的重要。如此，老師教書時容許學生的多元答案；學生畢業後，無論處事或待人，必能多些寬容，這才是教育的積極目的。

我們就該這樣長大嗎？

國小五年級時，我從潭子鄉下轉學到台中城裡。音樂老師要我們全班同學在課堂上以國歌的旋律比畫指揮的動作，緊接著，我被叫到講台上單獨示範。我永遠忘不了音樂老師厲聲奚落我：「鄉巴佬」、「土包子」、「笨蛋」時，四周同學揚起的哄笑，我含淚下台，好強地不讓眼淚落下，心裡受傷且羞愧難當。次日，老師從朝會的隊伍裡將我喚上升旗台，指揮全校師生唱國歌。面對天外飛來的榮耀，父母既驕傲又歡喜，同學也欣羨不已，只有我對音樂老師的喜怒無常滿懷憤怒。老師的羞辱正中鄉下孩子自卑的痛處，至今想來，當日的辛酸猶然歷歷如在眼前！語言暴力對敏感的孩子而言，更勝肢體的體罰。這個可怕的經驗，讓我在當上老師後，格外謹慎小心，甚至矯枉過正，對學生不當言行，非但未敢厲聲斥責，連正確的教訓也怯於出口，我好怕學生即使表面嘻笑，心裡跟我當年一樣受創嚴重。

朋友聚談過往，幾乎每位都可以說出一、兩樁類似的難堪事。一位曾因家境貧窮，沒錢理髮，被老師用剪刀從前額正中央剪了個大窟窿，他躲躲閃閃回家，在頭髮恢復秩序的好幾個禮拜內都抬不起頭來；一位數學不佳的朋友，屢屢在解不出答案的黑板前，被老師一再斥責：「光會吃饅頭，把個腦袋吃得像個大饅頭！有甚麼用！一點內餡兒也沒有。」他因此懷恨饅頭，連帶痛恨賣饅頭的爸爸！甚至因此好長一段時間都拒絕再吃饅頭；一位女生曾因彆扭地不肯聽老師的話和同學握手言和，被當眾狠狠甩了兩記耳光外加奉送的「賤胚」二字！兒子上小學時，我曾抽空去送便當，接近教室時，赫然聽到老師正不耐煩地責罵一位學生：「你是豬啊！怎麼教都教不會！去！去！站到豬圈裡去！」原來數學題目算錯了，被罰站到講台旁邊兒用粉筆畫出的所謂「豬圈」的大圈圈裡！我立即閃身窗口外的幾十公尺處，就怕一不小心撞見被貶斥為「豬」的學生羞愧窘迫的眼神。

黃昏時分，日光微微，難堪的心事被一一攤展。有人嘆息，有人氣憤，卻也有人下了這樣的結論：「雖然如此，我們不也都走過來了！小孩就是要操啦！不能太寵溺他們！否則，將來一點受挫力也沒有。」我嗒然若失，為朋友誤以屈辱為訓練、錯以忍辱負傷為受挫能力的良性積累而悵然。如果教育只在原地踏步，老師聽不到角落的低聲啜泣，求學竟成為孩童悲傷的源頭，而學校也沒有設法改善的動機，今日的學生猶然受著我們昔日所身受的苦，孩子還得繼續為師長的不當言行自行止痛療傷，那還侈談甚麼教育改革！

近日教育部警覺於社會風氣日益敗壞，正大力推動學生的品格教育。我以為學校是知識傳授的聖殿，溫、良、恭、儉、讓的德行，不只是拿來當考題用，老師若能以身教示範——不動輒口出惡言，一定比滔滔的言說更具影響力吧！

提示：霸凌的狀況時有所聞，幾乎無日不有之，學校裡尤甚。你因從眾而霸凌過別人嗎？你被霸凌過嗎？霸凌不止於肢體，有時言語的霸凌更傷人。此文提供小學時期被霸凌的經歷，希望借自身經驗及朋友間聽來的案例，提醒除了關切肢體霸凌之外，大人也別動輒口出惡言，應該要正視言語霸凌的可怕後座力。社會的進步往往就呈現在對錯誤的容忍度日漸縮小上。

跟孩子站在同一邊

近日，關於國小試題的難易問題，被熱烈地討論著，教育部長因為答不出正確答案，被立委叮得滿頭包。其實，部長答不出來的問題，並不意味著就不該教或不能考，有時，看起來簡單或理應具備的知識，未必菁英份子就知之甚詳或記憶深刻。不過，這樣的討論倒是具有相當的建設性，遠比國際機場那碗牛肉麵或台灣棒球隊比賽失利更該被重視。何況，昂貴、難吃的牛肉麵在民航局長一動怒下，立刻得到改善；棒球界的士氣，在行政院長一「焦慮」下，體委會好像也開始動起來，可見事在人為。而我們的教育部長實在太溫良恭儉讓了！保持優雅以為學子的典範固然重要，但改革可能更需要的是決心！雖說百年樹人，教育政策不能躁進或求速效，但類似糾纏不清的考題，已纏繞學生多年，成為全民揮之不去的夢魘，也該到了當機立斷的時刻了！

這是一個膨風的年代！大家競以唬人為能事。學到一些皮毛，便夸夸其談，在小學裡考那般無聊的修辭題目就是典型。修辭不是不能教、不需教，修辭學得好，話可以說得動聽，行文將更為細緻、優美，對人生絕對有加分作用。但是，在小學裡賣弄這款專業名詞，讓學生強加辨識其中細微的區分或生吞活剝乾澀的定義，名為「教學」之需，其實無異於「荼毒」，徒然敗壞孩子學習的興味。無論西方文藝理論中的「遊戲說」，或孔老夫子的「志道、據德、依仁、游藝」之說，都強調處於自由快樂的狀態，人性才易完滿實現，正所謂「知之者不如好知者，好知者不如樂之者。」如何用深入淺出的方式，讓學習過程變得快樂，讓教學的內容符合時代需求，且能真正進到孩子們的心裡，讓學、思並行，進而達到舉一隅能以三隅反的效果，教育部得趕緊找人集思廣益，老師應該多多相互切磋琢磨。

依我之見，想要達到讓學生開心學習的目的，可能首先得從大人的心態改變上著手。無論教育部長、編教科書的委員或教學現場老師都該試著站到孩子的那一邊，蹲成跟孩子同樣的高度來看問題。一個人長大或成功以後，往往會忘記曾經的幼稚或痛苦，喜歡以現在的成熟來譏嘲晚輩的天真，不再能將心比心，老喜歡站到人家的對面，老氣橫秋地指導、教訓。其實，教書應該是一種分享，無論是情感或知識。老師把他的所學，經過系統的處理後，和學生一起討論。用的是孩子能懂的語言；教的是學生能領會的情意；認真傾聽學生的想法；由衷肯定他們的意見；引導他們思考問題……，才能達到「傳道、授業、解惑」的目標。因此，教學姿態上的謙遜及師生雙方心情上的愉悅，毋寧是其中重要的關鍵。詩人瘂弦傳誦一時的詩作〈如歌的行板〉一開頭便這麼說：

「溫柔之必要，肯定之必要」，我以為非常適合拿來做為教師守則。因此，與其絞盡腦汁解剖那些文字和詞語或拿夾纏不清、讓人越學越困惑的文法來考試，不如就帶領學生老老實實、從頭到尾閱讀一篇好文章，靜聽他們談談讀後心得，給他們拍手鼓勵，讓孩子們享受跟老師同一國的溫暖。

猶記小學畢業那年的夏天，同學惡作劇地偷偷剪去我的一截辮子，說是要留作紀念。黃昏時分，我披著兩邊參差的頭髮，一路啼哭回家，一頭撲進等在豔紅鳳凰木下的母親懷裡。母親聽完我抽抽噎噎的哭訴後，一把將我推開，斥責道：「一定是你隨便跟人開玩笑，若無，人家哪會這麼無聊！」當下，我頓覺夜色四闔、舉目無親。母親竟然向著別人？沒有選擇跟我站在同一邊！她那一推，真是力道萬鈞！從那之後的約莫二十年間，我密藏所有心事，即使在生活中跌跌撞撞、頭破血流，也不肯和她傾吐或尋求援助。我因之最明白一味站到對面，對孩子來說有多麼殘酷！這樣的切膚之痛，謹提供家長及老師參考。

提示：這篇是針對新聞事件的評騭。詮釋「試著站到孩子的那一邊，蹲成跟孩子同樣的高度來看問題。」的教育理論。用詩人瘂弦詩作〈如歌的行板〉中的：「溫柔之必要，肯定之必要」來期許，並舉童年時期的切身之痛為例，實際且具象，足資參考。

溫柔對待

教書真不是件容易的事，我花了大半輩子的時間站在講台上，直到退休後，還常在得空的午後，追悔著教師生涯中曾有過的某些應答不夠周延的片刻或某個章節的解說可以更成熟些。這絕非矯情，而是事實，特別是在退休後有時間慢慢琢磨，才深刻體悟所謂的「學海無涯」。時間和求知慾會推著老師前進，這種前進沒有終點，即使你已從工作崗位退下，依然懸念在心。

最讓人欣慰的是許多畢業後的學生依然常常跟老師保持聯繫，尤其在他也當了老師之後。初入教學現場，總是滿腔熱血，很認真的在每日的教學中切磋自己，當他們來信說：「希望跟老師一樣有耐性、做學生的朋友。」我其實慚愧沒有做出好榜樣，但真的感到非常開心。有位學生到偏鄉代課，吃驚地看到學生因家境清寒連一枝鉛筆都買不起，他從怎樣用不傷人自尊的方式幫學生準備一個鉛筆盒開始，誠懇地把他認真當老師的點滴過程跟我分享；我特別給他寫了長長的信嘉許他諦視他人之苦、溫柔解學生之難的佛心，最後不忘叮嚀：「老師非常以你為榮，但請永遠記住這分熱忱，不要因為歲月的流逝而逐漸忘卻教學的初衷。」

在我的信念中，溫柔對待學生，便是教師最棒的成績，而不傷學生的心是最起碼的修持。當學生走到老師的研究室門口，老師開門、點盞小燈慢慢傾聽學生的心事，這種效果遠大於在課堂上聲嘶力竭的夸夸言說人生大道理。「公民與道德」課裡溫柔、敦厚、堅毅的道理，徒託空言是無用的，目睹老師身體力行，應會讓他們更加印象深刻。

我曾在本專欄寫了篇有關八德霸凌的觀察，監委曾因此來信邀談，希望提供意見。我提到除了肢體暴力之外的語言霸凌也往往讓學生心靈受創。印象最深的是，委員在訪談即將結束時說的一句話：「其實，被老師罵或打也沒啥了不起！我們小時候還不都是這樣挨打長大的，現在不都還算傑出？」這番話，讓我原先對他的尊敬整個消失，只能怏怏然起身離開。時代在進步，監委還活在遠古的威權時代，還能指望他為霸凌提出怎樣公允的判斷！

一次，去跟中學老師演講，提到為人師表的戒律。我說只要有心，專業的修養很容易吸收，不用憂心；但我老戰戰兢兢，就怕不經意間傷了學生的心而不自知。中場休息時間，一位在座的老師紅著眼眶來相認，表明當年曾非常喜歡上我的散文課，可惜有件事一直到後來都還令她耿耿於懷。她說：「我曾經寫過一篇文章，內容提到舅媽沒有善待外公，甚至近乎虐待。當時我全然信任您，覺得對您傾訴了心聲，可是您給的評語卻是『做人還是溫柔敦厚些，文筆可以稍稍收斂一點。』雖然分數不差，但當時的我好失望，覺得老師完全不理解我。尤其在文章寫完後沒多久，祖父就過世了，就越發感受被誤解的失落。如今自己也已成為人師，剛剛聽了老師這一席話，才知當老師的難處，也才真正的釋懷。」

平生改過的學生作文實在多，我已不記得這篇文章。但回家的路上我一直思考著，我應該多花一點時間、多寫幾句話，先鼓勵她的文章寫得深刻動人，再寫：「措辭若稍微溫和一點可能會更好。」但是，當時的我實在太年輕了，那句「做人還是溫柔敦厚些」的直白話，徹底打垮了一位敏感的學生，但我卻毫無警覺。我曾這麼努力奉「避免讓學生傷心」為圭臬，而這樣的事終究還是沒能避免，可見當老師真的好難。

提示：儘管小心翼翼，不經意的傷害還是難免。師生情誼也好，親子關係也罷，都是如此。但常懷警覺心，即可避免重蹈覆轍。這種待人處世的溫柔，放諸四海而皆準。論述以一溫柔對照一粗糙，再連結偶一的疏忽，三例魚貫出現，對待之道可見一斑。

傳統旗袍與現代的作文

考季又到了，國高中生都相當緊張，頻頻在聽演講的最後提問裡，要求我用簡單、速成的方法傳授得高分的作文密笈。說實在的，在華語文教育成為最火議題的現代，我若真有這樣的本事，怕不早就成為教育部三顧茅廬的超級紅人了！通常，遇到這樣的場合，我多半聲東擊西，駭笑著虛與委蛇。因為深知作文要拿高分，絕沒有捷徑，只能靠平日點滴的積累。

然而，日前，李家同教授對大學常見的「親善大使」表達了負面意見，倒在我的腦袋中引出一線靈光。李教授批評女學生穿長旗袍、踩高跟鞋，男學生穿西裝打領帶，兩手都戴白手套，比出全國一模一樣的手勢，加上如出一轍的「皮笑肉不笑」表情，就像機器人一樣。於是，引發網路上許多的討論。有人生氣地反問：旗袍曾風光一時，現在穿有甚麼不對！難道現代人就不能穿旗袍了嗎？它不是我們的國粹嗎？

這個問題有意思！可以讓大夥兒動動腦想一想。於是，我在演講過後的提問裡，讓當天聽講的學生發表看法，試著讓他們自己找答案。學生普遍的意見是穿長旗袍、西裝、戴白手套、掛上制式的笑容、比出僵硬的手勢之所以引起詬病，一來可能是因為穿著打扮不符學生的年齡、身份，因之顯得造作、不自然；二來長旗袍也不符合時代風尚，學生爭著發言，說現在流行改良式旗袍，穿長旗袍是他們阿嬤年代的穿著。

於是，我讓他們進而思考穿長旗袍的這一番討論，對他們的寫作有甚麼樣的啟發沒有？有人說：「自然最重要！不必穿長旗袍，只要適合場合，能呈現青春氣息，裝扮不需要太依循傳統，寫作也不要太倚賴前人，食古不化。」有人搶答：「所以，成語用太多不一定就好，適度使用可以增色，過度則頗討人嫌。」嗯！不錯！現學現賣，這是先前我演講時提醒的。有人補充：「最好能有屬於時代的創新語言，跟改良式旗袍一樣，常能搶攻國際市場，得到意想不到的高利潤。」哇！這一定是夏姿派來埋伏的推銷員。有人從皮笑肉不笑的笑容檢討起：「心意最重要，這樣的笑容，一看就知道是假的，怎麼能拉近距離或感動人，所以，寫作的內容要誠懇，光是用華麗的文字堆砌也沒用。」「不必亂編驚悚劇，去驚嚇閱卷老師；也不要編造可憐身世乞憐，閱卷老師早就被過多的謊言訓練成鐵石心腸了。」這位同學剛剛有專心聽講吻！有人檢討一模一樣的手勢像千人一面的作文，給人滑稽的感受，「個性化的商品大行其道，同樣的，具創意的文章最吸睛，獨樹一幟很重要。」

最後，我請學生從討論裡拈出三組關鍵字，結果「動機自然」「心意誠懇」和「手法創新」以高票中選。我問：「現在你們知道怎樣的文章才能得高分了嗎？」同學異口同聲回說：「知道了。」我鬆了一口氣，露出滿意的笑容。

「可是，……怎樣才能寫出那樣的文章呢？」一位貌似忠厚的同學支支吾吾地提出這次演講的最後一個問題。

提示：寫作之道無他，自然、誠懇和創新而已。報上的一則穿長旗袍的新聞，經過引導討論後，居然也能和寫作手法掛上勾，可見世上之事，殊途同歸。能自己說的話，不必過度仰仗成語詩詞，舊式禮俗如果不符時代需求，也一樣淘汰也罷！

學習掌握語言的「眉角」

生活當中，經常發生雞同鴨講的狀況：孩子覺得父母難以溝通；老師驚詫學生缺乏家教；老人家感嘆世風日下、人心不古。當我們用著非常家常的語彙和人溝通時，有時竟會產生詞不達意的無力感，所以，有很多人因而養成讓人十分厭惡的口頭禪，在每句話之後，外加：「你懂我的意思嗎？」

前陣子，讀蔣勳《孤獨六講》，對其中的一段話，深表贊同。他說：

「當我們用超出對話的角度去觀察語言，語言就會變成最驚人的人類行為學，遠比任何動物複雜，這裡還牽涉到很多人際關係。」

蔣勳想要表達的和我閱讀後的體會，也許根本南轅北轍，但我直覺這話便是我們之所以要強調語文教育的核心重點所在。文字絕不止於白紙黑字上的侷限意義，字典可以幫我們查出字意，卻沒辦法讓我們洞悉由文字串成的一句、或一段話的多元及深層底蘊；往往必須透過老師的解說、同學的反覆討論及自己的深心體會，才能逐漸識透其豐富的意涵。這些學習過程，可以幫助我們在溝通時能逐漸了然看似簡單語言背後的複雜層次。

有時使用素樸簡淨的語言，表達相似的意思，卻見彼此臉紅脖子粗甚至氣急敗壞！黃春明的〈魚〉裡相互疼惜的祖孫二人為了一條掉落的魚憤而追打、對喊就是其中的典型。它間接說明了語言的歧義與細膩解讀的重要。譬如：同樣一句帶著驚嘆號的「死相！」是撒嬌，也可能是嗔怒，如果沒有注意發聲者的肢體語言，可能就會因錯解而要被控騷擾或被嫌不解風情。

舉個較有趣的例子：孫子問遠道而來的阿嬤：「天氣滿熱，要不要開個冷氣？」阿嬤可能並不以「要」或「不要」應答，而是說：「無要緊。」那麼，面對「無要緊。」的回答，孫子到底該不該開冷氣？我曾以此請教年輕一代的學生，大部分都說：「不要開啦！如果怕熱，她就會直接說啦。」這樣的答案顯然奠基在年輕世代直言無諱的習性上，但老一輩人的語言延展性可能出乎年輕人意料之外的枝蔓。「無要緊」三個字裡也許潛藏「沒關係！天氣雖熱，我還能忍耐。」的深層心意。如果不忍讓阿嬤忍耐炎熱，就應該開個冷氣，讓阿嬤舒適些。這是因為了解阿嬤節省成性，捨不得讓兒女開冷氣、浪費電。

但是，這樣的詮釋就全然無誤嗎？有無另一種可能——阿嬤怕吹冷氣，但是揣摩孫子怕熱、想開冷氣的心情，不好意思煞風景，因為體貼，她情願忍耐的是畏寒的痛苦。這兩種答案到底何者才是正確，便考驗著孫子對阿嬤身體、個性或思考的理解程度，是一個測試默契的命題，也是考察孝心的尺規。對一句話的解讀可以看出你與阿嬤有多親？你真的認識你的阿嬤嗎？

所以，語言的延展性極強，解讀空間大、極多元，與它連結的變數無法勝數！因此，所謂的「準確度」跟觀察、關心、體貼關係甚密，有時反倒和一般所說的「知識」關聯較少。閱讀與寫作的練習有一大部分就是讓學生學會掌握這些「眉角」，看出或聽出所謂的「弦外之音」，它教我們認識牽涉到各項人際關係的「最驚人的人類行為學」。

提示：閱讀是另一種的再創作。文字語言的延展性強，有多元解讀的空間。文章以蔣動一段談語言延展性的文字起頭，然後用長輩暗藏玄機的一句家常用語來加以正反兩面解讀。發現想要正確解讀，端賴平日體貼的關心與細膩的觀察。就像文章的解讀精確或豐富程度，也一樣仰賴讀者平日厚積跬步，儲備分析、歸納的學養，才可以致千里。

朗聲尋找最準確的字句

年少時，看古裝片《梁山伯與祝英台》，對劇中學生集體搖頭晃腦朗誦古文的鏡頭深感興趣。教書及寫作以後，才知道朗讀的重要。

好的文學作品，跟美好的音樂一樣，大多具備流暢、靈動的特質。而我們之所以在閱讀文章時感覺良好，往往是因為它的音樂性強，有節奏感，旋律動人。前些日子，在台大醫院陪病，輕聲在病房內朗讀楊牧先生《奇萊後書》，感覺仿若優雅閒適的慢板，舒徐、溫暖，鬱卒的心境竟因之漸次開展，對文學居然具備如此神奇的療效深感驚詫。

寫作《包法利夫人》的福樓拜，狂熱而頑強地追求藝術的完美，他堅持一句名言：用詞準確。福樓拜經常走到他曾居住的克魯瓦塞別墅附近的一條椴樹林蔭道上，高聲朗誦自己的作品。這條路被稱為「狂吼的林蔭道」，他在那裡大聲朗讀自己寫出的文字，讓耳朵告訴他是否已經找到最準確的字句。而近日曾經來台掀起旋風的日本作家大江健三郎在《如何造就小說家如我》裡，也提到他常藉由朗讀方式，領略不同的文體之美。甫獲國家文藝獎的王文興教授，自承寫作時總將每個字當音符看待。前些日子，他親自示範把小說當樂譜的「王氏慢讀法」，朗誦《家變》裡的文字，據報載：聲調和速度搭配的美感，風靡全場。

台北故事館曾和台積電、《聯合報》合辦「繆思的星期五」文學沙龍活動，在每月第三個星期五晚間，邀請作家們分享其作品與創作背後的故事，聽說小小故事館常被喜愛文學的市民擠爆！堪稱台北最美麗的景觀。除了應邀去朗讀，我也曾領著寫作指導班的十多名學生前去親炙作家手采，事後，學生紛紛表示：真是難忘的經驗！這種在歐洲各國咖啡館等文人薈萃之地經常舉辦的朗讀活動，以文會友、扎根文化，曾因花博工程進行而一度中輟，幸好如今移師重慶南路的「孫運璿基金會」，並改為每個月最後一個星期五晚間舉行，真台北人之幸！

小說家黃春明先生提倡朗讀活動已有多年，今年，幾位作家應邀前往宜蘭共襄盛舉，深為其用心所感動。文章透過聲音呈現出來，果然別有興味。張曉風老師仿效木皮散客說鼓詞，雄豪、快捷的聲調，是作學生的我在她的課堂上從未聽過的，令人大為驚豔；透過作者簡媜自己的聲音，不但讓讀者聽到秋天裡白楊樹豐美的饗宴，而其中擲地有聲的：「一世總要堅定地守住一個承諾，一生總要勇敢地唾棄一個江湖。」的文學宣言，更讓舉座肅然。傳統觀念裡，朗讀彷彿是字正腔圓者的專利，其實不然，黃春明先生台味十足的誠懇聲音，更贏得滿堂喝采。朗讀的魅力，由此可見。

既然名家咸認朗讀有益找尋適當字句，且對文化傳播深具力道，則學生閱讀或寫作必然可以從中獲益，我以為學校可以在早自習時大力推廣，讓文學的節奏在校園的早晨迴盪出動人的旋律。搶救語文教學，首先，讓我們帶孩子來朗讀。不只讀作家的作品，也朗讀學生自己寫出的作文，讓聲音幫助他們找到最準確的字句。

提示：這篇文章旨在說明好的文章就像美好的音樂，是有旋律流蕩在字裡行間的，所以，學寫作文時，若能多朗誦流暢的文章，掌握其中的韻律感，必然會讓文章增色不少。本文舉證說明，從古至今，從國內到國際，歷數名人作家言論與主張，強化所言不虛。

為你朗讀

一位八十餘歲的畫家朋友在閒談中透露，因為眼力日損，他請了位工讀生為他定時朗讀書報，以防自己跟時代脫節。這讓我不由得想起吾家一歲多的孫女，因為年紀小，我也不時為她朗讀小朋友的故事書。小童子不識字，大人為他說書；將來人老了，眼花了，希望小孫女也能為阿公、阿嬤朗讀，人生的流轉能這般轉進互換，也算是另種溫馨。

前些年，我曾撰文談到朗讀對寫作的助益，鼓吹學校應致力推廣這種「讓聲音幫助寫作者找到最準確字句」（福樓拜語）的活動。這些年，我身體力行，偶爾在演講中穿插作品的朗讀，從主辦單位提供的聽眾回饋單中發現，這部分往往留給學生深刻的印象。

二〇一四年世界書香日，我和幾位作家應國家圖書館之邀，在他們的演講廳朗讀。滿場的觀眾屏息靜聽，那場面真是令人蕩氣迴腸。隨後，我很快接獲任教中學的昔日學生來電，興奮地表達當場坐聽朗讀的感動。她決定在其後的教學中加入朗讀活動，以提高學生的閱讀興味並間接提昇他們的寫作流暢度。這不但讓我相當振奮，也使我聯想起一套很值得跟讀者推薦的有聲書。

二〇〇八年，文建會為了喚起民眾對家鄉的情感記憶並推廣台灣本土文學作品的閱讀，曾委託專家學者負責選編詩歌、散文、小說等名家作品三卷，並加解析，完成厚厚的四本《閱讀文學地景》套書，期待民眾能透過文學作品中所敘寫的情感與故事，回顧先人在台灣土地生活的變遷軌跡與人文風情。這套書，內容相當豐富，截至目前為止，可能是台灣最完整的一部地誌書寫選集。

去年，文化部接續將該書內容製作成《閱讀文學地景精選有聲書》，新詩跟散文部分商請原作者親自朗誦，小說部分則委託有經驗的廣播員擔綱。這套書讓文學的閱讀變得容易。在數位風行的現代，不管是散步或行車，無論是居家或旅行，不需好眼力，作品就可以透過聲音傳遞；更重要的是，作家的聲音原本就是國家的重要資產，有百餘位作者擔任說書人，原汁原味呈現原創者幽微蜿蜒的細膩思考與節奏，閱聽人可以藉著聲情探索文本的起伏，較諸直接閱讀文字，堪稱風情別具。我個人就常在車行之間或夜半之時，隨手播放，靜靜聆聽，既爭取時間、豐富見聞，聽到感動處，還常具療癒之效，真是一舉數得。

當我們去平溪，可以先找出劉克襄〈重返火燒寮〉，聽聽他對台灣慢活聚落保存與再現的盼望；如果選擇彰化，可以聽聽吳晟誦讀〈店子頭〉，想一想農村逐漸式微的百般無奈喟嘆；如果你選擇去台東，那麼，吳明益的〈十塊鳳蝶〉絕不該錯過，讓他跟你訴說蘭嶼的珠光蝴蝶曾經是如何被十塊錢鎖住了咽喉；如果你決定去台南，一定要傾聽林宗源先生用熟練的閩南語朗讀那首滄桑又纏綿的〈赤崁樓的哀怨〉，感受詩人對土地深刻的愛；如果去屏東，宋澤萊將透過「若是到恆春」的台語押韻詩再現恆春的朝夕與晴雨的不同風華；如果去高雄，不先聽聽曾貴海用客家話跟你形容〈雨中的美濃〉景致，則此行必將失色幾分。

當我們到台灣各地旅行前，先讓書裡的作家為你朗讀屬於當地的故事，必為行程納進更深沉的思考，讓島內的旅行不只滿足吃喝玩樂，也期待因此能讓民眾培養出更深沉的人文關懷。

提示：前一篇文章羅列受益於朗讀的名家意見，闡述朗讀之於寫作的重要；這篇像是呼應前文似的，進一步向讀者介紹國內與朗讀相關的一套四本《閱讀文學地景》。除了小說部分商請廣播專業人員唸誦之外，尚有百餘位作者親自擔任說書人，原汁原味呈現原創者幽微蜿蜒的細膩思考與節奏，是一套相當寶貴的著作。

作家的聲音原本就是國家的重要資產，加上套書還分別用詩、散文和小說回顧先人在台灣土地生活的變遷軌跡與人文風情，堪稱是台灣最完整的一部地誌書寫選集。

推廣閱讀的另一種可能

為了推廣閱讀，文化部委託王小棣導演主持的「稻田工作室」選編台灣十部小說與散文，拍成各二十分鐘的十個短劇，即將在國家地理頻道及台視公司上演。昨午，我一口氣觀賞完十部影片時，夜色已然四闔，我卻彷彿看到文學與影像互涉生發所綻放的一線曙光。

這個堪稱用影像詮釋並引介文學的實驗，所揀選的作家群囊括老中青好幾代，作者分別是楊逵、劉大任、季季、廖玉蕙、朱天文、夏曼．藍波安、駱以軍、柯裕棻、張惠菁、王登鈺。作品描摹的年代綿長，由日治時期的《送報伕》到年輕世代的奇幻小說《大象》。題材照應多元——都會人際冷漠的疏離焦慮；社會底層被剝削的人道關懷；環境變遷與保護的關照；親情對應的纏繞糾葛；城鄉都會間遷徙的漂流意識；也有白色恐怖下的人性撕裂……眾聲喧譁，選書看似隨機，其實綜觀之，儼然一部台灣史迤邐展開，不管寫實、象徵或奇幻，無論大時代的氛圍或小市民的心事，都鮮活地道出時代思潮的推展與人類面臨的困境。其中最值得稱道的是，文學果然走在時代前方，許多的作品都在某種程度上率先諭示了如今台灣面臨的大哉問。

這批由七位導演分頭進行拍攝的影片，在手法上也呈現相當大的差異。虛實相生者有之；娓娓道來者有之；穿插間敘者亦有之；有的一逕華麗豐贍；有的全片風聲鶴唳；而奇詭、頹廢皆不辭，動畫也不時來襄助。海洋的多層次美麗，都會的森鬱孤絕，鄉鎮的甜美舒徐，鏡頭下的台灣所展示的地域風情，更是百花齊放，讓人嘆為觀止。

二十分鐘的影片之後，還錄有五分鐘的紀錄片，或由學者專家分析詮解，或由作家本人現身說法。有的就文章的旨意發揮，有的推衍出影片未及敘說的觀點，對一般大眾而言，我以為應該頗有助益；畢竟，一本厚厚的書要用二十分鐘的故事囊括是不可能的任務，用紀錄片居中穿針引線，造成文本和影像間若即若離、藕斷絲連的趣味與懸疑，預料將從而勾引出閱聽大眾的好奇，或許會因此去找出原典來完整閱讀。

我在二〇一一年出版的《後來》也渥蒙青睞，由王明台導演執導，他坦言試映會前一晚忐忑失眠，擔心所執導的影片會不會不符作者厚望。我笑說我的憂慮其實不下於他。終究敝帚自珍，這本紀念母親的散文集對我的意義重大，我完全不知導演青睞的是哪個段落，能否準確琢磨出母親的神采。其後，證明我多慮了。我竟然不自禁地在觀看時失態落淚，導演截取片段，卻淋漓地凸顯了母親的永恆，前輩演員梅芳不但演活了我的母親，勢將引出了許多台灣兒女對母親的思念，不管這些母親是在天上還是人間。

文學市場在書肆中長期處於弱勢，作家常感受閱讀人口日漸流失的寂寞。政府要鼓勵作家創作不懈，我以為以有限經費補助作家專業創作之所需只是治標，培養全民閱讀興趣才是治本。而推廣閱讀活動光執守傳統恐已行不通，在圖像成為顯學的今日，藉助它的優勢，因勢利導，也許不失為一個值得借鏡的策略，《閱讀時光》讓我們看到另一種推廣閱讀的可能。

提示：為了推廣閱讀，文化部選編台灣十部小說與散文，拍成各二十分鐘的十個短劇，這是利用影像詮釋並引介文學的實驗，證明是相當成功的跨界合作。影片播出後，曾引發熱烈的討論，也帶動讀者購買的意願。影像化的年代，新書出版後，拍攝成宣傳片如今已蔚為風潮；中西方都流行改編經典為電影，目前甚至形成現代小說改編成電影的新趨勢。類似的相關文學推廣，繼前述十部文學作品外，又陸續有四部小說加入。至於作家本人的紀錄片則有《他們在島嶼寫作》三系列，讀者可藉影像的拍攝，進窺文字創作者的創作歷程，也深具意義。

凝眸注視生活

我一直堅信：學習是為了讓生活更容易。一旦書本成為獨立王國，和生活相互切割，甚至只淪為考試的附庸後，教學的終極目標就不容易達到了。

我教授文學創作，因之常常鼓勵學生先從周遭生活中取材，一開始不須陳義過高，先把基本的切身問題釐清之後，再描繪清楚、敘說明白，讓道理埋伏照應在字裡行間。因此，凝眸注視生活，觀察、思索、歸納、分析後形諸文字的過程，不但讓學生咀嚼了生命的滋味，也開發了情意。一旦這些學習過程在生命中扎根，教育就能突破校園，無處不在。試看以下在銀行內的一次觀察：

老人家臉紅脖子粗地和銀行的櫃台小姐嚷嚷：「是我本人啦！我九十歲了，這麼大年紀會騙你嗎？」櫃台小姐也紅著臉不停地解釋：「銀行規定就是一定要看身分證才行啊！要不然你打電話叫家人送證件來吧！」「說得容易！送證件來！我九十歲、老太婆八十五，她臥病在床，叫誰送！」原來老人家好不容易掙扎著從新店來到市區提領定存，卻忘了帶身分證，他振振有詞：「難道我本人來還比不上一張身分證嗎？」

爭執陷入膠著，終於驚動了後方主管級行員。他問明緣由後，和藹地當機立斷：「公司是有這麼個規定沒錯，不過，老先生年紀大，跑一趟不容易，這樣吧！讓我先幫你找找看，銀行裡有沒有留下你的身分證影本，如果有，就不用麻煩您跑來跑去的，好不容易來一趟的，是不是？……萬一找不到，等銀行人潮稍稍少一些，如果您願意，我找個人幫您跑一趟……。」那位主管到裡面確認老人未曾留下身分證影本後，順手端了杯茶出來。當老人家正歇會兒喝茶休息的同時，方才那位櫃台小姐低聲問：「我們銀行的月曆就快印好了，老先生如果喜歡，我幫您留一份，下回您來可以順便帶走。」老人先前的氣燄陡然消失，他改變心意，決定下回再來，事情終於圓滿落幕。

旁觀的我，對峰迴路轉的過程印象深刻。年高者閱歷深，不免有老大心態，因之萌生被尊重的強烈需求。九十歲的人是不是就真的不會騙人當然仍有待商榷，但是，如此高齡跋涉確實不容易也值得同情。銀行的規定自然是應該被遵守的，而兩者之間是不是非黑即白、絕對沒有商量餘地，這位睿智的主管柔軟的身段為我們上了一課。他首先感同身受老人家好不容易跑一趟的辛勞；繼而提出設法解決問題的兩種協助方案，主動釋放善意；接著，奉茶滅火，櫃台小姐順勢用小惠籠絡，終於讓老人家甘心遵守規範。

接受他人的感覺，會讓對方變得較心平氣和；體貼他人的困難，會讓困難瞬間減輕重量。法律是僵硬的，但是，人的體貼可以讓它變得溫柔。我在銀行裡待了十分鐘，不經意間觀察到《禮記．大學》裡所謂的「絜矩」之道（同理心）被履踐的經過，道理從書本裡突圍，煌煌乎進入了生活，它就不再只是教條。

提示：寫作的題材，無處不有，閱讀不止於書本，凝眸注視生活是另類閱讀，閱讀的是家常生活。銀行一位老先生和兩位行員的對答中，我們看到老人家的氣急敗壞，也看到兩位行員迥異的對答。一位照章行事，於法有據；但另一位理直氣和，非但執守定規，更重要的是他體貼溫柔地照應人情。最後，是同理心讓老人家心甘情願臣服法律。

不是放棄，是珍愛和疼惜

夜讀席慕蓉新書《我給記憶命名》。這本回顧之書，寫詩人的養成與返鄉紀錄。看完，不禁心有戚戚焉。席慕蓉於文中持平說出我內心的隱憂。

文言白話之爭，總是失焦，「去中國化」常被取來概約減少文言文的主張。但我相信許多人雖然對某些過時或具封建色彩的選文不免有所疑慮，但更多的是對學生性向和學習時間點的困惑。我真的擔心教材裡過多的文言文會搞壞學生的胃口，我著眼的是學習的接受度與成效，也是唯恐經典不能被好好相遇的問題。

席慕蓉在寫給詩人陳育虹的信裡強調：這世間不乏好詩，問題是「我們通常不能與它們好好相遇。」意思是說：我們通常無法選擇與一首好詩相遇的時間，它要不然就是來得太早，夾在各種文類混雜的國文教科書裡，還要分神去記誦作者生平和注釋，讀著就累了；不然就是轉譯時有欠高明，即使是珍品，也就全毀了。

她以聽葉嘉瑩老師演講為例。葉老師讚歐陽修〈蝶戀花〉中「照影摘花花似面，芳心只共絲爭亂」是神來之筆。歐陽修從表面的美麗牽連到一個人內心的嚮往和追尋，那才是生命暗藏的美好本質。葉老師說：「有時候一個人一生都未必能有機會知道和認識自己的美好。」

席慕蓉讚嘆：「這句話於我是一句彷彿貫穿天地萬物包含了所有生靈的悲憫評語。」她的心靈像是完全被打開，淚如雨下，多年來的徬徨和委屈全都消融在葉老師的這句話裡。她頓悟生存本就不易，而外在傷害誤解與自己的無知迷失，處處迷霧，常使得許多生命難以知曉和認識自己的美好。

她由是知道解詩不能光靠詩人的覺察和提醒，還得「有讀者，還需要一位導師，一位殷切的講授者，把詩中的深意用我們能懂的方式轉達出來；甚至在某個關鍵點上，還可以將我們心中因此而生發的意念順勢延伸到無窮盡，這樣的導師是世間罕有的。」

席慕蓉坦承七十多歲的她此刻才對這首詩的理解豁然開朗，而且是因為遇到葉教授這等級的好老師。詩猶如此，何況說理的文言文。寫這些文字時，是文言白話之爭尚未開啟的去年，詩人不是為爭論而寫。但我們可捫心自問：我們的高中師資，固然不乏「殷切的講授者」，但有多少比率的老師具備把文言中的深意用學生能懂的方式轉達；甚至在關鍵點上，還可以將心中因此而生發的意念順勢延伸到無窮盡的？我擔心的是過多的文言文填塞，得不到好的轉譯，只會讓學生望之卻步，進而「毀」掉他們閱讀古典的興趣。

張曉風老師曾以寓言之筆為文撻伐年輕人不喜文言文的荒謬，說小水獺原本吃青蛙維生，但被收養到動物園的小水獺習慣了人工餵食小魚後，看到青蛙竟怕到逃竄，既可笑又可憐。但我想請問的是，要已然受到青蛙驚嚇的小水獺回歸原本飲食，是該一口氣再丟更多的青蛙嚇牠呢？還是先讓牠嘗幾隻美味的蛙腿吸引牠較好？

喜歡文學的人，因性向所需，從課堂淺嘗中，會像詩人一樣，逐漸自行摸索門路或靠著追隨大師，走出自己的路。長大後，在見識漸長或工作所需時，仗著當年課堂的指引，到城中另找王邦雄學《老莊》，到圖書館聽白先勇說《紅樓》，到中央大學旁聽王文興解《家變》、到社大學習古典詩詞……，這才是因材施教，各取所需。

適當的權衡，在體制中，是「接受度與成效的評估」，對文化遺產而言，不是放棄，反而是一種珍愛；對不同性向的學生來說，絕非剝奪而是疼惜。

提示：教師作為作者與學生的中介，更重要的是憑藉人生歷練與專業學識引導學生一起鑑賞美麗，深度挖掘文章的意義，進而對思想的啟迪有所助益。白話文如果寫得豐贍，其中美學無數；寫得深沉，可以提供舒徐澹定的能量；寫得樸實，也常有意在言外的委婉迤邏，端賴師生一起討論切磋，才能真正進入學習者的內心，文言白話的原理都是一樣的。
這篇文章從正面說明古詩詞得良師指點後的深刻感動，也從負面提到被不當教學教壞胃口的古文，篇幅再多，也是於事無補。

寫作

看見生活裡的繁花盛景

「作文課真是讓人傷腦筋哪！」

每次去和中學教師切磋教學方法時，第一線的老師常常這樣反應。當他們設定題目時，學生常一邊哀號題目差勁、一邊寫出見證一言堂教育成功的相似文章；而當老師決定開放學生自由命題，學生又總是抱怨每天上學、下課，生活單調、無趣，乏善可陳，想不出來有甚麼題材值得寫。這樣的苦惱，在每回前去大學指考或學測閱卷時，可以得到充分的驗證。考卷上大部分的文章不是缺少心意、言不由衷，就是人云亦云、鮮少新意。

要破除寫作題材貧瘠的困境，翁森的〈四時讀書樂〉裡有秘訣：「好鳥枝頭亦朋友，落花水面皆文章」，只要有一顆溫暖、好奇的心，就不愁找不到寫作的題材。一般說來，能敏感地發現周遭環境的變化、對複雜的世態人情產生好奇，且偶爾會抬頭看看天邊雲彩或樹葉光影的人，才容易找到落筆的材料。問題是，我們的學生往往因為過度關注考試成績，捨棄基本的人生關照，跑到補習班去尋求速效，讓技術掛帥的補教老師傳授一套「以不變應萬變」的奧步：讓學生熟背一段詞藻優美的文章後，無論考題為何，硬拗強拉，胡亂填塞，以乍看有理的華麗藻繪企圖亂人耳目。因為人數眾多，遂成厭套，蔚為考場奇觀，讓人啼笑皆非；甚至還曾經因此驚動高層諸公，下條子要閱卷老師特別注意此種瞎掰胡扯。

讓我們平心靜氣想一想：對所處的社會沒有意見、沒有想法，怎麼寫議論文？對周遭環境不屑一顧、對人際關係漠不關心，怎麼寫記敘文？對親情、友情滿不在乎、對社會人群沒有同情的理解，又怎麼寫得好抒情文？

學校不該淪為填充、灌輸的機器，課堂上，老師得想法開發學生的情意，讓他們有機會回顧、整理自己的人生，並提供思考、討論的時間和環境，不要只是讓學生抄筆記、畫重點，要鼓勵他們動動腦袋想問題，否則，看到題目當然只有發呆的份！提起筆來也只能人云亦云。而有些父母慣於嬌寵兒女，只要考試能拿高分，一切勞役均免，所有需求都為兒女置備齊全，拿孩子當沒有行為能力的曾祖父母侍候，每天嚴加看管，甚至接送到校門口，除了考試，彷彿這世界再無其他，這樣子長大的孩子，既看不到生活裡的繁花盛景，自然描繪不出美麗的天光雲影！

其實，寫作之道無他，認真生活而已。想寫好作文，不要光想著走捷徑，而是要結結實實下功夫：一方面多閱讀，汲取別人的智慧，站在前人的肩膀上往前看，讓自己的視野更寬、更遠；一方面老老實實過日子，把眼光稍稍從課本上挪開，凝睇人間的美醜妍媸，好好地將看到的風景或人情在心裡過一過、在腦子裡想一想，再學著說個有情有趣的故事或歸納分析出一番說得過去的道理。這樣，不但學好了作文，也連帶學會了做人。

提示：學習作文的目的，是為了能夠用文字達到溝通的目的，但依目前的狀況來看，似乎反而成了謊言的競技場，公然面不改色的編織謊言或人云亦云。題目「看見生活裡的繁花盛景」一句就精確點出寫作的訣竅——認真生活，然後為生活尋找出一個說法。

作文不妨從尋常親切處入手

由小見大，由一只鐘或一支錶可以窺看時代的變化。前些日子，出門時一時慌亂，忘了戴錶，也沒記得帶手機。怕約會逾時，下車後，邊走，邊往忠孝東路上的店家探望，想一探當時的時間。沒料到，走了半天，竟一只鐘也沒找著。

回家後，我一直琢磨著這事兒，覺得人世的變化從一只鐘裡已充分顯露。小時候，幾乎家家戶戶的牆上都掛了鐘，而且家裡的鐘幾乎全為了便利來往的行人而懸掛，一律面朝外頭，讓出門在外的人隨時可以探看時間。曾幾何時，掛鐘的習慣改了，家裡有鐘的，只記掛著方便家中成員的觀看，誰會管外頭的行人看不看得到！而更大的變化是：有些人家根本不再需要時鐘了。

家中仍高掛著時鐘的人家，家長的年齡普遍偏高。年輕人早已沒有看鐘的習慣，甚至戴手錶都嫌過時。電腦上標示了時間；手機一按，幾點、幾分也立刻出現，誰還需要偌大的時鐘或累贅的手錶來提醒！而店家的傳銷策略，也由體貼顧客的需求轉進讓顧客因徹底遺忘時間而流連忘返。

不但利己的時代取代了利他，科技的進步，還讓鐘與錶同時退位，手機、電腦登場，IPHONE 或 IPAD 當道。

要學會寫作，得處處關心，時時留意，並加上思辨的工夫。不只從細微處察覺人生微妙的變化，甚或還可以在鐘或錶上起承開展，為文章延展出無限的可能。

「鐘」退居邊緣位置卻在字裡行間提味增色的例子，首推陳列的〈礦村行〉。文章摹寫即將式微的礦工行業，由一趟日暮時分的安靜礦村行，描摹眼中看去老邁、沒有起色的灰敗景致，進而對礦工將生命交付命運的無奈做深度報導，像一闋婉約、傷感的輓歌。最後他寫著：「……我要離開那個小礦村時，天漸暗了，開始下起毛毛的小雨。候車室大圓鐘的指針在剛亮起的日光燈下一格一格地向前跳動，如在顫抖。……」

陳列著眼昔時每個小火車站候車室裡必有的大圓鐘來為這趟礦村行作結，以顫抖的指針暗寓礦村艱難的命運，簡直是神來之筆。作品的良窳端視作者看到了甚麼，賦予它怎樣的意義，或用怎樣的手法詮釋這些意義；陳列別具隻眼鎖定那只秒針顫動的圓鐘，雖只寥寥幾筆，卻精準為礦村定調，可謂深諳畫龍點睛之法。

其實，時間永遠是寫作者筆下的探索焦點。英年早逝的小說家袁哲生曾經寫過一篇沉鬱憂傷的小說「秀才的手錶」，藉由一只秀才手上的錶和主述者「我」所倚恃的自然直覺的時間感兩相對照，不同的時間存在方式遂清晰呈現筆端，將讀者帶入流動、超越的時間概念中，展開他對時間、生命消失的惶惶張望。黑色喜劇的表達方式，展現了高度幽默卻又沉重無比的生死思考。「錶」在文中翻為僵化的刻度，宰制著人類。袁哲生以擅長的「以喜劇摹寫悲劇」策略，成功導引讀者進入深層的哲思。

所以，寫作的題材堪稱無所不在，光是尋常的一只鐘或一支錶，只要用心觀察、思考：或歸納表象變遷；或挖掘深層意義；或致力精緻的點染，千變萬化都可能成為發人深省的好文章。雖說「文章千古事」，但流傳千古的，可未必盡是大塊文章，即使蒼蠅之微，只要寫作得法，也一樣能深入人心，傳頌不絕。因此，作文不妨從尋常親切處入手。

提示：莊子說，道，在螻蟻、在稊稗、在瓦甓、在屎溺。道，無所不在。寫作的題材也一樣，所謂「落花水面皆文章」也。只要去除得高分的緊箍咒，拿出真心誠意來，不唱高調、不炫學，只秉筆直抒胸臆，在類似謊言競賽的虛假厭套中就很容易脫穎而出。

時間將屆的按鈴響起之後

接續參加了幾場研究成果報告和學術研討會，與會者都是國內大學的菁英教授。我驚訝地發現，所有的報告及發言，鮮少在規定時間內從容地講述完整。有的，因喋喋抱怨報告時間太短而浪費更多時間；有的完全不顧時間倉促，一字不漏、按部就班地念誦打印好的論文，可惜還在緣起、動機打轉，時間已近尾聲，最關鍵的地方只好草草掠過；也有幾個計畫案共用時間報告，第一、二位好整以暇說完，其餘時間僅夠另三位像倉皇逃命般的往前跑，顯示團隊極度缺乏默契，讓台下的人直為他們揑把冷汗。

照說，大學教授發表或評論都不乏經驗，但還是屢屢可以看見類似的脫序演出。時間將屆的按鈴響起之後，知道加快腳步的，還屬「近乎勇」之士；有些慣犯，只要一起身發言，全場立刻陷入集體焦慮狀態，因為大夥兒都知道：這位前科累累的教授才不管鈴聲響了幾次，抵死按照自己的節奏進行，除非主席孔武有力罩得住，否則休想讓他棄「麥」投降。

所有的會議幾乎都會預告議程，所以，時間太短不該成為藉口。對已知的侷限要有能力加以補救。在固定時間內，知道摘取重點、加工濃縮才見真功夫，反覆預習拿捏和對資料的嫻熟度是其中的關鍵。梁實秋先生曾在一篇〈論散文〉的文章中說：散文的美妙多端，最高的理想也不過是「簡單」二字而已。因此，散文藝術中的最根本原則，就是「割愛」。我以為拿這來闡釋說話的訣竅也是十分合適的，雖然不必然得遵循林語堂的名言：「演講要像女人的裙子一樣，越短越好。」但知道節制割愛、不逾時發言，或不因過度發言而擠壓別人的時間都是基本禮貌。學生參加辯論比賽，除了內容扎實外，都知道要掐準時間才能得高分，老師的報告或討論又豈能例外！在這一點上常常無法照應周全的老師，通常在授課時也往往不能準時下課，執行計畫案更經常要求延期結案，看似認真，實則是沒有教學、研究紀律，必定讓學生及研究單位傷透腦筋。

近年來，學生遲繳作業的風氣越來越盛，我懷疑和教授無法準時閉嘴的身教也許脫不了干係，因為，遲繳作業和逾時發言同屬遺忘時間的意義。曾有學生不惜遲繳以追求作業的更高品質，我拿到那份內容豐富、見解獨到的遲繳作業，心情複雜，經反覆思量後，最終還是決定以低分來教導他準確掌握時間的重要！這些看似瑣碎的小問題，在往後的歲月中，也許會嚴重影響他的人生。

時間的掌控，在近日救災行動裡，讓人感受特別深刻。有效率、有魄力的救災團隊，知道如何把握黃金救災時間，摒除無謂的公文往返，直指救人的核心目標，不被無謂的泥沼絆住，這當然有賴平日的積學練習。台灣地震、風災、水災時起，學會掌握時間，往往就意味著掌握了生命。時間的分配與掌握，是全民都該勤加練習的功課。

提示：千金難買寸光陰，談的是珍惜時間；這篇文章講的是珍惜時間後的分配與掌握。如何在既定時間內，完整表述論文的精髓，就像在考場中寫作文，如何眼明手快均分時間，不要前頭寫得落落長，結果淪為頭重腳輕，欲振乏力。從大人演講，學生繳作業、答考題到救災，其理一也。

說小故事與講大道理

議論文的寫作，旨在闡明觀點。因此，必須先有想法，才有寫作動機。國小、國中時期的孩童，通常還懵懵懂懂，處於觀察、吸收的階段，這時候，要他們寫作議論文，確實頗有些難度。即使讀到高中、大學，真正能寫出像樣議論文的，依我的觀察，在現在的學生當中也非常有限。

張曉風老師曾提到她的中學老師認定她「只能寫抒情文」。直到中年後，寫了許多的文章，她才憬悟：

「十幾歲的我並不是不會寫說理文，而是我那時根本不知道自己有甚麼理，心中沒有甚麼道理的孩子那裡說得出理來呢？」

的確！人們總要在觀察過環境、制度，對世態人情有了些許的了解後，才會開始喜歡和人講道理。老一輩的人常在說道理前振振有詞地加註：「我吃過的鹽比你吃的米還多！」儘管鹽吃多了，只有增加罹患高血壓的機率，沒有適度節制，最容易出問題，但終究代表他對這個世界開始有了意見。

沒有意見，非得硬擠出一點甚麼道理出來，這正是如今學生面對作文只能搔首撓耳的原因。眼睛，得先看到世界；心裡，得先有了感情；大腦，得先爬梳問題；嘴巴，要學會清晰表達。這時，下筆才有真心話，文章也才有真精神。

照說，到了上高中的年齡，心裡應該慢慢有了積累，卻依然說不出個道理來，主要是課堂上缺少表達的機會；老師只負責傳道、授業、解惑，鮮少靜聽學生的意見。學生學到的知識可能很豐富，但僅限於生吞活剝地應付考試，寫起作文來，往往只是人云亦云或重複書本裡的制式說辭，毫無個人的想法。這種單向的灌輸，只能教出沒有意見的順民，這就是我主張課堂上的討論一定不能少的原因。沒有經過腦力激盪，所有的道理都不會真正進到心裡。

審查國小課本，發現抒情、敘事的文章多半問題不大，而只要一遇到議論文，無不讓審查者傷透腦筋，究其原因，恐怕也是因為道理真的不容易用寫的。所以，這類文章大多說辭夾纏，每段都大同小異地重複上段同樣的論點，寫那樣的文章讓學生讀，也難怪學生無法心領神會！這部份和真實的人生頗有相互映照的趣味。大多數喜歡講道理的人，都潛藏囉唆的特質，無法言簡意賅，常常一發不可收拾，讓人聽了備感焦慮，焉能指望這樣的道德教訓會有效果！尤其大人總是喜歡在生氣時才對孩子說道理，這時候，再有理的話也總夾帶著幾分的憤怒和威權，孩子哪裡聽得進去！

我以為，小學階段其實不急著和孩子講道理，更不用讓他們辨識甚麼是「論點」？甚麼又是「論據」、「論證」，鬧得學生越發糊塗。道理應該潛藏在故事中，讓孩子們自己去聽出趣味、整理大要並歸納出意義，花點兒時間，請他們將心得扼要說出來。必要時，再請他們設法編寫一個小故事，練練想像力及表達能力，這樣也就足夠了。一般人容易被鮮活有趣的小故事所感動！誰喜歡聽別人說的長篇累牘大道理！

提示：人性厭惡聽道理、被教訓，卻潛藏聽故事的潛質。沒有太多人生經驗的學生，如果細想，應該不乏有情、有趣的故事，以己之長（故事多）補己之短（經驗少），是彌補論說匱乏的方法。平常多閱讀，多聽故事；上課多發言，平時找時間相互激盪討論，寫作時，下筆自然源源不絕。

寫出文章的真精神

兒子上國中時，學校規定每天回家必寫一篇一百八十個字左右的日記。這原本是一個相當不錯的作文練習構想，也是師生互動的良好策略。但在執行過程中，我卻發現了嚴重的問題。

那本日記本裡，充斥著和兒子靈魂背道而馳的偽善言詞，譬如：分明驕傲地炫耀自己天縱英明，日記上卻寫著：「今天歷史成績發表，我得了全班最高分，我不能驕傲，要繼續努力，不要辜負父母的期待」；明明埋怨老師出題太刁鑽，卻謙抑地反省勉勵：「今天國文成績發表，成績不太理想，要好好努力，不要辜負老師的期望」；恨聲埋怨同學陷害，卻佯裝榮幸：「今天承蒙同學青睞，獲選為衛生股長，我要好好服務，不要辜負同學的期望」；氣憤在大太陽下聽了一場毫無章法的演講、浪費生命，卻說「今天有一位校外專家來演講，講題是：『認識我們的身體』真是獲益匪淺！希望校長以後能多多舉辦類似的活動。」……這種種既無心意、也了無新意的八股文章，竟然篇篇得到A+的成績。一回，已然夜深，又實在找不到題材，我建議他將黃昏時所說的期待入文：「希望繳到訓導處蓋章的學生證能趕快發回來，我們可以憑證免費看外野棒球賽……」，好不容易說了實話，竟然破天荒得了B–，老師還在其後加註：「要循規蹈矩！」

這件事讓我一直耿耿於懷，這種類似謊言競技場式的引導，正逐步摧毀孩子的想像力與真誠的心意，而我束手無策，只能乾著急，因為老師正用分數餵養順民，只要複製書上的道德教條，就能得高分！就因為這樣不當的引導，難怪學生既不必用大腦想問題，也不敢放心直陳內心真正的想法，他們總是不停揣摩上意，於是，無形中失去了珍貴的童心與思考能力。

上了高中後，他故技重施，這回，老師的評語不同了：「心裡真是這樣想的嗎？真的才寫。」「寫點兒真話吧！」「再寫這樣缺乏心意的東西，我就撕了呦！」於是，在老師「說真話」的道德勸說下，他的週記逐漸有了不同的面貌，他開始啟動腦子思考、敢於批判：同儕之間的人際處理，旁觀之餘，他寫下另類體會，導師批語：「有見地」；有位老師上課時熱心教導香功，以致正式課程的進度嚴重落後，他援筆反應，導師寫上：「會婉轉轉告」；接著，熱火燒到導師的眉睫，「我們都很感謝老師的認真教導，但是，常常在第四節下課的午飯時分沒能準時下課，有以下缺失：一是外頭歡聲雷動，學生無心向學，學習成效不彰；二是蒸過的便當，抬回來時都涼了；三是沒帶便當的人，到福利社都買不到東西吃了……」洋洋灑灑羅列五大點，老師不但沒生氣，還虛心寫上：「受教了！會設法改進。」

導師直接、間接鼓勵他們說出想法，建構個人的思想體系，到這時，我一顆懸著的心，總算才放了下來。這位老師的教學策略履踐了幾句古話：「只有真心對待，不以諂笑柔色應酬，人間才有華彩；唯有著誠去偽，不以溢言蔓辭入章句，文章才有真精神。」

成也老師，敗也老師，當老師的，豈可不深自惕勵！

提示：這篇文章的關鍵字是「不停揣摩上意，於是，無形中失去了珍貴的童心與思考能力。」正當學習階段的學生，往往被老師的評斷牽動著書寫走向，如果老師沒有辨識真偽的能力，就枉為人師；如果並非不明白學生刻意取巧，竟嘉許諂笑柔色，就更淪為扼殺學生創意的元兇了。

更具前瞻性的作為

自一〇七學年起，學測的國文非選擇題改為獨立施測，目的在讓學生有充裕時間構思作答，希望更能考出學生的實力。指考也不再重測作文，各校系可憑學測成績，自行設定錄取門檻，我以為這樣的調整是相當有意義的。

我曾在本專欄檢討教育部的語文競賽中的字音字形比賽，須在十分鐘內寫完二百字，不但符號長短須講究固定比例，還不得修改，搶時間作答猶如體能測驗，失去注音測驗的真正用意。學科作文測驗的道理也一樣，它的目的不在測試寫作速度的快慢，而在評定思考周密與否；情意的淺深如何；邏輯有無周全；接著再考察結構是否縝密；文字是否流暢，也就是測試學生和世界溝通能否因學習而更加深刻且通暢無礙。

然而，原本學測國文考試時間為兩小時，指考只有八十分鐘。考生除了撰寫兩三題非選擇題外，還得圈選二十幾題的選擇題，時間堪稱緊張。尤其近日選擇題的題目越出越長，如果遇到文言文，難度更高，光是把題目閱畢、看懂，就夠瞧的，非選擇題的寫作時間因之被擠壓，學測幾乎變成考速度的體測。

曹植七步成詩源於命在旦夕的威脅；唐代五步成詩的史青則是刻意炫學，志在與前輩文人曹植較勁；北宋名臣寇準七歲時三步成詩，完全是天才早慧，非常人所及，類似的拚速度即席賦詩不是語文教育的目的。經常寫作的人都知道，在短時間內完成一篇作品是高難度的技藝，就算經過多年淬煉的知名作家，要他在學測的短時間裡撰寫命題作文，恐怕也難得精彩，何況是學生。

仔細想來，這就是為甚麼年輕的考生寫出來的作品常常千人一面，因為時間太少，來不及揀選題材，更談不上思考、斟酌與推敲，只能憑著過往的訓練，援筆立就，複製一些沒有新意或心意的制式文字來濫竽充數，或背誦一些格言警語虛應故事。不管是經過挑選出來的範文或一般批閱的試卷，在在顯示今之作文多半還停留在八股制議的陳套裡，成為畸形的獨立王國，與真正的生活毫不相干。

所以，倉促寫作，非但無助於測驗實力，甚且變相鼓勵學生言不由衷，完全悖離培養知性統整判斷及情意感受抒發的教學初衷。最淋漓盡致的例子就是引人詬病的頂新黑心油判決文，這種人神共憤的「法匠」只知援引僵硬的法條，既無感同身受的情意領會，也毫無進一步細膩思考、統整的能力，難怪嚴長壽先生要擔心這樣的判決只會強化台灣商人「就算原料不好，只要不被檢查出來就可以」的投機心態，這不只是法治教育出了問題，推本溯源，也是語文教育的沉疴。

所以，將國文非選擇題獨立施測，雖不能說考生就此可以從容應試，但時間稍微充裕了些，相信有助於多方思考及全盤照應，這應該是值得稱道的方案。然而，命題作文之所以沒能寫好，常常也跟考題是否照應生命經驗有關。時間的問題解決了，接下來的是關鍵的「題目」，考題除了估量難易適中外，還要能激盪學生的腦力，讓他們學思並重，朝有思想、有見解且勇於表達的人生前進。我們期待考測單位能在這一方面有更精進、更具前瞻性的作為，畢竟要學生看銀山拍天浪的壯闊景觀，還得靠這些有心將他們引進門的師長率先開窗放入大江來，但願每一次的推窗都能看到亮眼的希望。

提示：這是一〇四年十二月我在《聯合報．四版．名人堂》專欄上的文章，公開呼籲學測國文科題型越來越長，考生常有來不及寫完的憂心，作文應脫離國文非選擇題，獨立施測。其後，教育部召開多次公聽會，博採眾議，終於在一〇七年從善如流開始實施。本文從學測目的在評量學習是否深刻且通暢無礙，卻因施測時間太短，幾乎變成考速度的體測；接著，舉例說明就算名家要在短時間內撰寫命題作文，恐怕也難得精彩，何況是學生；最後說明倉促為文等同變相鼓勵學生輕率言不由衷，環環相扣，實不足取。

請鼓勵學生寫些真話吧！

我常在跟學生演講時鼓勵他們在作文中勇敢寫出心裡的話，告訴他們在謊言連篇的作文中，寫真話是最為動人的。幾乎毫無例外的，在最後的互動提問中，總會有學生不放心的舉手：「如果真把心裡的話說出來，我們擔心會不會因為不符合評審的標準答案而被打低分成績，因為大人總希望我們寫一些努力上進的文章，譬如：效法古人犧牲奮鬥的精神、學會忍辱負重等，如果我們對這些制式教條有不同的意見，真的很害怕在考試中陣亡。您確定講真話是可行的嗎？」我總是再三跟他們保證如今的老師已有不同於昔日的新觀念；何況，學測作文需經兩位老師評閱，如果兩位老師的評分差距超過兩級分，就會被挑出來，由第三位複閱，應該可以做到盡量公平。然則，嘴上雖如此安慰，心裡卻也不免一驚。

小學時，我正熱中看歌仔戲，瘋狂癡戀戲台上的小生，在〈我的志願〉裡寫上：「立志當歌仔戲演員」，結果被老師痛斥「不登大雅之堂，重寫！」當我將志願改成「科學家」後，老師欣然批上：「文情並茂」，並將它張貼布告欄裡作為範本，根本無視於我對數學毫無興趣的事實。幾十年後，女兒在小二「躲在被窩裡看書很溫暖，我喜歡在被窩裡看書。」的是非題中打了○，卻被大筆一槓，扣掉五分時，她偏著頭納悶著：「被窩裡真的很溫暖，我真的很喜歡躲在被窩裡看書啊，這題為甚麼錯呢？」喜歡與否，何對錯之有？我只能聳肩攤手，不知如何跟她解釋。

十幾年前，我寫過一篇題為〈我從小喜歡種樹〉的文章，指出聯考作文言不由衷的複製概念之荒謬，有位正在明星高中就讀的學生來信，說同學在題目為〈遠方〉的段考作文中，有人懷念遙遠海角的友人；有人悲祭遠方庫德族的殺戮；有人憑弔過往的古人，老師卻跟她們曉以大義：「只有將遠方當作目標來寫的，才算切合主題，其他的都算偏離旨意」；當她在「道謝與道歉」的文章裡，寫下中國人在這兩方面通常的表現與心態時，老師的評語是：「在考試作文時，不宜多層次的思考模式。」然後，具體指導她最好能將道謝與道歉闡述到對人的謙遜、助人為善的方向：「最保險的，就是行文四段，第一段寫……，第二、三段分別寫……，第四段……，聯考的時候，教授才不會覺得你的文章雜亂。」受挫的學生在講桌邊掩面嗚咽，質疑：「究竟是甚麼樣的教育，讓我們對自己發出的聲音感到陌生且不確定？」我則在打開的信紙上滴下感傷的眼淚，嘆息：「到底甚麼時候這些急於捏塑的統一心態才能絕跡！」

幸而這位學生，還是堅持說真話，最終考上了她理想中的政大新聞系，我則大大鬆了一口氣，一方面總算證明了說真話也能得高分；一方面慶幸最須講真話的行業裡多了一位有真見識的人才投入。

然而，是不是我們的學校裡仍然充斥著類似的心態保守、態度權威的老師？而審閱委員中，是不是真如我安慰學生的：都能去除制式的道德教訓，不拿它當唯一的準則，而能參酌是否言之成理，讓學生在動腦構思之時有較大的空間，像辯論比賽一樣，只要能以理服人，容許正反兩面甚至多元思考，不受太多侷限？

在謊言充斥的年代，我們強烈呼籲：不要將作文變成謊言競技場，請鼓勵學生寫些真話吧！

提示：寫出真話的學生，竟只能受挫地在講桌邊掩面嗚咽，真是教育的沉痾。一〇七年後，高中學測國文科改為寫作獨立施測，考題開始正視統整、歸納，算是教育部向前跨進的一大步；接續下來，最需加以克服的關卡就是：心態保守、態度權威的老師，是否還是不容許正反兩面甚至多元思考，在作文的評分上有無更開闊的胸襟？

為愛相隨

多年前的夏日午後，我應勞工局之邀，到台北市圖總館對勞工朋友演講。

演講過後，一位年紀約五十餘的勞工朋友趨前跟我道謝。說是在前一年的聯考裡，兒子將志願卡裡所有位於北部的大學悉數剔除，只因為：「爸爸一點都不理解我，我要把志願填得離家越遠越好。」聽到兒子的同學如此轉述，他肝腸寸斷。原本以為只要努力工作讓孩子不虞匱乏便是盡責的父親，那時才知大謬不然。他的兒子其後如願考上了台中中興大學，但他難以釋懷，難過且自責地說：「後來想想，的確為了拚命賺錢而疏忽了跟孩子的溝通。」於是，他犧牲寶貴的星期假日，寄望從圖書館的這場題為「貼近孩子的心」的演講中得到促進親子關係的良方。

他認真回應我的演講，說回家後他想要試試我所提供的意見——抱抱孩子。我建議他：「孩子已經大了，要不要從小幅度的握手、拍肩開始，逐漸才擴大成肢體的擁抱，感覺會自然些。」他也許覺得緩不濟急，低頭想了一會兒，靦腆地又說：「要不然，我乾脆鼓起勇氣直接跟他說：『我愛你』。」我雖然為他的用心動容，但還是忍不住建議他：「無預警熱情示愛，會不會讓孩子太吃驚，要不要先說：『以前在家嫌你煩，現在你走遠了，還真有些想你。』免得一下子驚嚇到他。」男子轉身離開之際，我抬起眼，發現夜色掩至，忽然覺得心下悵然。那位遠在中興大學讀書的孩子若不知道父親曾為他的一句怨言如此神傷且費心尋方設法彌補，銳意向他靠近，那將是多麼可惜的事！

我驀然想起，一位傑出的女學生就讀研究所兩年後，決定重考南部的學校；師長們都不捨好學生流失，紛紛以「白費兩年太可惜」勸阻，我私下問明緣由，原來交往許久的男友遠在南方，她想南下拉近彼此的距離。我一向相信心動不如行動，遂獨排眾議鼓勵她「如果男子值得託付終身，那就趁早為愛相隨吧。」幾年後，學生通過考試分發到北部的中學任教，原來在南部科技業任職的男友也跟著轉換跑道，努力投身教職甄試，天涯相隨，以行動宣示對她的愛。

為了愛，彼此都曾經分別有所犧牲，也有所成全。帶著如此堅定意志相互投靠的兩人，最後決定一輩子攜手同行。小倆口送來喜餅的時刻，我懇摯地叮嚀：「將來的婚姻生活中如遇勢不能免的齟齬時，若常常想起這些『為愛相隨』的初衷，就一定沒有過不去的難關。」

近日，一位前途似錦的朋友由南部高階主管級自行請調回北部低就，朋友們都為他的舉措感到納悶；前幾天，才得他親口告知原委：家居台北的他，早出晚歸，日日上下班都搭乘高鐵南北奔波。但正處叛逆期的單親孩子開始桀傲不馴，做父親的耽心相處時間有限、陪伴不多，正逢關鍵期的兒子會一不小心走上歧路。他跟我坦承：「那天，看到你寫的那對有所犧牲、有所成全的『為愛相隨』學生，深受感動與啟發。我於是打定主意效法，跨出一大步向兒子靠攏過去。雖然內心還是有些許對工作的不捨與不知如何拿捏教養方式的徬徨；但真希望我的這份苦心，能讓兒子有所體會。」

我望著他說話時若有所思的深邃眼眸，竟有欲淚的衝動。沒料到一篇隨筆，也能有如許的迴響，而我是一直堅信不管愛情或親情，只要有愛，存心相隨，大體都不容易失敗、也不會讓人失望的。

提示：本文強調親情、愛情中，陪伴的重要。三則故事裡，有人錯過時機；有人拙於表達；有人勇於犧牲、有人樂於成全。無論親情抑或愛情，愛，要及時表達，得抓緊機會相互體恤絕對是鐵律。三個故事只是如實報導，不落言詮，其理自在。

款款捲起細緻的浪花

近幾個月，我走進偏鄉演講。從中部出發，直講到南部的屏東、台南，東部的台東、花蓮，途中看到許多動人的風景。

譬如台南松林國小，我踏進校園，眼睛不覺一亮。學生可以爬樹、種菜、坐到樹蔭下舒適的桌椅上聊天，而圍牆的磁磚上呈現的是學生的畫作。約莫午後一點，從操場這頭望過去，有三位小朋友正悠閒地在遠遠的另一角盪鞦韆。陽光燦燦，樹蔭下鞦韆翩躚，影影綽綽，好不令人動容！學生小小的身影從旁經過時，都自然且有禮貌的致意：「客人好！校長好！」

來聽講的，除了該校及附近的老師，尚有台積電的員工。這些來說故事的志工阿姨、叔叔，出錢出力還謙稱「在忙碌的工作中抽時間當志工，被童真的快樂感染，意外得到療癒。」他們不認為在做崇高的奉獻，反倒覺得從中獲益無數，真讓人動容。演講後的提問既熱烈又深入，言辭的背後透露出老師的教學熱忱；我在回答問題時，竟然激動莫名，眼眶發熱。

在接送時，張志全校長及總務主任不約而同話題全圍繞學校的規劃藍圖，觀念相當新穎前衛。雖地處偏遠，但師生齊心，咸認有志工幫忙，有企業關照（奇美提供練習的樂器）；學生少，無論參賽、發言討論，和大學校相較，學生所擁有的機會更多，堪稱資源豐富。何況學生的家境雖然差些，但從小跟自然親近，踩踏在土地上種胡麻，跟農夫討教如何行銷生產物，收成時，在校園裡和校長、老師、家長一起慶功吃火鍋，從另個角度看來，也真是很幸福。

另一所花蓮的北濱國小也讓我印象深刻。他們的校地超迷你，近年卻沒有受到少子化的衝擊，學生人數不減反增，看來彷彿是奇蹟，但和校長長談後，又覺理所當然。學校有特色、充滿生機，對家長及學生自然產生莫大的吸引。

周春玉校長提及偏鄉的家長社經地位普遍偏低，謀生都來不及，學生放學後，往往面對空屋，沒飯吃的更是所在多有。她覺得在各項條件都較差的狀況下，先設法讓學生學會基本的生活技能，其重要性遠勝於獲取書本上的知識。所以，先前在更偏遠的長良國小擔任校長時，就曾遊說老師將課本先擺一邊，而從食衣住行育樂教起。孩子從綁鞋帶、扣釦子、撿菜、洗菜學起，訂定幾年級要學會煎蛋、何時要會操作洗衣機等目標，循序漸進，讓學生逐漸在生活中獨立起來。這種對傳統的顛覆，誠懇務實履踐了「因材施教」的教育原理，但沒有動腦或沒有幾分膽識恐也不容易做到。

她目前擔任校長的北濱，曾因集資送少有出國機會的孩子到烏克麗麗的故鄉夏威夷參訪而名噪一時。如今，學校還有每周一堂的意象書法課程，帶領學生思考、和生命經驗做連結，讓同樣的文字，都能做出獨特的詮釋。雖然正統書法家不認同，但時代在變，教育需要翻轉才能與時俱進，她們勇於嘗試，激發孩子更多創作潛能。

我曾跟一位素所尊敬的大學校長抱怨教育系統被傳統拘執太甚，校長居然輕描淡寫說：「社會需要安定，傳統往往是安定的力量。」我一時語塞，發現傳統思維真是牢不可拔。教師往往被歸類為保守的人類，固守校園，強調安定，這位與眾不同的周校長卻用腦力開發了無限的可能，真教人打從心底敬佩。

那日，我們在海邊的餐廳裡娓娓談論著教學的種種追夢、突圍和展望。風吹著，款款捲起細緻的浪花；天空中，一群鳥兒正逆光飛翔，放眼看去，感覺這偏鄉真是美麗。

提示：創新是改變的開始，教育現場尤其需要隨著時代的變化做有機調整。在偏鄉，資源似乎相形匱乏，但只要有心，常能化危機為轉機。

在偏鄉，我們激動地看到希望：有前衛想法的校長；求知慾強烈的老師；愛心滿滿的志工；關照偏鄉需求的企業；還有樂於參與改造的家長。因為求變的動機，織就了追夢的展望，不是傳統的「安於現狀」。

雨中的飯局

一二三自由日，全台陷入狂追皚皚白雪的歡樂中，打開電視、翻開報紙，有人登上阿里山，有人前進清境農場，有人驅車前往陽明山，臉書上更是一片雪花紛飛。媒體記者穿著雪衣、用著高亢的聲音對著上山的群眾問：「現在，你的心情如何？」「開心」、「期待」幾乎是共同的答案。

全台難得一見的飄雪，大舉攻佔媒體版面，卻讓一則讓人眼眶發紅、打從心底暖和的訊息屈居版面不起眼的角落。很多人都不知道由芒草心慈善協會、人生百味、五六運動、陳文成博士紀念基金會及藝文界人士發起的「123 無家者人權尾牙音樂會」，其實也恰好就在這個日子舉行。

那日，接近黃昏時刻，下著毛毛細雨，台北火車站南二門廣場臨時搭建的棚架下，有大批無家可歸的街友應邀陸續湧入，參與尾牙音樂會。不到八度的低溫下，車站前遮雨棚的棚簷，積水像水晶簾幕般落個不停，食物原本提前從四面八方運送進市中心，不意卻在蜂擁賞雪的車陣中動彈不得，險些誤了開飯時間。

交通堵塞，讓有賞雪餘裕的風雅和居住無著的求生者在雨中正面相照，這情節讓我不期然想起一齣京劇《鎖麟囊》，也是個雨中送炭的故事。富家女薛湘靈出嫁，途中遇雨，花轎暫避春秋亭，巧遇另一花轎內的貧女趙守貞。守貞感嘆貧富懸殊，世態炎涼，因而啼哭。湘靈憐惜，從嫁資中取出內有珠寶的鎖麟囊相贈，雨止，兩人別去。時移世易，其後，湘靈落難，端賴用鎖麟囊資助丈夫求取功名而貴居知府夫人的守貞解危。搬演的是善良的有錢小姐，慷慨解囊而得報恩的故事。報恩的說法不免落入八股，但所揭示的人生無常、階級流動的概念，古今一同；雨中貧富相互扶持的溫暖在戲台上不知感動過多少人心。

台灣社會最重人情，一如薛湘靈者，其實無數。但寒風細雨中，由民間號召，各界（尤其是藝文界）相挺的浩大送暖工程並不多見。有人親自作羹湯；有人辛苦籌畫或擔任志工；有人贊助後續街友租屋自立、重返社會就業的經費……總計邀請三百餘位無家者踽行穿越街道，在年終歲暮的自由日齊集，享用大夥兒合力遞送的「家」的感覺，堪稱城市最溫馨的盛舉。

這個活動的舉辦已是第二回，今年，我躬逢其盛。從臉書的對話框中見識藝文界朋友熱烈響應的熱情；在現場看到街友們魚貫進入，秩序井然的排隊取菜，在座位上大快朵頤，興奮高歌，拘謹領取紅包及伴手禮……服裝儀容似乎都經過講究，態度也都彬彬有禮。我側身打菜行列，既興奮又感動，真的差點兒流下眼淚。

無家者不僅是社會救助的議題，更是人權與居住的議題。他們背離親緣、失去社會支持系統聯繫，有的沒有戶籍、身分證遺失補辦困難因之沒有選票，是弱勢中的弱勢。他們之所以淪為街友，不能以「懶惰」或喜愛無拘無束的自由來以偏概全，其深層因素有待深入研究；但無論如何，居住是基本生存權，政策上，政府應該提供足量的居住、庇護設施，社會住宅分配應以無家者優先；尤其需將協助無家者就業以脫離流浪生活列入當務之急。執行面上，遇到寒流來襲，應為街友提供免費旅館，暫時清洗、避寒。最為人詬病的是使用潑水、驅趕、隔離等暴力手段對付無家者或任意丟棄其家當。

一頓飯是熱鬧一時，生活安定才是一生。我們多麼期待這頓雨中的飯局，在舉國一片「瘋」雪中，能引發各界另眼關注，讓無家者有朝一日能在社會長期的關愛和協助下脫貧自立。

提示：高山雪花紛飛的日子，有人驅車去追雪；平地不到攝氏八度的低溫下，有人忙著雨中送炭。兩陣營巧遇十字路口。不期然讓人聯想起京劇《鎖麟囊》裡貧富懸殊的兩家花轎同時避雨春秋亭的濟貧故事。人生無常，貧富後來易位，那份同理的體恤不變。

舞台上的故事和現實人生忽然合了節拍，是個極具巧思的聯想，尤其階級流動更加快速的現代，相互憐惜更顯意義深重。

「傾聽」的溫柔實踐

多年前，我曾不小心誤買了張昂貴的印花桌巾，正自懊惱間，母親北上時還屢屢火上加油：「這就是那條貴森森的桌巾？恁北部人是安怎！搶人啊！」為了化解尷尬，我百般設法找出桌巾的好處以掩飾。先說它曾做過防靜電處理，「防靜電有什物路用？」我瞠目結舌；只好接著強調水滴在上頭不會散開，「隔壁金水嬸厝內有一條塑膠的，才兩百元，也不會散去。」我無計可施，做最後的掙扎，辯稱：「你看鋪上桌巾不是漂亮多了嗎？」「我看也差不多，普普。」母親步步進逼，我節節敗退。幾個月後，我惱羞成怒：「以後就請您別再提啦！我買貴了東西已經夠懊惱了，您還每次來、每次嫌，到底要我怎樣！」一向好強的母親，忽然放下碗，囁嚅回說：「毋是啦！我最近手常常發抖，夾菜的時陣，驚無小心落下去，去滴著汝這麼貴的桌巾就壞了！」我永遠記得當時母親說話時窘迫的臉和我聞言後的情緒潰堤。

好強的母親，不慣示弱，她不逕自說明可能弄髒昂貴桌巾的憂心，反用強悍的批評來譏嘲。

而身為女兒的我，竟沒能及時識透老人家的再三批評，其實是聲聲焦慮的衰之昭告，寧非大不孝！人際溝通中，傾聽的重要是現代人都知道的。而問題常常不在於「聽了沒」，而在於「聽懂了沒」。

這個有關「傾聽」的親身經歷，讓我感慨良多且深自惕勵。這些年，我有許多機緣和聽眾切磋親子相互對待之道，發現聽講者多著意於爬梳跟兒女的互動，卻鮮少有人來切磋和老父母的相處，這其實是頗值得警惕的現象。老人時代施施然不請自來，未來世代的主人翁在不婚和頂客族日多的少子化潮流下，未必得和兒女直面相照，卻大多必須有和多位老人家長相廝守的心理準備。但從眼下的家庭與社會氛圍看來，這恐怕將成為中壯年人口最為嚴峻的考驗。

語言的弦外之音，是一門艱深的學問，更是溫柔體貼的具體實踐。得先聽出正確的語意，才能做出適當的回應。傾聽不僅需要耳目並用，還得用心琢磨。年輕時越能幹的老人，越無法接受體衰、身弱的事實。曾經呼風喚雨、領著子女面對生活裡風雨侵襲的長輩；年歲大了，雖然手抖了、腳顫了，但要她在言語上主動向兒女繳械服輸可是萬般艱難的課題。

基本上，台灣整個社會雖對老人生理處境多所同情，但對心理的理解卻還甚為表淺，更缺乏對這議題的學習動機與熱情；而當「整齊、清潔、簡單、樸素、迅速、確實」的新生活目標，逐漸成為老人無力追隨之痛時，沮喪會逐漸轉成巨大的失落；當衰老病痛來勢洶洶，必須仰賴兒女扶持，而長期累積的尊嚴與權威，又無法隨勢自解。這時，我們將看到一位彆扭、不講理卻又無法自理的老人，像孩子般耍脾氣或生悶氣；而我們往往只將這種現象簡化為：「人老了，就是這樣，越來越古怪，越來越不講理。」然後，置之不理。

老人不是頑固，是因為歷經滄桑，一時無能示弱；老人不是不講理，是因為思路日益糾纏、常有理說不清；老人不是躲懶不肯去運動健身，而是生理逐漸頹敗，已無力掌控屬於自己的臭皮囊。這時，我們多麼期待可塑性較強的年輕人能多多用「心」傾聽，並以溫柔對待。

提示：眾人皆知人際互動中傾聽的重要，傾聽不僅需要耳目並用，還得用心琢磨。前文探討人己之相互體恤；此文直探老少相惜。老人時代來臨，無論親子之間，還是一般的老少相處，如果能本著求知動機，多注意細節，設身處地關懷理解，相互疼惜，就會減少許多的家庭困擾及社會問題。

許孩童一座天然的親子森林

牽著小孫女在被夷為平地的華光社區原址上散步。沒了房子的華光社區，被水泥隔出一塊一塊的草地，綠油油的，大樹分散各處，白雲悠悠，陽光柔和，一如小孫女沿路所唱。

未滿四歲的小孫女忽然停了唱歌，瞇著眼看藍天，愉快地大聲說：「這世界真美麗！」我明知故問：「這世界為甚麼美麗？」小孫女愣了一會兒，仰頭天真地說：「因為有姑姑、阿嬤、妹妹、阿公，還有爸爸、媽麻、婆婆、舅舅……。」她一一唱名她的最愛。

童言稚語竟將天機一語道盡！我一時目瞪口呆，驚喜地不知如何以對。小朋友不知自己情緒之所自來，可是，凝睇過偌多神奇造物的我是知道的。人類的感官和大自然的榮枯本就相互呼應，愉悅、悲傷或感動，不只來自人際的離合悲歡，在觀照自然時，往往我的情趣與物的姿態往復迴流，藍天、白雲、綠草、老樹甚至蝶飛、蜂舞、山鳴、谷應，都能為心情上色。

義大利導演馬歇爾．雷德福特曾有一部饒富深意的電影《郵差》，摹寫一位年輕郵差馬力歐學詩的經驗。窩居小島上的這位郵差百無聊賴，對生長的土地毫無熱情，只獨鍾鎮上的姑娘碧翠絲，一心想跟流放到島上的詩人聶魯達學寫情詩以打動伊人芳心。

聶魯達沒說啥高深的道理，只請郵差到海邊走走看看；接著教他：看到不對的事得說出口，別只顧碎碎念。三言兩語中涵蓋著深刻的詩意——取法自然，回歸人文，生活自會產生新意。

原先只心懷愛人的郵差，因為聶魯達隨興的三言兩語提點，最終活出了自己。他不止如願抱得美人歸，且看到生活的美麗、生命的意義。聶魯達走後，他用聶留下的錄音機錄了島上八種聲音寄送以回應詩人的啟發：其中有島上天空的聲音，卡拉狄史托的小海浪和大海浪，吹過懸崖和吹過灌木叢中的風，他還注意到教堂裡的鐘聲、牧師罵人及懷孕母親肚中小生命的心跳聲，甚至父親悲傷的漁網。他從自然的天籟直探家常的困頓；從湧動的海水中，細緻辨識風的聲音、浪的拍打，還聽到看似無聲的天籟，培養出抽象思考的能力。我每年教書總希望學生看看這部電影，想想文學與生活的關連，進一步探索人與周邊環境的關係。

台灣在經濟掛帥的壓力下，逐漸起高樓、拚經濟；但自然出走，民眾的精神生活也勢必逐漸貧瘠、窘迫。我曾經在華光拆遷時，有感而發，說這個台北城的故事，明顯是一篇寫壞開頭的作文，若要起死回生，恐得邀請全體市民一起來傾聽土地的聲音，再集思廣益，為它撰寫一個美麗的結局。如今，矮屋嗚咽倒下、居民流淚遷徙已近三年，身為鄰居的我一直在窗口觀望著政府如何處理它的後續！

昨日看到小野在臉書上說，當大夥兒在為此事的後續商討對策，據聞柯p叫人在上面灑種子，種草，這話看似隨興卻讓我眼睛一亮。或許就如小野所說的：「甚麼都不做，一切交給大自然，長出甚麼就是甚麼。」會是個好的主意。城市裡的孩子成天面對高樓大廈，我們也許可以許他們一座天然的親子森林，讓竄生的自然一掃被水泥固封的僵硬，讓花花草草為年輕的生命著上溫暖且生意盎然的顏色。

提示：本文以童言稚語和人類感官與大自然榮枯的相互呼應起筆，接著拈出電影《郵差》中男主角經過聶魯達言教身教後，學會掌握寫詩的要訣——珍愛鄉土與大自然，並開始注意形而上的意象，體會家常的困頓，領會大自然現象的細節區分，男主角因此最後成為為勞工爭取權益的抗議詩人。

接著，再帶出小野臉書上「一切交給大自然，長出甚麼就是甚麼。」的PO文，作為訴求多一些綠化城市，多些天然親子森林的想望。有小朋友的直覺，有大人的期許，再加上聶魯達的啟發，論述變得豐實。

第三輯

文字編織

寫作練習策略

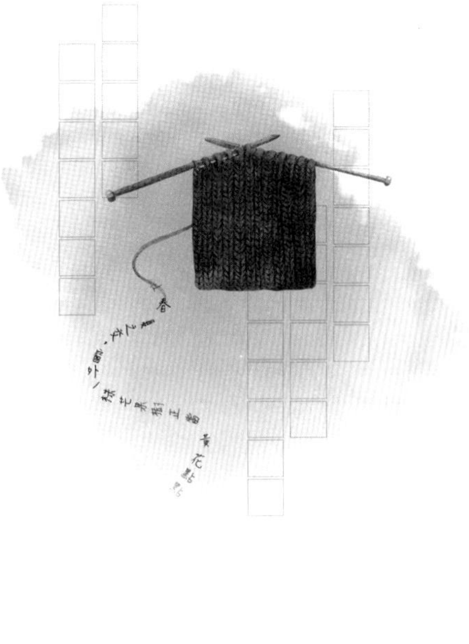

從粗豪中找到細緻

●擴寫的方法●

寫作時，若能提供短文，讓學生先據現成題材，練習鋪敘，能省下尋索題材的功夫，在增添情節及裁章謀篇上多所用心，其後，再慢慢全盤開放，分段練習，也是針對初學者可運用的方法。

在筆者另一本探討寫作教學的專書《文字編織——讓寫作變容易的六章策略》（三民書局）裡，我曾經就題材的搜尋作過建議——不妨從簡單的搜尋步驟開始，以簡單的命題，讓初學者以每則幾十個字的長度展開聯想，先行寫出幾個與題目相關的題材。譬如：我在散文課上，以「生疏」為題，請學生提供幾則相關的題材。有人寫離婚時，夫妻二人在律師樓裡對視時的生疏；有人講離鄉老兵在睽隔幾十年後回到故鄉時的生疏；有人提到要住在偏遠山地的孩子描述海邊生活時的生疏……。其中，郁倫就寫出了一則詩意盎然且顯纏綿的文字（如下列題幹所敘）。

在其後的小說課上，我把這篇文章當作題目，在期中考時，請同學將它擴寫成一則極短篇。恩琪在有限的時間內，援筆成文，立刻驚豔全場！說它是「驚豔」，一點不為過！它完全掌握了極短篇的兩個要點：一是篇幅短，只有五百餘字；一是有一個令人驚奇的結局。字數相符不難，難的是，結尾的收束讓人嘆為觀止！可以說，不到最後關頭，不輕易透露玄機。讀者閱讀時，完全被瞞過，分明是三角戀愛的俗套，最後卻翻出母子親情的乖隔。結局揭曉，讀者目瞪口呆之餘，細加爬梳，卻又分明早就埋藏照應，字裡行間，如：「那個男孩」的稱呼、「憶起我們初遇時的情景」、下意識的咄咄三問、「不應該老是獨佔他，要求他事事順我的意」、「為甚麼我當初要阻止他呢？」……一字字、一句句早就透露玄機，本來就是一派母子關係的陳述，可是，取來論述分手情人，又何嘗不可，就在這模糊的灰色地帶，恩琪製造趣味的懸疑，達到反差的效果，讓人讀後捧腹，這個改寫成極短篇小說的嘗試，我以為是非常成功的。

【擴寫】：將下列的簡短文字，擴寫成一則極短篇，並冠上一個合適的題目。

生疏

世新大學中文系　曾郁倫

「後來的你好嗎？比較快樂嗎？」我的眼神流露訊息，隔著咖啡廳的玻璃，明明是如此清晰卻成為最遠的距離。你帶著她匆匆進入走廊躲雨，卻闖入我的世界裡，越過她的肩膀，你淺笑的狼狽，是二段愛情前後生疏的交會。

範例

深情

國立台北教育大學語文與創作系　柯恩琪

「對不起……我想我愛上她了。」

那個男孩這麼說著，他的頭低低的，閃爍的眼神望著眼前的咖啡杯。桌前的玻璃映著那清秀稚拙的臉龐，我恍然憶起我們初遇時的情景。

幾乎是下意識的，我開口問道：「你很喜歡她嗎？她是誰？你的同學？」

他一連搖了三次頭，沒有正面回應我的問題，只是歉疚的抿著唇。我們便這麼對坐著，彷彿是過了好幾個下午，他終於像是下定決心般的站了起來，口裡喃喃地說著話，宛如是在懺悔這段感情的遺憾與過失，歉疚與後悔。最後，他就這麼離開了，從這個座位、這個咖啡廳以及我的生命裡。

我依舊是獨自活著，在這些年裡。我一個人逛街、一個人慶祝我們的生日、一個人吹熄蠟燭，我很少想他，但他一直活在我的思想與記憶中。我知道自己後悔了，我不應該老是獨佔他，要求他事事順我的意，但那是能阻止的嗎？即使我未曾約束他，但他總有一天會走的。

愛情這種事，本來就沒甚麼道理。

不知過了幾個寒暑，我終於再次遇見他。那是一個下著小雨的午後，我坐在一貫的座位上，望著他自街角的對面衝進走廊躲雨，他厚實的大手緊握著一個一直跟在他身邊的女孩，在那瞬間，我幾乎覺得自己快不認識他了，但我終究還是記得他眼角邊的笑容，他顯然十分幸福，為甚麼我當初要阻止他呢？他是多麼的愛那女孩，他們比世界上任何一對情侶還要匹配。

我忍不住哭了。這麼多年來，我第一次哭得如此不堪。一位母親的愛情有多廉價？我現在才終於明白這個道理。

接著，我再舉一篇由最短篇擴寫為四千字長度散文的例子。

〈防衛過當〉原本只摘要寫成一篇所謂的「最短篇」，最短篇字數較極短篇更少，少則二十或三十字，多則二、三百字。和極短篇一樣，最短篇多半也被要求能有一個驚奇的結局，〈防衛過當〉中，牢記警語、分心防衛的作者，卻在朋友猝死的喪禮中，意外接受家屬「溫暖關照」的答謝，參差對照的荒謬，造成情何以堪的荒謬感。

其後，因事屬個人特殊經驗，午夜夢回，老覺愧對故人，意猶未盡之感，逐漸在一次次的回想中膨脹，終於，在一個午後，決定將它擴寫，讓荒謬感依然，細節則更加詳盡，以便曲盡心路歷程，頗有假借世道渾沌、人心難測的現實，來開脫自己薄情寡意的用意。

短製成為長篇，可以增加的部分很多。譬如：光是「忽有失聯數十年的童年摯友尋來，熱情地談古說今。」兩句話，便有許多擴寫空間。譬如：朋友如何「談古說今」？如何「熱情」？而夫妻二人面對「忽有失聯數十年的童年摯友尋來」時的心境又是如何？接著，夫妻之所以「猶疑猜忌」的原因是甚麼；步步為營、百般防範的心情如何落實於具體生活中；故人之子報喪時的恍惚迷離；參加喪禮時的謬承感謝；走出殯儀館後的仰首蒼天、涕淚漣漪；最後則是回首童年，浩嘆純真難在，人生實難！

這篇文章刊載後，曾在網路盛傳，或許是因為其中描寫的虛詭橫行的社會中人際拿捏的困境，正道盡現代人左右為難的心事。

【擴寫】：最短篇擴寫為較長的散文，並冠上不同的題目。

防衛過當　廖玉蕙

中年退休的他，忽有失聯數十年的童年摯友尋來，熱情地談古說今。

摯友穿梭兩岸，是現下最熱門的台商。從那之後，每隔一段時間，便攜酒帶茶來訪，或敘說忙碌的生意，或回憶過往甜蜜的歲月。結論一逕是：

「人入中年，好朋友應該多多聯繫。」

他猶疑猜忌，不知朋友葫蘆裡賣的甚麼藥！每回聚首，總步步為營，因為，周遭親友都警告他：「這年頭，人心難測。你那點退休金可得看緊一些。」

摯友最後一次造訪，興致勃勃在電腦裡分享即將落成的豪華辦公大樓影像，他因牢記警語、分心防衛，以致忘記給他誠心的祝賀。

春暖花開，忽然傳來朋友因猛爆性肝炎猝死。喪禮上，摯友妻子特別向他深深一鞠躬致謝：「外子往生前最珍惜你的友誼，老說商場爾詐我虞，只有和你聊天才能推心置腹、暢所欲言，感受特別溫暖。」

他當場崩潰痛哭，為著世道艱難、純真遺落。

範例

純真遺落

廖玉蕙

剛起床，坐在書房裡發愣，電話鈴聲驀地響起，電話裡傳來年輕男子的聲音：

「蔡叔叔在嗎？……哦？他不在？……是嬸嬸嗎？是這樣的，我是王大中的兒子，我爸爸在今天凌晨兩點三十分過世了。」

我抬頭看鐘，早上八點三十三分，我有些神思不屬，一時之間，有些困惑。

「過世了？王大中過世？……你是誰？你這是甚麼意思？」

我站起身，大聲重複著他的話，有些生氣，一大早開甚麼玩笑！電話中的年輕人顯然被我的質問嚇到了，囁嚅著解釋，他爸爸王大中因感冒轉成肝炎，回台灣住院，在病榻上纏綿掙扎了一個多月，最後因猛爆性肝炎逝世。

王大中死了？怎麼會！

是春夏之交，窗外一株芒果樹正當黃花點點，放下電話，我怔忡著，簡直不敢置信，原本是很健康的人啊。本能地，我撥了大哥大給正在東引旅行的外子。收訊不良，我在忽斷忽續的通話中，艱難地傳遞著死亡的消息，感覺所有說出的話彷彿都讓風給吹散了。

「你說甚麼？啊！啊！……王大中怎麼啦？我這裡收訊差，聽不清楚啦。」

等外子弄清楚了狀況後，電話忽然陷入長長的沉默。半晌後，他結結巴巴地問我：

「那現在怎麼辦？我應該怎樣？應該趕回去嗎？」

我忽然後悔告訴他了！現在趕回來有甚麼用？人都死了。王大中病了一個多月，我們都在幹甚麼！距離他最後一次來訪約莫有四個多月了，我們怎麼都沒想到應該跟他通個電話，竟然連他住在加護病房好久都全然不知。

「爸爸生病的時候，交代不要麻煩叔叔來醫院探望，以為很快就會好起來。沒想到就這樣走了！」

我回想起年輕男子聲音裡的自責，好像我們的怠慢完全是因為他的疏失所導致。

王大中。應該怎樣來介紹他呢？這些日子來，我們老提心吊膽地防他，他竟然在不提防間猝死，留下一團迷霧。

王大中第一次出現在我家，約莫在兩年前的春天，猶然記得也是芒果花盛開的季節。他開了玻璃門，出去陽台上抽菸，忽然望著巷子那頭樓下的人家，高興地朝我們說：

「哎！樣仔開花了哪！很快就會結果了。」

外子和我交換了疑惑的眼神，不知該怎麼接話。王大中來得突然，說是從朋友處打聽到我們的電話，興奮異常，聯絡上後，隨即興沖沖地登門拜訪。

他是外子的小學同學，自從上了大學，離開家鄉後，便失去聯絡，三十多年沒見面，據他自己說，如今已是現下最熱門的台商，穿梭兩岸，生意做得還不差。至於是真是假，我們也無從考證。從那之後，每隔一段時間，他便攜酒帶茶來訪，或敘說忙碌的生意，或回憶過往甜蜜的歲月，熱情地談古說今。結論一逕是：

「人入中年，老朋友應該多多聯繫。」

當時，我們剛剛被老同學以周轉不靈借去不少錢，朋友間偶然談起，才知來借錢的同學都是在大陸包二奶、丟了差，做了火山孝子之故，我們借出去的錢自然是有去無回。因為接續兩樁，因此，不免讓我們心生警惕。王大中來的時機不湊巧，就在那個惡寒的冬天過後。我們猶疑猜忌，不知他葫蘆裡賣的甚麼藥！每回聚首，總步步為營，周遭的親友也都警告外子：「這年頭，人心難測哦！誰知道伊是熊？是虎？那麼多年不見。」

一位熱心的朋友，還半開玩笑地指導我們：

「對付這樣的事，我應該算得上經驗豐富的囉！像你們這樣的老實人，心腸軟、不擅長拒絕別人，通常是被借貸的高危險群，就算已然有所警覺，往往也難以抵擋攻勢。所以，為今之計，最重要的是，準備一套婉轉拒絕的說辭，牢牢記在心上，無論在甚麼樣的狀況下，只要有人提起借錢的事，你就拿出這套說辭從容以對，一切就都OK！」

他所謂的應對之策，就是語氣誠懇且面露哀悽地說：

「真是十分抱歉哪！我父親一生受困於作保跟借錢給朋友，讓妻子兒女吃足了苦頭。他臨終之際，握著我的手，殷殷交代不可重蹈他的覆轍，絕不能跟朋友有金錢糾葛，萬萬不可借錢給朋友，否則他死不瞑目！……我不敢違抗父親的遺命，請原諒我的苦衷。」

因為示範者唱作俱佳，被在座的聽眾公認乃絕妙好辭，既可輕易脫身，又不致太傷感情，我們於是銘記在心。

其後，每隔一、兩個月，王大中便熱情地前來拜訪，或邀約外子及其他童年友伴外出聚首，喝茶聊天，或相偕到漁港吃海鮮。有一回，他們二人剛出門不久，我因不小心被反鎖於門外，急急馳電求援，他們只好飲恨地從豐盛的海鮮席裡匆匆抽身回返。王大中卻一些也不介意，仍舊興致不減地在客廳中談笑風生。而我們每每忙於複習那套婉拒說辭，常常顯得心不在焉。

王大中真是熱情洋溢，因為他的熱情太超乎尋常了，更啟人疑竇。每回過來，總會贈送些小東西，說是他的客戶所生產的產品。譬如：實用的塑膠鞋墊、八爪章魚的沾黏玩具及投擲時會閃耀彩色光芒的矽膠球。有一回，甚至還贈送外子一些情趣用品，叮囑外子不妨開放些。我們在大開眼界之餘，總不免感覺有些尷尬。我不禁聯想起古訓裡「言不及義，好行小惠」的人，提醒外子這或許是詐騙的前行手法亦未可知。

除此之外，他還經常在出差或旅遊的外地打長途電話來徵詢我們：

「我現在人在台中，可以用很便宜的價錢買到非常好的茶葉，你們需要嗎？」

然後，在很深的夜裡，繞道送來。或是從大陸攜回罐裝的醃製泥螺，說是老蔣最喜歡吃的配稀飯小菜：

「你們吃吃看！喜歡的話，我下回回來再多帶幾罐過來。」

外子畫展時，他不但早早到場祝賀，還送來大盆蘭花，並率先捧場地訂購了一張油畫。我們固然感激在心，卻仍不敢鬆懈防衛。這年代，甚麼花樣沒有！報上適巧又登載了一宗新聞，說三十年的至交忽然被對方神不知、鬼不覺地捲走了所有的存款，我們更加不敢掉以輕心。

一個初秋的清晨，我們猶在睡夢之中，他意外帶著兩個兒子現身，說是趁著大夥兒尚未出門，讓兩家兒女見見面，嘴裡直嚷嚷著：

「哎！哎！哎！不行啦！老朋友的下一代，彼此不認識算甚麼呢！」

即將繼承父業的兩位兒子，看來很有教養，卻顯得靦腆。他教養孩子有另類思考，他偷偷告訴外子說：

「我這兩個孩子都太天真，這樣不行！將來他們都得扛起家族事業的擔子，如果三兩下就被大陸那些非常主動的女孩子收拾去怎麼得了！所以，我特別情商一位同在大陸做生意的老朋友張某，他是此中高手，讓他帶著孩子們先到風月場所體驗、體驗，到時候，熟門熟路，知道個中玄虛，才不至於上當跌跤！」

我們對這般奇怪的教養理論，不敢置一辭，只頷首微笑，虛與委蛇，背地裡嘖嘖稱奇。

王大中一再向我們展示他的愛鄉情懷。父母俱已雙亡的他，聽說還常常返鄉祭祖、參加家族活動。有一回，回去故鄉，聽了一場音樂會，感動之餘，還不辭迢遞，繞道我們住處，在信箱內投遞了當天的節目單。在夜晚的通話裡，他情致纏綿地敘說音樂會的動人和對故鄉的眷戀，最後還提醒愛畫畫的外子莫要忘了對故鄉的風土人情多做寫生：

「落葉歸根嘛！我們雖然不一定能回到故鄉長眠，但是，想辦法為家鄉做些事，是很重要的。」

外子轉述時，我感動得差一點落淚。但夫妻二人仍彼此砥礪，惟恐一不小心便要落入圈套，落得血本無歸。

王大中最後一次的造訪，約莫在他臨終前的四、五個月。也是個沒有月光的夜裡，我們不明白，為何如此夜深，他仍堅持前來。他說：

「會不會太晚？我照了一些照片，很想跟你們分享。明天我又要去大陸了。」

聽他興致勃勃的，我們自然不好意思潑他冷水，然而，是甚麼照片，讓他非拿來給我們看不可呢？

一進屋子，他逕自往書房奔去，說是照片都存在光碟裡，要借我們的電腦使用，一定要讓老朋友看看他的公司，知道他的發展。他坐在電腦前，打開檔案，一張張華麗的照片便魚貫出現，他像個熟練的解說員般，認真地一一說明：

「這是台北總公司外觀，還可以吧？這一間是我的辦公室，夠氣派吧！這間是會議室，常常在這兒用視訊跟對岸同仁開會；這是茶水間，裡頭一應俱全……這是大陸公司的外觀，內部正在裝潢，馬上就要落成了，這可花了我不少的精力和金錢，光是建築主體就花掉……」

當他說到這兒時，站他身後的外子和我，忽然同時抬起眼，兩人會心地交換眼神，那番婉拒的說辭驀地竄上心頭，我們不約而同在心裡戰戰兢兢地複誦著，就等他提出關鍵的請求語時，立刻流利應對。而因為牢記親友的警語、分心防衛，以致忘記給他誠心的祝賀。

如今，王大中忽然死了！我在書房裡踱過來、走過去，心情糟到不行。我們有足夠的交情嗎？凌晨甫過世，王大中的家人為何急急通知我們？按照一般的慣例，泛泛之交不是應該在多日之後才會收到訃聞嗎？必須趕在死亡幾個小時內通知的，不都是至親好友嗎！我們能算是他的至親好友嗎？我們連他在生死關頭徘徊時，都還在懷疑他的交往動機，這樣也算是好友嗎？而他終究沒有跟我們開口借錢，他是出師未捷身先死呢？還是可憐的真心換絕情？

外子從外島匆匆趕回，到殯儀館的臨時靈位為王大中上香時，沒有看到他的家人。出殯那天，是春暖花開的四月天。喪禮上，來了好多弔唁的人，體面的台商和社會名流雲集，靈堂上，掛滿了知名政商的輓聯，顯見王大中雄厚的人脈，當然因此可推論他的生意的確如他自己所說的頗為興盛，而鮮花簇擁中的王大中依舊笑臉迎人。拈過香後，我們趨前慰問未亡人，王大中的妻子忽然特別向我們深深一鞠躬致謝，說：

「外子往生前最珍惜你們的友誼，他老說商場爾詐我虞，只有和兒時的好友聊天才能推心置腹、暢所欲言，感受特別溫暖。所以，再忙，也要抽空去和你們聊聊；再晚，也希望和你們見上一面，真的很感謝你們在大中生前對他的關照。」

外子如遭電擊，癡立當場，舉步維艱。好不容易出得靈堂門外，抬頭望向湛湛青天，不禁嚎啕痛哭，為著世道艱難、純真遺落。

王大中呵！王大中。

前塵往事一一浮上外子的心頭。年幼時光，獨子的王大中，寂寞、寥落，最喜歡外子去他家同做功課，兩個小人兒，同進同出，好不歡喜。王家深宅大戶，桌上永遠有一盤放滿糖果的待客圓盤，外子離開時，王家媽媽總不忘抓一大把糖果塞進外子的口袋，外子忸怩推拒，王家媽媽總說：

「帶回去分給弟妹們吃，免客氣。你能來陪大中寫功課，真乖！」

而外子年幼的弟妹，其後，每聽說哥哥去了王家，便引頸盼望哥哥帶著糖果歸來。做皮件生意的王家爸爸，還鄭重地送給外子和外子的弟弟各一條他們製作的精美皮帶，那是窘困年代中多麼希罕的禮物！外子說他視若珍寶，一直捨不得繫帶，只在無人的夜裡才悄悄取出摩挲把玩。

流年暗中偷換，曾幾何時，這些溫暖的情誼和塵封的往事都隨著歲月遺落他方。性情中人的王大中，在縱橫商場後，仍向童年頻頻叩問純真熱情，以當年的童心依依相待；而我們在虛詭橫行的社會歷盡滄桑後，回報他的，竟是一肚子的狐疑和猜忌，這是多麼荒謬的諷刺！

這世界委實令人神傷！王大中死了，有好長一段時間，我們閉門謝客、恥談人際，甚至搔首踟躕、左顧右盼，惶惶然不知該以怎樣的姿態繼續行走人間。望之老實穩當的朋友偏偏紛華蹈空；疑似柔色應酬者，卻反真心對待；裝愚弄癡者滿街行走；詐騙手法不斷翻新。假作真時真亦假，無為有處有還無。談人情，人情真假難分；說世態，世態詭奇莫辨；論義理，義理混沌不明……。活著，在在讓人好生為難啊！

（本文收入《純真遺落》，九歌出版社）

銜接無間的節奏掌握

●續寫的策略●

續寫是語文教學之一種，先給學生起個頭，起頭的節奏無形中會帶動學生的書寫韻律；起頭的語言則將引發續寫者的接續思考，去尋找一個和內容相符的故事。續寫可以設定題目，也可以自由發揮。續寫的優劣，除了有否找到適合的動人內容外，很重要的檢視點在於其後的發揮是否和題幹的銜接渾然無間、一氣呵成，像是出自同一人之手般的自然。

設定題目與否，對續寫者而言，各有利弊。有題目，雖然受到侷限，但換個角度思考，也因此可省去海闊天空的搜尋題材，譬如，以下的〈遺忘〉，只要朝著固定的方向蒐求即可，可將省下的心思朝特定主題的鋪敘上發揮。沒有設定主題，對程度好一些的學生而言可能較不受到束縛，可是，對一般程度的學生而言，則反而比較難以掌握，往往覺得茫茫然不知從何下筆。

瑞芸寫的這篇〈遺忘〉，從因為怕遺忘，所以開始作筆記寫起。接著，發現因為記憶太多，反而受困於傷人的言行及擾人的惡夢，於是，又轉而開始學習遺忘。然而，事實告訴我們：刻意背向的這些難過的事，卻常在無意間想起時，感覺格外的疼痛！成長的過程，就在記憶和遺忘間反覆。文章旨在強調遺忘的不易，人生實難。珮琳的〈遺忘〉從一則停留在記憶中的恐怖經驗開筆，接著，探討生命中的荒謬——值得記下的常錯放在遺忘的黑盒子裡；記憶的白盒子空間又如此有限，不足以塞進人一生中的所有瑣碎。遺忘和記憶兩相扞格，讓人生充滿遺憾。兩位作者在接續上的節奏掌握都十分順暢自然，不顯突兀。文字很抒情，而且很技巧地把握幾個關鍵辭：「生活中很多事物與人」「隔段時間想起來」「忽然找不著」續寫，不偏離主題，且和原題幹的節奏若合符節。瑞芸和珮琳的作品都是大一時散文課的考試創作。

【續寫】：接續以下字句，完成以「遺忘」為題的散文或小說一篇。

生活中很多事物與人，隔段時間想起來，忽然找不著了。……

範例一

遺忘

國立台北教育大學語文與創作系　余瑞芸

生活中很多事物與人，隔段時間想起來，忽然找不著了。關於那些事物的回憶，模模糊糊的卻似乎有些頭緒，就好像在記憶和記憶的堆疊中，產生了夾層縫隙，讓完整記憶中的其中一角陷入其中，所以變得不完整了。好害怕這樣的事情發生，所以我總是做著許多筆記，希望自己能把事情記得詳細，任何蛛絲馬跡都不願意捨棄。

不只是那些實體的筆記，還有自己神奇的記憶力，在日常生活中的大事、小事都能記得比誰都詳細，雖然在課業上發揮作用不大。因為太詳細，於是，我開始學習遺忘。試著不動手去記錄那些不好的話語、傷人的言行、擾人的惡夢，或是那些難過的離別。一開始，我天真地以為沒有具體描述，抽象的回憶會隨著時間沖刷，就像老化角質那樣被代謝掉。但是，後來才發現，我辦不到。

原來不是沒有了文字或言語，那些真實的痛苦就會這樣被抹滅；原來不是我單方面地逃避，那些刺人的心事就會越加遠離。它們一直都在那裡，不因為我的刻意遺忘就灰飛煙滅。越是刻意背向它們，下次不經意地想起，越是痛得發覺自己滿身是傷。

是不是從來都沒有「遺忘」只有「想不起」而已？如果遺忘是這麼簡單，那就不會有著朦朧的影在腦中迴盪不去。如果遺忘這麼容易，那還會有誰因為聽了一支曲子，便流得滿臉淚？也許是從來都沒有遺忘，那些在心上留過痕跡的事物，只是隨著時間有所磨損，於是記不清、想不明。

原來，一直都沒有遺忘，只是想不起。

範例二

遺忘

國立台北教育大學語文與創作系　徐珮琳

生活中很多事物與人，隔段時間想起來，忽然找不著了。有過太多這樣的生活經驗，往往前些日子裡一度以為銘記腦海的事情或感覺，一段日子再想起來竟恍如隔世，不但諸多細節都已散佚缺漏，甚至連人事物地的存在真實與否，都無從確鑿。

如夢似真的，有個畫面留在記憶裡，不考據的歲月裡，孩提的我一個人被遺忘在人潮中，四處都是人，但是我卻毫無熟悉，陌生的臉孔在眼前打轉、圍繞，忘記有沒有哭？最後，我走上一處很長的階梯，我不知道我在哪裡？又將往哪兒去……每回想起這些畫面，就不由自主重複一遍龐大陌生的恐懼不安。其實我完全無法確定這曾是我哪一段兒時的記憶？又或者只是一次不愉悅的夢境？

忘記曾經在哪看過這樣的說法，記憶這種東西原本應是沒有保存期限，永久不會過期的。但我們必須走過太多、記載太多又難以負荷物是人非的惘然，於是上帝給我們兩個盒子，白的是足夠承載快樂愉悅的過往，黑的盒子沒有底，並有個名字叫做「遺忘」。然而我們面對眾多無法取捨或者毫無秩序的人事物，卻經常把值得記下的錯放在黑色的盒子裡，任憑時光與宇宙虛空帶走了一切，往往嘗試挽回，卻早已徒然。

簡媜曾寫道：「在不停變化的城市裡，我們必須開發的不是記憶的能力，而是遺忘的速度。」昨日去過的小店可能今日就貼出「租讓」的紅色告示，我們記憶的白盒子空間有限又不足以塞進人一生中的所有瑣碎，我們亦抗拒事物變化，白雲蒼狗如此傷感，只好不停記得、不停遺忘，然而如果遺忘真能選擇，在人生最美的時刻，能不能決定不按下刪除鍵，讓畫面永遠停格？

遺忘不想忘的，就像錯失了珍愛的如此憾恨，面對曾經淌血的傷痕，遺忘何嘗不是一種仁慈？忘了也就意味著永遠放下了。

輕鬆看電影，用心寫文章

電影是一門非常迷人的藝術，好的電影，往往兼具娛樂和教育的意義，讓人觀賞過後，不但通體舒暢，且得到許多的啟發。因此，語文教育中，偶或騰出空檔，配合教學內容，選擇一部優質電影讓學生觀賞，非但能豐富教學內容、紓解上課壓力，如果還能有後續討論或將觀賞心得寫成文字，讓學生不只用眼、加之動腦，就更具效果了。

看電影，寫作文，是非常值得嘗試的教學方法。當然，首先得慎選電影，年齡層、趣味性、感動力及意義性最好都能兼顧。「寫些甚麼？」通常會是學生落筆前第一個提出的問題。「都可以。」這樣的回答太抽象。老師必須具體說出可能的方向，譬如：寫本事：就是訓練學生在有限的字數中提綱挈領，將內容說清楚、講明白，這是最基本款。其次，寫心得：將觀賞過後的領會、生發，在心裡過一遍，再用文字表達出來。它可以是議論文，談看完電影後，領會到的道理；也可以是抒情文，寫共鳴或感動，甚至聯想生活中和劇情相同的遭遇。再來，撰寫影評，從比較專業的角度，談導演的手法、運鏡的角度、演員的表現甚至剪接的技巧。接著，將心比心述心情，化身為劇中的某個角色，描摹該角色的心境。再來，也可以寫一封信給劇中的某一個角色……方法不一而足。

電影一：《單車失竊記》

《單車失竊記》是義大利寫實主義的代表人物狄西嘉的代表作，在一九四八年獲得英國電影學院最高榮譽以及奧斯卡最佳外語片。內容敘述一位平凡的失業工人，因為謀生工具的腳踏車失竊，百尋不著，憤而萌生偷竊他人車子抵償的「惡從膽邊生」心情。電影最成功之處在於顯示主角安東尼的追尋急迫性；以及被社會大體制壓迫的悲慘命運。以下這篇〈走到了飢荒凍餒的時序中〉屬於抒情兼議論的觀後心得。寫重看經典的不同視角，一邊用簡筆勾勒劇情，一邊用文字書寫對飢荒凍餒年代的同情，一邊用敘述的畫面來凸顯走入絕境的悲哀，完全是從作父母的角度出發，呈現對社會不公不義的撻伐。

範例

走到了飢荒凍餒的時序中——

《單車失竊記》觀後感 廖玉蕙

經濟蕭條，失業頻仍。從疾駛汽車擺動的雨刷往外看，是溼淋淋的人生。頹唐抱怨的司機、愁眉不展的婦人、似是歷經滄桑的早慧男孩、一群挨擠著等待江湖術士指點迷津的悲苦男女和一位因失去單車而面臨失業危機的悒鬱男子……，螢光幕上盡是「灰撲撲」的毫無指望的臉孔，只除了那些佯裝奮發勃進的警察維持著名存實亡的法治。《單車失竊記》表達了對人性試煉的質疑。

多年後，重看這部經典之作，依舊如往日般心情沉重地抬不起頭。年輕的時候，看到結尾，男孩目睹父親因偷車而飽受凌辱後，撿起掉落地上的帽子遞給父親，父親窘然落淚，兒子體貼地牽起老父的手沒入人潮之中，不禁感動地潸然涕下。今日，兒女成行，稍對人世有些了解，特別注意到滿懷歉疚的父親為彌補遷怒之過，請兒子在餐館中吃飯的一幕。父親一邊阿Q的計算未來的美景，並寬慰孩子和自己：「除了死以外，總有辦法解決的。」「想像我們都解決了，以後再說吧！」那份隱藏於良酒美食後，對未來毫無辦法掌握的深心徬徨，是世間父母對子女衷心的不捨，是不仁的天地對人類不義的虧欠。

而人們到底有多大能耐來抵擋這些逆來的不公不義呢？由此不免聯想起太平歲月裡的仁義禮智一旦走到了飢荒凍餒的時序中，還能淬礪出中流砥柱嗎？期待凡夫俗子盡成聖賢會不會流於荒謬的自欺欺人？或者真能如教育學家所說「取法乎上而得乎中」？我有時不免要心生懷疑。所以，當我們銳意求全於人性時，心存悲憫便成充分必要。否則，就如劇中所呈現：一部單車於男主角而言，形同生命，然而當他焦灼到警局報案遺失時，那位警官卻輕描淡寫對同僚說：「沒事！只是一部單車而已。」

絕望的男人和男孩面對觀眾坐在車水馬龍的街道邊兒，一部部單車從他們眼前迅速滑過，滾動的輪胎也似自觀眾的心上碾過一般，焦慮的感覺從螢光幕上撲面而來。走投無路的男人決定挺而走險，當他像困獸般騎著一部他人的單車衝出時，原先好整以暇嚼著洋芋片和我共賞影片的稚齡兒子，拿著洋芋片的手驀地停在半空中，張大了嘴喊：「快呀！」

這脫口而出的兩個字讓我相信那個社會失竊的豈只是單車。

討論題綱

一、《單車失竊記》裡，對甜蜜的溫飽生活與貧賤夫妻的百事哀，曾呈現明顯的對比，試著歸納出劇中的事例。

二、劇中，著急的父親尋車至一村落，村人竟不分青紅皂白，百般護衛竊嫌之不足，還群起圍攻被害人！完全對真相的追索毫無興趣。這是怎麼一回事？請分析之。

三、走投無路的父親竟想鋌而走險，偷竊他車抵償，這是甚麼心態？你同情他嗎？如果是你，會這樣作嗎？為甚麼？

四、父親尋車時，時而追至妓女戶，時而跑進教堂中，你覺得這樣的安排是否透漏甚麼弦外之音？

五、劇中，對父子親情，著墨甚深。請細加尋思，並舉出有關的劇情。

六、劇中，對小市民的無奈，官員的顢頇，有深刻的嘲諷。請舉出相關劇情，並加評論。

七、《單車失竊記》的最後，兒子拾起父親掉落地上的帽子，有甚麼暗示意義嗎？

電影二：《郵差》(The Postman／Il Postino)

《郵差》演出智利詩人聶魯達(Pablo Neruda)，流亡到義大利，邂逅郵差馬力歐的故事。原先為了追求女友而向聶魯達學詩的馬力歐，本是厭倦漁村單調生涯的小人物，因為和聶魯達接近、接受他無意間的啟蒙，不但學會寫詩、娶得嬌妻，更在學詩過程學會找到美好事物及反省生活的能力。他開始懂得聆聽海浪的聲音、懂得愛自己的家園、懂得珍惜一切的美麗，並知道勇敢挺身反對不公不義。

趙世恩當年是國立台北教育大學語文與創作系的學生，這篇〈縱使花落〉，是大一散文課的期中考答題。她用簡淨的文字，寫出聶魯達無意間對郵差的影響，「聶魯達只是從旁照料著，花朵自己努力不懈地吸取養分，嘗試著綻放。」世恩的詮解相當成熟，一語道破為人師者的最佳姿態。說實話，老師何德何能，何嘗真有偌大本事——能化育英才！能傳道、授業兼解惑！充其量不過一旁護佑、陪伴、分享，一路笑看花朵努力綻放罷了！但切莫輕忽這一旁搖旗吶喊的陪伴，用力過重或力道不足，都可能在不同的地方，摧折了花兒竄長的興味啊！

範例一

縱使花落——《郵差》觀後

國立台北教育大學語文與創作系　趙世恩

就像〈溺死一隻老貓〉中的阿盛伯，人總會從生命中的因緣際會中得到些啟發。郵差想向聶魯達學寫詩的動機，其實一開始看來令人嗤之以鼻，可愛又可笑，而這一切卻像命運的輸送帶，將郵差的心智向前推送：郵差學會了如何思考，先從學習聶魯達的詩句、暗喻開始打底，然後慢慢築起自己的樓高。

例如起先他只是想假他人之手、討一篇聶魯達的詩去求愛，後來則靠自己的創作得到美人芳心；又例如他開始思考：競選者長期前後不一的政見、中產階級對漁民的層層剝削……即使當個先驅並不容易，畢竟英雄總是孤獨。

聶魯達並不知道自己不足為外人道的作為，啟迪了一個「鄙夫」人之所以為人的價值，並成為他的精神指標，而郵差最後走上共產，或多或少也有想讓恩師聶魯達看看自己成果的成分在，帶有後輩景仰前輩，步上其後路的原因，或者是找到了自己神格化的天職。

一切的濫觴如玫瑰花瓣般，輕薄而美麗，聶魯達只是從旁照料著，花朵自己努力不懈地汲取養分，嘗試著綻放，為了天命、為了給聶魯達驚喜於不可預料之燦爛，馥郁而搶眼。縱使花落，而土更香。

流放義大利一段時日後，聶魯達終於獲赦，得以返回祖國智利。臨行時，和郵差相擁，誓不相違。誰知，聶魯達一去杳如黃鶴！郵差在眾人「鳥兒吃飽了，就飛了。」的訕笑中，囁嚅自語：「受惠者是我，又不是他，談何忘恩負義！」然而，神情中不無落寞。後來，郵差參與反對運動，中彈身亡。在遺腹子長成小童後，聶魯達才翩然回返。得知故人仙逝，一方面懊惱未能及時重返，以致失之交臂；一方面看著郵差遺留給他的一封信和錄著島上諸多美麗聲音的錄音帶，不禁悵悵然遊走於昔日共遊的海邊，不勝唏噓。

以下，就是世恩當年以聶魯達本尊的身分，擬寫一封信給死去的郵差，她以「來日方長」為由，為聶魯達開脫薄情的歉疚，很有說服力。

範例二

以為來日方長

趙世恩

噢，我的朋友……

看到你的字跡，我仍能憶起當年，那本筆記本，你在上頭拙劣的文筆。我想，你一定不知道，當時我真想掐死你，打擾我與妻子的細語，又提出許多無禮的要求、陸陸續續，在當時。

我並不是不知道你想多賺些小費，只是我的確不特別需要甚麼，何況那時與你仍不太熟悉；當你問我詩，我竟有種看到羚羊吃了獅子般的荒謬感，但我想著閒來無事，便教著你玩玩也好。

後來我看見你的成長與改變，像道歉似的收斂了我的心態，不知道你收不收得到我的歉意。

你錄的帶子我聽著，那淺淺的人生脈動與你的聲音，是啊！和你寫的情詩不同，如此的淳樸、老實、呆呆的，誰也不曾想過你會走向反抗之路吧。

我的面前升起一座布幕，你拿著錄音器在船上的律動，被神父追跑的模樣在我腦中奔馳，卻在眼前浮現。心中有一股悵然，在你妻子坦承故意不將信物寄予我，而我竟然沒有餘力去回應。

我並不知道我的無心之舉帶給你的影響，無論是教導你寫詩或委託助理代筆回信，你知道的，我總覺得來日方長……

討論題綱

一、甚麼是暗喻？

二、聶魯達以為詩只能感受，詩不能解釋，一經解釋就變得陳腐無味。你以為呢？

三、作家與讀者應保持怎樣的距離才不算冷漠？

四、意象是自然流露而不須刻意經營的嗎？

五、作品的生命力起自於何時？只有作家自己才有能力詮釋自己的作品嗎？

六、馬力歐錄了島上八種的聲音寄送給聶魯達，其中有小海浪、大海浪，有吹過懸崖的風和吹過灌木叢中的風，這代表甚麼樣的意義？其中另有星空的聲音，星空可以錄到聲音嗎？錄星空的聲音有何特殊的指涉意義嗎？

七、馬力歐向聶魯達求教寫詩的方法，聶魯達建議他去海邊走走，為甚麼是去海邊而不去山上，看海，有甚麼樣的特質有利於寫詩？

八、《郵差》劇裡，聶魯達對郵差馬力歐的影響甚鉅。請說明馬力歐所接受的啟蒙及其人生的轉變。

電影三：《東京鐵塔：老媽和我，有時還有老爸》

《東京鐵塔：老媽和我，有時還有老爸》改編自藝術家 Lily Franky（原名中川雅也）的連載小說。紀錄一段感人的親情。小雅的母親因為對婚姻的失望牽起了兒子的手，回到了家鄉重新開始。充滿生活熱力的母親，無怨無尤地勉力支持著荒嬉無度地在外求學的兒子，直到他取得畢業證書。其後，被癌症盯上的母親，不得已，才收拾行囊，投靠在東京工作的小雅。母子相依相守在東京度過人生最美麗的一段日子，熱情的母親成為小雅朋友共同的媽媽。可是，倒數計時的人生，終究得要歸零，小雅在母親謝世後，悲痛之餘，決定以母親的庭訓：「認真工作」回報親恩，並帶著母親的骸骨登上東京鐵塔，實現母子共同登塔的遺願。

筱涵也是國立台北教育大學語創系的學生，〈彼此特別的存在〉一文，是她一年級時的期末作業，目前她還在台灣大學中文研究所博士班就學。她設身處地，先以小雅母親的口吻，向那位在劇中偶爾出現的、不負責任的丈夫叨叨敘說懷念舊愛的惆悵及愛子的心情；繼之，以看似娓娓道來卻極其深情的筆致，用兒子小雅的第一人稱，交待母親病中的狀況，及必欲實現亡母遺願的心意。兩段文章，相互輝映，三人世界的幽幽情懷遂為讀者洞開無隱，文筆相當讓人激賞。

範例

彼此特別的存在——《東京鐵塔：老媽和我，有時還有老爸》

國立台北教育大學語文與創作系　李筱涵

四月一日的今天，外頭飄著櫻花、降著雪；淺淺的粉白相互交錯，是櫻，還是雪？是冬日抑或是春日？我並不清楚……但是，小雅會來的吧；該是檢查報告出來的時候了。紅白鑲嵌的塔靜靜地端坐在那裡，精緻一如出自你手下的雕塑……

我知道，你是不善於表達情感的人，即使，你只會用最笨拙的話題來化解我們靜默的尷尬；即使，你從未對我們說過甚麼，即使、即使……但我知道，我們還是彼此特別的存在。

「媽，醫生說可以做化療。……努力看看吧？」小雅一臉擔憂地說，深怕我吐露任何一個不願意的話語。化療嗎？似乎不容易啊……但是小雅的神情那麼熱切，呵呵，畢竟還是個孩子啊……「這樣啊，好吧，就努力看看吧。」看著小雅的背影漸漸縮小從房門消失，我彷彿看到你出現了；輕輕地拉起我的手，到賣場採買一些必需品。果然是這樣的，我突然想起，今天是愚人節。

夜裡的醫院真是黑啊，小雅的廣播時間到了嗎？一如往常，我轉到那個頻道，想聽聽這調皮的孩子又說些甚麼渾話。

「這音樂不是……」收音機裡傳來的是那個夜裡熟悉的旋律，舞池的圈，畫成你我的緣；直到如今，那依舊是最美的夜。「這首曲子，我希望獻給我生命裡最重要的人。」收音機裡再次傳來小雅的聲音；只是那旋律再也沒在我腦海裡消失過，至少那一夜，一直存在……

「唉唉，這孩子，呵！」我再次取下懸於牆上的獎狀，輕輕撫拭了一遍；小雅，長大了呢。

「小雅啊，小雅……你真的是個好孩子呢。」

一個年輕的女子，牽著她幼小的兒子；輕輕悄悄地走在鐵路旁。

一個年輕的男子，攙著他年邁的母親；搖搖擺擺地走在馬路上。

曾經，妳帶我走過一切風雨；如今，我希望攜妳走完人生最後的路。

時間總是這樣的，用最緩慢的速度作了它最大的變化；樹木也是的，在一旁靜默著，似乎在細數著世代的年輪，一圈又一圈、一圈又一圈。貌似半成品的鐵塔，如今已成為東京的地標了；像一枝軸心矗立在東京，靜靜感受高空俯視的寂寞。

為甚麼？正當我才在渾然懵懂之際，開始看見明朗未來的同時，回首尋找母親熟悉的身影，卻是如此的遙遠呢？在我覺得人生即將邁向大好前程的時候，她的生命卻一直、一直地在消殞……

今天，是醫生宣布化療結果的日子；我放下畫筆，看著母親的睡臉，隱約聽到些許夢囈：「小雅……冰箱裡還有……茄子味噌湯……」老媽……果然還是放心不下我啊。

撫著些許忐忑的心，輕輕推開醫師的診療室；我想，結果會是如何，我是知道的，但是我依然要這麼作，因為不想看她受苦。醫師先是詫異，搖搖頭；過了一會，他拍拍我的肩，微微地點了頭，以他自己都察覺不到的幅度。

再次踏進她的病房，牆上泛黃的是，那張我幾乎遺忘的畢業證書；但鏡框的明亮度卻反映了老媽對它的重視，不知為甚麼，我總覺得鼻頭酸酸的。輕撫她逐漸稀疏的灰髮，「老媽，我們回去吧……我帶妳看我們的大房子，很大、很大的……我們的家……」在她臉龐出現了淚水，不知是她的，還是我的……我感到瞬間失去了言語的能力，所留下的，只是當年坐在火車上的孤寂感；只是，這次離開的不是我。

隱約記得妳說過，來東京，就是要去鐵塔上看一看，才算來過東京；而我說，有一天，一定帶妳去，站在塔最高的地方，向下看。

今天，我就要實踐我的諾言了，應該不算太遲吧？

在我站在落地窗前，從高空俯視東京的那一刻，我瞭解了——它的寂寞……。

討論題綱

一、《東京鐵塔》中，你印象最深刻的劇情是甚麼？請加以敘述並說明之所以印象深刻的原因。

二、《東京鐵塔》中，母親的教養方式，自由到幾近溺愛。你以為這樣的教育優、缺點何在？

三、《東京鐵塔》改編自日人 Lily Franky 的小說《東京鐵塔：老媽和我，有時還有老爸》，其增刪各在何處？文本與電影的比較，有何異同？

四、《東京鐵塔》中的父親是一個怎樣的人？你對這樣的丈夫或父親作何評價？

五、電影中的母親自有她的處世態度，請歸納並分析她的人生觀。

六、《東京鐵塔》中的小雅，由荒嬉浪蕩的生活轉為積極進取，其轉變關鍵何在？請就你的理解，加以說明。

添枝加葉或翻案補恨

●古典與歷史改寫●

古典改寫，原則上，應該忠於原著，如果是改編歷史，也希望不要偏離史實太遠。歷史之所以不斷地被改寫成文學，是因為再熱鬧的歷史畢竟也較為枯燥無趣，它著重的是事實的呈現、歷史的脈絡，雖則有些曲折，終究還是表象。改寫者之所以不安於歷史，必得提筆粉飾或添枝加葉或翻案補恨，必有其不得不然的難以按捺。或者表彰忠義，或者憑弔憾恨，或者深掘心境……，從歷史的一個段落或一個人物出發，摘要深耕或聯想發揮，常有出人意表的深刻描摹。現代作家中最擅此道者，莫若平路。她的《百齡箋》、《行道天涯》、《凝脂溫泉》、《何日君再來》……無不取材曾經的歷史，都得到很高的評價。

改編，在中國文學裡堪稱淵源流長。中國戲劇多半據歷史或民間傳說改編，甚少專為戲劇憑空結撰、獨運機杼。改編不止於歷史，許多的文學作品也都有類似的經驗，這些古典文學之所以獲得後人的青睞，不惜舊案重翻、蹈襲再三，我以為對舊時代紛華的憑弔是其一，而對穿越時空的舊事重新審視並從中找出新意的「再創作」過程或許才是寫作的關鍵所在。作家希望活化經典，以全新的視角，詮釋古典的精華，並從中獲得借鏡。

珮婷這篇改寫自楚辭的〈漁夫〉，獲世新大學舍我文學獎小說組首獎，後來在《中央副刊》上刊載。她的得獎感言裡道破改編的玄機：

「很多人活著又死去，被記住的人繼續活了下來，沒被記住的人就這樣被時間湮沒，他說過的話、做過的事、甚至臉孔都逐漸被遺忘，最後他的存在竟逐漸成為不可信。

這就是原因，被記住的人就是活著，被遺忘的人是真正死去，這令人悲傷。

死去不是因為肉體朽腐，而是被遺忘，漁父就是這樣一個角色，而我只是揣度還原，漁父不會沒有理由就直接對屈原唱，屈原也不會無故投江，這其中必有些地方是歷史承載不了的，記了些甚麼，必然一定會遺漏甚麼，我試著還他血肉。」

珮婷天真多情，且富俠氣，看她的文章，可充分體會「文格如人格」的鐵律。她針對屈原〈漁父〉中漁父的話：「聖人不凝滯於物，而能與世推移。世人皆濁，何不淈其泥而揚其波？眾人皆醉，何不餔其糟而歠其釃？何故深思高舉，自令放為？」發揮，形塑一名漁父之孫，分別從七歲孩童與十七歲少年的眼來看屈原，且為其祖父喊冤。文字婉約浪漫，情味深長。

珮婷原就讀世新大學中文系，後考入中興大學中文研究所，如今正在高中當國文老師，這是她大三時的作品。以下並列原文與改寫，請參照閱讀。

原文

漁父

屈原

屈原既放，游於江潭，行吟澤畔，顏色憔悴，形容枯槁。漁父見而問之曰：「子非三閭大夫與？何故至於斯！」屈原曰：「舉世皆濁我獨清，眾人皆醉我獨醒，是以見放！」

漁父曰：「聖人不凝滯於物，而能與世推移。世人皆濁，何不淈其泥而揚其波？眾人皆醉，何不餔其糟而歠其釃？何故深思高舉，自令放為？」

屈原曰：「吾聞之，新沐者必彈冠，新浴者必振衣；安能以身之察察，受物之汶汶者乎！寧赴湘流，葬於江魚之腹中。安能以皓皓之白，而蒙世俗之塵埃乎！」

漁父莞爾而笑，鼓枻而去，乃歌曰：「滄浪之水清兮，可以濯吾纓。滄浪之水濁兮，可以濯吾足。」遂去，不復與言。

範例

漁父

世新大學中文系　于珮婷

那個瘋老頭子，腰際掛了一把劍。走起路來，搖晃搖晃著。

我見著了他，心中有些害怕，但這個人看起來，貌雖瘋卻不顛。我於是將船又近了些，想要仔細地看看這樣的人。

這樣的一個人，記得小時我也曾見過的，顏色憔悴，形容枯槁。

我就這麼移近些，眼睛眨也沒眨，眼眶卻自掉下了兩串淚珠。滾滾地，直下，浸透我胸前的衣裳，穿透我的心臟。

這不是楚國的三閭大夫麼？

顏色憔悴，形容枯槁。

那日的夕陽，映得江面有些燦爛。

在我還是個孩子的時候，我見過他。

那時候的大夫不這麼老些，他眉眼之間雖有滄桑，但卻無今日的灰頹。

大夫這頹，怕是要頹到江裡了。

那日夕陽也同今日一般，有些燦爛。

大夫來的時候，懷裡還抱著張琴，那琴的琴色極墨，卻有些斑駁，如大夫斑駁凌亂的髮。

琴身沉沉，琴聲也沉沉，琴聲鼓動汨羅沉濃的水，揚起濁重的浪，浪裡有山雨欲來的悲淒。

我回頭看向爺爺，不解胸口為何突然喘不過氣，正要拉起爺爺袖口問，卻只見爺爺神色黯然。

爺爺沒有說話，爺爺的眼望著夕陽，正是大夫來時方向。

我的眼跟著爺爺看向夕陽。

天是厚鬱的，日頭還醒不過來，在雲裡翻覆著。光射過了這道，阻了那道，雲河裡盡是漫染過的血紅，那一片紅拓了開來。日頭附近是金紅，汨羅上是火紅，三閭大夫背後是橘紅……這光打得大夫有些昏，幾次咳著，我童軟的心想著，怕他真要咳出血來。

大夫的帽帶輕輕地飄了起來，衣袂也翩飛不停，漂泊在風中的神色一宕，琴聲轉而激越峭拔。

爺爺說：「孩子你聽著，三閭大夫要唱了，我們的懷王要回來了。」

「懷王！」

年輕的心不懂事，我叫喚著：「懷王回來呀！那我們就有兩個王了！」心頭暗暗地在拍掌，楚要更厲害啦！

「嘿嘿！三閭大夫快唱歌呀！懷王一定很開心要回來的！」

爺爺大聲斥責了我一聲：「莫要胡鬧。」

他神色嚴肅，我有許久沒見過爺爺這樣的表情了，我不明白。懷王要回來不是件好事兒嗎？爺爺要我安靜些，他說不可以這樣不懂事，懷王去了很遠的地方，在遠遠的秦，他在那裡過得不好，想念家鄉想出病來了，怕近鄉情怯，要是我嚇走他，三閭大夫又要傷神了。

三閭大夫……他，已經很傷神了，我實在不太願意見他更傷神。

於是我聽了爺爺的話，安靜了些，只睜大了眼睛望著，欸……怎麼？

「爺爺，大夫怎麼哭了……」爺爺年紀大，我沒見過爺爺哭，三閭大夫看來跟爺爺差不多歲數，可是他哭了。

三閭大夫唱著辭兒，我聽不大懂，但是大夫臉上的淚珠先是積成顆大的，後來繫不住了，就不停下落，下落。落到江裡，遠遠看倒像是血落到了江裡，融成一塊兒了。

我怕死了，揪緊爺爺的衣衫。我不知道大夫為甚麼要哭，懷王回來不是件好事兒嗎？

「魂兮歸來，去君之恆幹，何為四方些。舍君之樂處而離彼不祥些。魂兮歸來……東方不可以託些……歸來兮，不可以託些……」

三閭大夫不停唱著，我後來才知道，原來懷王已經死了，死在遙遠的秦，大夫喃喃禱念著的辭，是為懷王招魂。

招魂，楚國四內除了大夫，會有人願為懷王招魂嗎？還是所有人都願為懷王招回他的魂魄呢？

大夫蒼涼的聲音沒有起伏，這樣的聲音叫人聽了更膽戰心驚，太過蒼涼，像已唱過千回萬回只有聲嘶力竭而沒有回報……

「爺爺！爺爺！三閭大夫為甚麼要哭？懷王不是要回來了麼？」爺爺沒有說話，直楞楞看著前方紅成一片的江面。

我眼睛花了，看不清楚爺爺與大夫左頰上究竟是血還是淚，他們的左邊頰上，紅如江面一般，紅成一片，江水果真是他們染的罷！

大夫走近了我，我將船擺近大夫，這個人，就是我十年之間日夜想見的楚國大夫。

「大夫，好些年未見，您近來可好嗎？」

大夫看見我，沒有甚麼起伏的情感，神色漠然的，像是他並未經歷這十年的滄桑，而我也未曾長大一般，也許他的生命早在離開楚國後就已然終止。

他老人家瞅住我，像在辨認些甚麼，而後緩緩開口：「哦……可以！可以，我這瘋老頭還過得去，倒是你爺爺呢？」大夫說的話咕噥在嘴裡，居然有幾分似琴聲。

「爺爺前些年去世了，就葬在這江裡，他說擺渡人，一日都離不開水，死後就讓他在這江裡睡下吧。」

我伸出手，將大夫接到舟上。聽見爺爺死去的消息，恐怕還是讓大夫心中受了震盪，我可以感覺到他握住我的那隻衰老的手，緊緊一抓，抓得我手好些疼。我低首想扶住大夫，卻看見大夫手上的青筋亦隨之冒出，久久不退。

在我很小的時候，就知道爺爺跟大夫是很好的朋友了。

「大夫……」

大夫截斷了我的話，似不願接受我的安慰，他低頭呵呵笑說：「啊……天氣倒是挺不錯的，苦老，您的孫子多大啦？」

我其實沒多驚訝，傳說大夫早害了瘋病，只順著他說：「他十七了，您十年前來的時候，他才高到你腰上哪，可還記得？」大夫的瘋病，不重，只是執著，執著於當年，所以他不肯面對。

「這樣啊！那現在呢？欸，你那乖巧的小孫呢，我怎不見那孩子？」

「他啊，他已經長成比您高囉，現在也在做船伕哩。」

「哦……」大夫沒再答話，他又陷入了沉默裡。不知他是不是覺察到人事早已變化了？

我看著大夫，看著江上。今日的風光竟然有幾分似十年前的景色，江濤沉濃默默染上一層血紅，我幾年沒見這樣的光景？

大夫忽然出聲，如清澈的琴音：「孩子啊！我想楚國是快要滅亡了……你還願意留在這裡嗎？」

我微微詫異，大夫的聲音像是年輕了幾歲一般，不如剛剛的混濁。

「大夫，您來了。」我恭敬地說。

「是啊，我一直都在。」大夫說，神色依舊漠然。

大夫這一句話說得透徹悲壯但沒有生命，像走到了終點，我眼眶一熱，恐怕要流淚。

「你還要留著嗎？」大夫問，話裡有莫名的執著。

我點點頭，但沒有說話。留是要留的，楚國如根，失了根還能獨活嗎？

「真是好，為楚國真好……」大夫話一頓，嘆了口氣，「我得走了。」

「大夫，您去哪？您不好容易回來，楚國是根，您千萬別走。」

「孩子，我待不久的，我是被逐的去國之人，待不久的……」大夫一嘆，隨即像是喃喃自語地說：「可我這次能久待了……孩子你說的對，楚國是根，不可以去。」

大夫說得開心，我聽了卻不免心慌，「大夫……」心中不好的預感一直暗暗浮上，我緊緊咬著牙根，一雙手緊緊捉住船槳。

「孩子，你說這世上的人都醉了吧？」

我聽了迷糊，不明白大夫究竟要說些甚麼，只先順著他的意思回答：「是吧，但也許有人還醒著，總有人還醒著。」

「哈，孩子你說得好，總還得要有人醒著，可不是嘛！偏偏我就是醒著的人。舉世皆濁我獨清，眾人皆醉我獨醒。」

「大夫大可和世人一起醉倒，獨樂樂不如眾樂樂。」我笑道，順便將船盪離江邊，「大夫，您坐穩了，這幾日汨羅有雨，水勢稍大。」大夫所問，實在令人難以回答。

「孩子，你把事情看得太簡單了……」

我深深吸一口氣，將心中所想緩緩道出：「依我看，是大夫把事情弄得太複雜……您說的甚麼清濁、醉醒，其實世道本就如此，有時候濁的多些，有時候清的多些……大夫，就像這江水，我雖是渡船人，可以越過它，但卻不能左右它的清濁。」

「小兄弟，你究竟想說甚麼？」大夫一雙劍眉拱起，我總算見識三閭大夫不怒而威的神氣。

「我也沒想說甚麼，大夫，我只是想，如果您沒有被逐，楚國現在會是甚麼樣子？一定會好上許多吧，您說是嗎？」我放下槳，站著看向夕陽，夕陽真好，只是快沉了；楚國也真好，但恐怕也快亡了。

「……老夫不清楚，但應非如此樣貌。」

「大夫，您說的是，若您還是三閭大夫，楚絕非現在這樣子……既然您深知這一點，為何要讓自己被放逐呢？」

「大夫，楚國國政早已旁落，如果在當時您有法子阻止，該有多好……該有多好。」

「即使我回到當時，又怎麼阻止，最終決定者並非是我……」大夫搖搖頭，眼神迷離，是回到過去了吧。

「大夫，您的初衷究竟是甚麼，您還記得嗎？個人、百姓？是小我生死？還是家國天下？」

個人清白難道抵得過天下百姓嗎！話聲在我唇邊打轉，我始終說不出口。

「怎會不記得，若是為個人、小我，那我還會落得此般田地嗎？早如上官、令尹子蘭了。」

大夫話聲喃喃，有幾分模糊。

「雖是如此，大夫也不見得是為家國天下。」我說，聲音十分清楚。

大夫回神，顯然是對我的話感到驚疑，「小兄弟，你怎麼如此說話，我一直沒忘記過楚國百姓。」

「大夫……下個月我們就要揭竿起義，雖然……我們不知道換了這個王，這個令尹，我們的日子會不會好過一點。」我神色黯了下來，繼續說道：「您說您沒忘記過百姓，但那沒用，我們吃不飽、穿不暖，您的掛記起不了作用……大夫，您無須訝異，當您還在楚國時，我們奢望您執政能久一些，這樣苦日子也可以少些，但沒多久您就去職了，來了個更無能為力的蘭臺公子，他甚麼事都做不了，我們終於也明白，唯一的希望還是破滅了。」我的話聲平淡，實際上亦無激情，對起義這件事，似乎早已覺得理所當然。

大夫瞠大眼，一張臉顯得不可置信、頓悟與……懊悔，這懊悔來得又急又快，如一把飛弩直直射入心窩。

「孩子，我做錯了嗎……」

「大夫，這無關乎對錯……是願不願意承擔的問題，如果您願意承擔起我們的生命，那麼您會繼續留在宮中。」

大夫的眼沒闔上過，繼續瞠大著，良久，他緊緊閉上眼睛，喑啞著說：「孩子，若不是聽你說起，我會以為我不自私……是啊！如果我真有決心要承擔起你們的生命，那我個人的羞辱又算甚麼！髒了手、髒了腳又待如何……若非你說起，我會這樣自命清高到終死吧，自命清高……哈哈！這些年我做了些甚麼，做了些甚麼！」

「大夫……」我看著大夫，他現在的樣貌看起來才真叫癲狂，喉頭有些緊，我想說些甚麼，試了好幾次卻說不出來。

「孩子，你對我有恨吧！」大夫忽然從癲狂中清醒，眼神熠熠如火炬。

「恨？」我不明白大夫怎會這麼問，但在大夫提問前，我確實從沒想過，現下大夫提起了，我才真有些明白，這股異樣的情感奔流，原來是恨。

「大夫，我原來不知道這是恨，我今年十七，生命裡邊只有小舟、夕陽、汨羅和爺爺……沒有恨，我從沒恨過，現在總算知道了……爺爺被官差打得剩半條命，臨終之前要我將他投至江裡。」

「那官差……官差是來找您的。」我的喉嚨好緊，緊到都快說不出話來了，好像所有的恨，都凝練在那幾句短短的言語中，然後爆發開來。

大夫以往頂天立地，直得折也折不斷的背脊，在瞬間傾塌。

我沉默，大夫的眼落得遠了，我的眼卻定定落在大夫身上。眼前的大夫，怎麼看都只像一名無依的老人，在大夫身上的時間，終於動了……

「可大夫，即使我知道這是恨，我也不願恨您……」我怎可能不恨大夫呢，爺爺因他而死，但是我知道得清楚，恨意帶來的只有破壞。

「爺爺也不恨您，他說您的個性執著頑固，心思細密如九錦纏綿，知道您一定會為此內咎，也許可能尋死，要我不許說，可是爺爺不知道我有多想說——」

「說的好……還是說出來的好！」大夫大嚷，清淚從他眼眶溢出。

「我也覺得說出來好，免得心底漸漸住進一隻鬼。大夫，您無須掛意了，爺爺遲早會走，他只是早了一些而已。」我笑，順手又盪起船。

「他其實不寂寞，我每天都在江上陪他，今天最好，您也來了。」

「孩子，你年紀輕輕，卻豁達的緊啊！」大夫笑，笑裡有幾絲開懷，大夫終於放下了。

「江上的孩子都這樣，江水教我們的。」

「滄浪之水清兮，可以濯吾纓，滄浪之水濁兮，可以濯吾足。」我朗聲唱著，夕陽已經快沒入江裡，卻仍是不減光輝。

「大夫，我有一件事兒想告訴您，剛剛突然想到的。其實，百姓本不該把他們的命寄託在一個從未見過、認識過的人身上……」

大夫神色一凜，似乎想說些甚麼，我不讓他說，隨即繼續答道：「所以，大夫您也不用介意您沒法幫我們的事實，您盡力了，我們知道。哈哈，這話要是令尹子蘭借了去自我開脫，我可要先揍他一頓……大夫，總之，是這樣了，現在，是我們自己拼命的時候了。」我回過身背對大夫，繼續擺船追逐落日。

哎，日頭沉沒前若能追上，該有多好？打小我搭爺爺的船，就這麼想，現在也是這麼想，恐怕以後也是這樣罷。

「起義的百姓裡有不少像我這樣的少年，我們都希望能過得更好一些……雖然不知道結果將會如何，但總比坐以待斃好，您說是嗎，大夫。」

我聽不見大夫的回答，耳邊獨剩汨羅滔翻不絕的江聲。

「滄浪之水清兮，可以濯其纓，滄浪之水濁兮，可以濯其足。」汨羅不捨晝夜，似這般唱著。

楚頃襄王二十二年，屈平卒，時孟夏之際。

秦王政二十四年，楚王負芻五年。王翦破楚，楚亡。

視覺與感覺的結合

●看圖說故事●

圖文並陳的筆記書，不知從何時開始，忽然大行其道。也許是匆驟的年代，人們變得缺乏耐性，而太多的文字讓人感到疲倦，也或許是電腦和視聽藝術的蓬勃發展，改變了人們的閱讀習慣，輕薄短小的文章當道，報刊雜誌的插圖，越來越大張，文字開始被擠壓到最精簡的地步。於是，繪本書越來越精緻，看圖說故事也因此擠進學測的考題中。有許多人開始憂心這一代的學生，只重視圖像、喜歡看漫畫，跟文字的距離越來越遠，會讓學生的寫作能力越來越低。但我以為既然圖像當道的時代已然來臨，我們也只能正視它，和它和平共處，甚至想辦法利用它，和它攀親帶故作朋友，更何況圖像也自有它的美學要素，和文學相較，一點也不失色。兩者如何相互生發，讓學生借圖想像故事兼及練字鍛句，又有何不可！

【圖】：雷驤／繪

看圖說故事，有單張及多格之別。

首張圖，為雷驤先生之作。一個看似穿著風衣的人，在馬路、叢林或公園內奔走，衣裾飄飄。不知天色，或風或雨或驕陽。當年國立台北教育大學語創系一年級學生張婷婷的〈那年，那個女孩〉，寫一位辛苦的業務員萌生女兒長成之後將遠走高飛的憂心。這張圖，是她文章中女兒掙脫父親之手，倔強遠去的背影。這篇文章的趣味在最後揭曉這一切都只是可憐父親的遠慮，女兒剛才出生，父親已然開始可笑地憂心忡忡。

雷驤／繪

範例一

那年，那個女孩

國立台北教育大學語文與創作系　張婷婷

是個炎熱的夏天，那年，我和生命中最重要的第三個女人相遇。

當時，還是個專職跑腿的業務員，這工作可不輸給飛簷走壁的蜘蛛人，儘管，追求的不是一見鍾情的電光火石，但，背負著可是生計的麵包開水。頂著烈陽、逆著颱風下雨，沒有蜘蛛人的特異功能，卻有著耐操刻苦的堅韌。跑了大半天的業務，看著蒸騰般的馬路，彷若煮滾的水餃，來來去去的人與車，臉上都掛著凶煞。扯開惱人的領帶，即使，剛入喉的冰水，似乎是沙漠中的一滴甘泉，正當按捺不住的火氣也想蠢蠢欲動時，口袋裡，手機的振動為我帶來沁人心脾的解渴。

和那女孩，我們相見。

即使，對於我興奮雀躍的狂喜，她仍如天使謎樣般無語，但，我不在乎。

連日來，不時在夢裡出現的輪廓，就這麼真實的在我眼前。只記得，我獨自流連在一片林裡，風，無情的吹開大衣，接著，周圍闃黑裡一束彩虹的幻影，走來一個小小的身影，她跑著，向著我跑來，雀躍的跳向我，而我張著臂等待她的投抱。記憶裡，我們跑著、笑著，感覺幸福就在我眼前。

就在我眼前，多麼像夢如此的不真切。我試圖用掌心的溫度，拍醒我的臉，這個舉動，她，笑了；我，也笑了。

那牽著手的幸福，慢慢隨著她的清晰，她的形變而漸行漸遠，只記得，她掙開手，使力，因為，我不忍放；終究，她放手、離去，徒留下她的背影。

看著眼前、想起了失落。我終於開口：「妳可別被男人給拐跑了，妳可是我的心肝寶貝啊！」

這時，一旁的妻子和母親大笑著說：「你女兒才剛出生？你未免也想太多了吧！」

品璇的〈下不停〉是一則極為悽慘的死亡故事。想要逃避朋友已然車禍身亡的小幸，像冬眠似的，將經歷過的慘痛密密包藏。吵架過後的阿辛，駕車出去，卻不幸肇禍身亡；不肯接受事實的小幸，雖然收拾了阿辛沾染血跡的外套和只剩鏡架的眼鏡，卻將報紙上登載的死亡消息用立可白塗抹，然後，佯裝阿辛只是像往常般慢跑去了。品璇的文章和圖畫的連結在阿辛的慢跑，這個慢跑的動作，維繫了深情小幸的僥倖心願：但願阿辛只是去慢跑，過一會兒，就會回來。明明已是明媚的春日，但心情卻是冷冽難當。

範例二

下不停

國立台北教育大學語文與創作系　穆品璇

雨是從阿辛離開那天開始下的。

細細疏疏斷斷續續地，一下就是十多天，往年每到這時候總有人要擔心雨下得夠不夠，不夠多就有缺水之虞。但照這陣子的天氣看來，或許雨會這麼一直下到地老天荒，也不一定。小幸抱著和阿辛一起買的水漾色枕頭，無聊地在巧拼地板上緩慢地翻滾。

這場雨其實下得出乎意料。小幸記得一早起床天氣還很晴朗的，小茶几上放著阿辛的眼鏡和外套，她昨晚不知道甚麼時候回來的，小幸皺著眉思索了會兒沒有甚麼印象，只隱約記得就和兩人每次爭吵後一樣，阿辛氣過了就算了，最後轉回身子陪不是的總是她，只是這次阿辛氣得比較久，以致於她回來時自己已經睡沉了，竟無半點印象。

小幸起身收好阿辛的眼鏡和外套，見外頭天氣很好，屋子裡又不見阿辛的身影，大約是去慢跑了吧。小幸在心中暗忖。順手撿起地板上零散的幾件衣物，打算趁阿辛還沒回來前將屋子打掃乾淨，算是默認了自己昨晚的無理取鬧。

除非是大風大雨，否則慢跑是阿辛每天固定的運動，她的耐力驚人，小幸曾和她一起跑過幾次，剛開始時都是自己意氣風發地遙遙領先，最後卻落在阿辛後頭，幾乎沒有辦法再前進，每到此時，阿辛也不回頭，只是放慢步伐，將距離維持在三步之內，假如小幸不喊停，阿辛是會一直跑下去的，就像只要小幸不提分手，阿辛是絕不會先離開的。

阿辛應該會知道自己只是在說氣話吧！

只是這雨也未免下得太久了些，小幸不禁要想像水庫的水飽滿地溢出，雨仍舊下著，直到整個台北城被淹沒。小幸又滾了圈，阿辛甚麼時候才要回來呢？雨這麼下下去也好，台北城若真要被溺斃，阿辛絕對會來載走我的。小幸將視線投向地板上的報紙。

阿辛的臉龐在上面兀自微笑著，她下方被小幸用立可白塗掉的墨水字印刷工整地寫著：「女子深夜酒駕撞上安全島，送醫急救三小時宣告不治」。

衣櫃裡小幸收著的外套混雜著酒和血腥的味道，眼鏡只剩下鏡框歪斜地矗立著。

雨還是在下，小幸晾在陽台的衣服濕了又乾乾了又濕，偶爾在風中晃動幾下，就像小幸敷衍地挪動身體，以示自己依舊活著。

是春天了，但小幸還在冬眠。

【四格組圖】：請以下方四格圖畫為題材，撰寫一則小故事，題目自擬（六百——一千字為度）。

（蔡全茂／繪）

除了上述的單張圖片外，看圖說故事，還可能如下列的多張圖片並列，讓學生仔細從中看出端倪，四張圖片間，有何關聯？再從關聯性裡找到可以發揮想像的地方，從而編寫一個小故事。

多張圖片串連出一個故事，其難度更勝前者。一張圖，沒有彼此牽絆的周延性問題存在，只要文中能凸顯涵蓋該張圖的意象即可；多張圖，必須照應的地方當然跟著多了起來。但是，也正因為考驗多，更能從行文中辨識學生的能力。以下的圖是蔡全茂先生所繪，原先是分別的四張插圖，當置放一起時，首先可以注意到的是裡頭出現的人物大多是男性；其次，從第一張到第四張，人數由五至二遞減；第三，場景所在不同，有的在操場，有的在餐廳，有的則像是公園……。面對這四張圖，必須敏感的覺察其變化，才能對著圖，說出合理的故事來。

宜玫的〈暗號〉，非常有創意。她也注意到人物遞減，場景各異的特色，並據此撰寫極短篇。主角「我」是一位神經兮兮的男士，東奔西跑，彷彿仍在從事諜報工作般，聽到的每句話、看到的每個人或景物，彷彿都在跟他打暗號，充滿了暗示意義。直到最後，發現被人跟蹤，小心翼翼的提防，讀者跟著緊張起來，冷不防身後卻傳來：「爸！我們回

1.

2.

3.

4.

蔡全茂／繪

家吧！」一語驚醒夢中人，才揭曉事實真相，教人啼笑皆非之餘，頓感毛骨悚然！

範例一

暗號

國立台北教育大學語文與創作研究所　李宜玫

我來到約定的地點等候，風光很美，但我看不到對方的蹤跡。隔壁女人像自言自語說道：「下一個是『熊貓』。我明白了，便立刻趕往四人牌桌，已經先抵達的三人，正在談：『熊貓』會不會來？」

我們輪流丟出牌，並且期待從對方口裡聽到情報。每個人說一句話，但只有當事人才知道怎麼解讀。

「彩券。」「亞特蘭提斯。」「守護者。」「青蛙。」

我揀到一張牌，匆匆胡了，趕往下一地點。

此時已是夕陽時分。我從未希望自己可以像現在這麼孤獨。

我看到三個男人併肩坐在長椅上，其中一個男人好像已經死了，也可能是睡著了。冷不防地，戴帽子的男人說了一句：「回家吧！」我只好往家的方向走去。

我得小心點，有人跟蹤我，儘管他可能只是路過。他一直朝我靠過來。就在我背後了！

然後他說：「爸！我們回家吧！」

範例二的〈樹猶如此〉，文字非常優雅，有一種魔幻寫實的趣味。從第一張圖起，最後又回到首張。將父親的世界和自己的世界交疊，以虛實相生的手法，寫盡世代交替的輪迴，看似以人物為主，卻也沒放過畫面中的樹，題曰：「樹猶如此」，旨在以向樹投靠，呈現親情難以溝通的寂寞，兩代皆然。數字指錶面的時間刻度，主角調整骨董錶的發條，將指針從六轉到五轉到四；四轉到三；再從三轉到一，藉著指針的移動讓時間倒退，從國中到年幼再到還沒出世前，那個年輕父親的畫面——身著白T恤的男孩背影，影像在文字裡清晰活躍，頗耐人尋味。

範例二

樹猶如此

國立台北教育大學語文與創作研究所　黃郁蘋

他常在不知不覺中走到樹下，從葉片縫隙的流光汲取自己歲月的倒影。

多久了呢？與樹相伴的日子。

從口袋掏出骨董表，他瞇起眼精，秋季的樹幹下，總是溢滿了溫馴中又偷了一把辣椒粉的日光，呼吸一口氣，拉起發條，從六到五到四，從黃昏的薄艷到正午的熾熱。那時阿爸總在公園對面的小餐館裡，頂著玻璃櫥窗也遮不住的童山濯濯，鼻上撐著古早的四方形眼鏡，跟一群他不認識的阿伯們談著事情。國中的他在公園裡看著，刺辣的紫外線，時常替代父親慣然的沉默，成為正處於青春期的他唯一與父親溝通的話語。然後是四轉到三，年幼的他拖著管鼻涕，來到公園，又驚然一瞥父親的背影，坐在和自己國中時相同的位置，頭髮茂密的，沒有粗框眼鏡的身影……最後是一口氣從三轉到一，他突然飄浮在半空中，離地面的公園好遠，微瞇起雙眼，正如蒼老時一般姿勢，還是看見一個身著白T恤的男孩背影，從縮小的公園裡，快步走出。那件衣服的樣式正如他整理父親遺物時，從衣櫃內掘出的一般。

再靜靜開眼時，他人回到了樹下，倚在坐椅旁的是枴杖，汲取了歲月的熱度而閃閃發亮。

「不要忘記那棵公園的樹。」

這是他父親留給他唯一的遺言，在緘默與永遠的死寂之間，他們的交談總是在其中擺盪。在他因為對家庭無話可說而走到公園時，不知不覺地，卻重踩了父親的路。

而公園裡的樹依舊茂密拔長著，就像是為了填補那段成長的空缺。

就像是，使他成為一棵肖父的樹。

腳踏四方，文寫八面

●報導的撰寫●

敘寫一場會議，報導一個活動，有各種不同的手法。在副刊上發表，和在新聞版面上呈現，一般說來，也各異其趣。新聞版面上強調真實，通常比較板重；副刊上的報導，有一點俏皮機趣，不那麼一板一眼，是可以被容忍的。此處呈現的報導〈比生命更寬廣，比愛更強悍〉作者蘇嗣雅當年是國立台北教育大學語創系三年級的學生。當時，《國語日報》編輯在不經意間，獲知我要帶領學校文學創作課程的十幾個學生去故事館參加文學沙龍的朗讀活動，於是，請我找個學生來報導這個在台北很具特色的週末文學活動。

〈為台北朗讀——屬於「繆斯的星期五」〉原來命名為〈比生命更寬廣，比愛更強悍〉，其後，經過師生的溝通後，嗣雅自行改名，將道德意味強烈的題目改為較為柔軟且和潮流相應和〈《為愛朗讀》的電影剛剛得獎之際〉的題目，在此將兩文並陳，讓讀者看到它整形前後變化。原文如下：

範例

比生命更寬廣，比愛更強悍

國立台北教育大學語文與創作系　蘇嗣雅

台北故事館的深深庭院阻隔了中山北路的車水馬龍，天猶未暗，院中的石椅已排排坐著等待入場的聽眾，每一雙眼睛都藏著難以掩藏的熱情。屬於繆思的星期五，這個晚上為台北朗讀的作家是在台灣文壇舉足輕重的鄉土文學小說家黃春明，以及近年來以旅遊文學著名的女作家彭怡平，文學沙龍在主持人蔡詩萍的介紹下緩緩展開序幕。

生於宜蘭的黃春明，雖然一再聲明他的國語不標準，但特有的宜蘭腔卻像山風吹來一陣沙沙沙沙的，溫柔而令人無法抗拒。他所朗讀的是收錄於《放生》中的〈銀鬚上的春天〉，故事敘述連續幾日春雨過後，村中孩童冶遊時，於土地公廟旁發現一名白鬚老人在大榕樹下盹著了，「我看過他！」孩子們湊近時不禁驚呼出聲：「好像土地公喔！」而老人為了享有片刻的溫情，閉眼假寐，讓孩童在他長長的鬍鬚上七手八腳的結下粉色酢醬草。「真的，雖然鬍鬚蓋住了老人的嘴角往上揚的微笑，但是比先前更隆起的顴骨和就近的肌肉，那是連嬰兒都看得懂的笑容……」

從小跟著祖父母長大，黃春明深諳老人脾性，作品中並常常出現令人印象深刻的老人身影。他筆下的老人樸實、本分，對於兒孫輩有著溢於言表的憐惜之情。讀者常問這名白鬚老人究竟是男主角榮伯還是土地公？對此，他答道：「這是台灣社會快速變遷下的一個老人，幸福對他而言是兒孫在身邊，而不是金錢。」黃春明強烈意識到台灣社會邁入高齡化的嚴重性，並且根源於對人和土地的濃厚情感，從早期的青番公到〈魚〉裡頭的爺爺，近年來他更有計畫的寫作《放生》系列。《放生》裡的老人通常有著殘軀病體，他們不僅僅被步調快速的社會遠遠拋在身後，也逐漸被兒孫們「遺忘」，在不知不覺中失去天倫之趣。這些老人本應是這個社會最應該被珍惜的瑰寶，卻常常淪落到搬一把小凳子坐在門口埕，隨著天光雲影一坐便坐到日落西山。屏除俗濫老套的情節敘述，黃春明的音調在這座童話般的老房子裡像是一隻滴答鐘，將孤苦老人的寂寞心境為讀者娓娓道來。

而通曉法、日、英、德、拉丁文等多種語言的彭怡平，曾獨自到西伯利亞、印度、紐約哈林、非洲等地旅行。台大歷史系畢業的她，一直以來對於「歷史」的英文「History」很有意見，為甚麼歷史是「His Story」，而不是「Her Story」？這晚她所朗讀的三個短篇皆選自新書《她的故事》，在廣闊的遊歷基礎下，以女性視角寫史，書寫世界各國殊異的女性容顏。彭怡平的聲音明朗堅決，〈土巴教主的妻子〉逐字逐句皆是塞國女子必須和別的女人共事一夫的憤恨無奈，〈嗜血的母親〉則是迥異於常、同時追求光明與黑暗的女性姿態。彭怡平並以《猶太律法書》就是女性〉巧妙的為晚會作結，不同於男子個性的好戰凶暴，「女子天性愛好和平，不研讀《猶太律法書》，也能理解其中的精華，」「因為《猶太律法書》就是女性本身，女性所有的智慧都蘊藏其間。」男子研讀律法乃是為了將鬥性由殺戮戰場轉至高台論辯，猶太教導師拉比如是說。

誠如主持人蔡詩萍所言，文學沙龍所邀請的作家自會產生一種微妙的聯結，黃春明及彭怡平各自以不同的生長背景細膩觀察並抒寫「人」的種種姿態。文字之外，聲音是另一種更為強烈直接的媒介。透過作家對自己作品的誦讀，其間包含的種種抑揚起伏，歡樂並苦悶，親密並孤獨，對於讀者來說，毋寧是更深沉更撼人心弦的體驗。

關於這篇初稿，我提供給她的意見是：

1. 文章簡淨，言之有物，但有些太嚴肅了。
2. 本文偏重朗讀內容的呈現，比較像是為《聯合報．副刊》的讀者而寫。《聯副》的讀者已然熟知該活動的前因後果，所以，可以對不同的主題活動內容多加著墨。但此文是應《國語日報》之邀而作，應針對不同讀者群作區分。編者是想讓沒去過的人知道有此一特殊的活動，因此，那日朗讀內容可稍加刪汰，多描摹現場氣氛及聽眾身分及年齡層等。譬如專業作家列席、寫作創作課學生參加及愛好文學的閱聽大眾扶老攜幼等。作家之間的情誼相挺，讀者希望一睹作家丰采的心情。

3.《國語日報》的讀者群，除大人外，尚有大批小讀者，得特別注意分級描寫，避免太過血腥的文字。因此，關於〈嗜血的母親〉那段，可否考慮刪去？

4.多出的篇幅，可以稍稍勾勒一下作為閱聽者的心情或那晚故事館內觀眾屏息聆聽的氣氛。增加一下抒情感受，可使全篇文章較顯潤澤。

5.台北街角有此活動，對文化的積澱功效、對台北城文化活動的活絡，是市民的福氣。聰慧的嗣雅從善如流，於是，上面的文章，有了以下不同的面貌：

為台北朗讀——屬於「繆斯的星期五」

蘇嗣雅

台北故事館的深深庭院阻隔了中山北路的車水馬龍，天猶未暗，院中的石椅已排排坐著等待入場的聽眾，每一雙眼睛都透露出難以掩藏的熱情。每個月的第三周，由《聯合報・副刊》所主辦的文學沙龍——「繆斯的星期五」，邀請作家為讀者朗誦自己的作品。這個晚上為台北朗讀的作家是在台灣文壇舉足輕重的鄉土文學小說家黃春明，以及近年來以旅遊文學著名的女作家彭怡平。會場照舊座無虛席，在主持人蔡詩萍的介紹引導下，活動終於緩緩展開序幕。

承先並押後的是彭怡平，一位通曉法、日、英、德、拉丁文等多種語言，並曾隻身前往西伯利亞、印度、紐約哈林、非洲等地旅行的女作家。今晚她所朗讀的三個短篇皆選自新書《她的故事》，在廣闊的遊歷基礎下，彭怡平以女性視角作細膩獨有的觀察，書寫世界各國殊異的女性容顏。〈土巴教主的妻子〉逐字逐句皆是塞國女子必須和別的女人共事一夫的憤恨無奈，〈嗜血的母親〉則呈現出西西里島女人光明並黑暗的一面，最後彭怡平並以《猶太律法書》就是女性〉巧妙做結，不同於男子個性的好戰凶暴，「女子天性愛好和平，不研讀《猶太律法書》，也能理解其中的精華，」她以為《猶太律法書》就是女性本身，女性所有的智慧都蘊藏其間。

而生於宜蘭的黃春明，雖然一再聲明他的國語不標準，但特有的宜蘭腔卻像吹來的山風一陣，溫柔而令人無法抗拒。他所朗讀的是收錄於《放生》中的〈銀鬚上的春天〉，故事敘述連續幾日春雨過後，村中孩童冶遊時於土地公廟旁發現一名白鬚老人在大榕樹下盹著了，「我看過他！」孩子們湊近時不禁驚呼出聲：「好像土地公喔！」而老人為了享有片刻的溫情，閉眼假寐讓孩童在他長長的鬍鬚上七手八腳的結下粉色酢醬草。「真的，雖然鬍鬚蓋住了老人的嘴角往上揚的微笑，但是比先前更隆起的顴骨和就近的肌肉，那是連嬰兒都看得懂的笑容……」

誠如主持人蔡詩萍所言，沙龍作家之間自會產生一種微妙的聯結。同樣根源於對「人」的處境的關懷，作家的背景、生活環境不同，生命的經歷也有所不同，就會呈現出多元的創作面貌。台大歷史系畢業的彭怡平對於歷史為甚麼是「His Story」而不是「Her Story」提出疑義並實踐於創作中，致力於書寫「女性歷史」；根植於鄉土的黃春明更是強烈意識到台灣社會邁入高齡化的嚴重性，《放生》系列寫的便是一個又一個擁有殘軀病體的老人，犧牲在現代化步調下的故事。國際與鄉土，透過文字的誦讀，兩位作家帶領讀者神遊五大洲，最後降落在這個海島上。

然而對於我們而言最珍貴的是原本的寫作指導課程，在指導教授廖玉蕙老師帶領之下，離開教室一同參與這場不同以往的文學饗宴。過去，我們大多是閱讀並分析文本，提出心得討論，絕少有機會親炙作家丰采，聽作家朗讀自己的作品，為作品做出不一樣的詮釋。文字之外，聲音是另一種更為強烈直接的媒介。透過作家對自己作品的誦讀，其間包含的種種抑揚起伏，歡樂並苦悶，親密並孤獨，對於我們這些讀者來說，是紙本之外更深沉更撼人心弦的體驗。

「如果你覺得現場有誰很像某某某，沒錯，那就是你『認識』的那些作家。」在現場，我們還看見陳芳明、林文義等作家，他們隨同讀者悄悄的坐在觀眾席，而蔡詩萍的下一句話：「黃老師，你看！今天來捧你場的都是詩人，你們小說家都到哪裡去了？」更是引來滿室笑聲。百忙之中，小小的空間裡坐進深深情意，文人之間的相惜之情在此表露無遺。

在歐洲各國，咖啡館等人文薈萃之地經常舉辦類似的沙龍活動，除了作家對作品的誦讀外，亦提供機會讓文友觀摩並交流，使文學綿延不衰，相互激盪出新的花火。對於台北人而言，周末夜我們能在別人詢問有何計畫後答道：噢，我要去參加文學沙龍。十九世紀的盛筵至今在台北的一角繼續它的繁花盛景，這毋寧是值得我們驕傲的、文化已然扎根的表徵。

紙短情長

‧極短篇‧

長篇作品的知音日稀，輕薄短小的作品，儼然成為世紀的主流閱讀風尚。但是，短篇與巨製的寫作難度不分上下，都各有其不易之處。短篇未必占盡便宜，要在有限字數裡，表達完整，又有驚奇或反差的結局作結，可是有相當的難度的。

範例一

味道　廖玉蕙

母親死了！她小心翼翼地從母親冰冷僵硬的脖子上取下圍繞著的紫色圍巾，順手圍到自己的頸項。剎那間，母親的特殊氣味撲鼻而至，她微笑著，覺得母親猶然活著，和她緊挨著。幾天後，圍巾上母親的氣味漸失，終至完全絕跡。

她從櫥櫃內，翻出母親臨終前時常穿著的外套，日日夜夜穿著，不時低下頭嗅著，像獵犬追索獵物一樣。接著，母親的內衣出籠，母親的帽子、手套、睡衣相繼出現……。幾個月後，母親的味道從圍巾消失；從外套出走；從內衣、睡衣逃脫；從帽子、手套邊遁去……大熱天，她渾身裝裹著母親的遺物，像臨終前的母親一樣，雙腳交疊，兩手支頤，成天坐在客廳的沙發上發呆。進門的人，乍看都嚇了一跳！

母親走了，她把自己坐成了母親。

賞析

這篇三百餘字的短文，深得黑色幽默小說之旨。文章看似談嗅覺，實則寫思念，包藏在嗅覺內的思念，透露出強烈的魔幻感，最後一句「母親走了，她把自己坐成了母親。」把嗅覺的種種堆疊，化為恐怖的視覺。讓「她」和「母親」的影像相疊，合而為一，表達出最深沉的思念，但文中一字不談思念，是思念的極致。

範例二

蘋果的聲音

柯恩琪

我站在大廈的頂樓，感受強風瘋狂地灌進我的袖口，它彷彿尖冷的針頭，自每一顆鈕釦的中間空隙穿過，毫不留情地刺痛我的皮膚。

「一起走吧。」身邊傳來一個悲哀的聲音，齒縫間吐出的每一個字都帶有某種義無反顧的堅決。我轉過身，女友正低垂一雙茶色的眼睛，凝視那些點點固著於城市遠處的燈火。我順著她的眼光望去，下方的風景在夜晚的空氣裡顯得格外迷離動人，原本熟悉的街道，在這深情凝望的一瞬間也變得遙遠且模糊，我清楚我將前往何處，於是便稍微用力捏了捏女友的手心，想感觸她最後的甜美與溫柔。

「好。」我低聲許諾，女友同時緊拉住我。我們一齊爬過柵欄，一接觸到冰冷的金屬欄杆，我才驚覺自己的手汗流得竟是如此的多。我深吸一口氣，彼此望了對方最後一眼，在濃烈的愛意與深刻哀慟的絕望之下，我們同時邁開步伐，在雙腳踏上浮雲的瞬間，我們一起朝地表直直墜落。

我首先感到的是臉頰在夜風吹拂下寒顫的冰冷，還有逆風瘋狂翻動著的衣襬。我清楚感受身上每一個因過度驚駭而收縮的毛細孔、我的心跳、我摒住的呼吸與每一片碎玻璃般割過意識的回憶。我想起我們不受祝福的戀情，這社會如此殘酷，以至於我們必須以生命來抗議。

我吃力的轉頭想看女友，但下墜的速度實在太快，我感覺全身正受地心引力強烈的召喚，只要一瞬間，我這麼告訴自己。只要幾秒鐘的時間，我將讓我的父母哭泣懊悔，朋友們自責悲傷，這念頭給予我一種怪異的滿足感。

下墜的速度越來越快了，我腦中開始閃過童年與成長的片段，我已度過了人生最精華的階段，而終點是悲劇性的燦爛與美。我發現自己的五感達到了驚人的敏銳，我看見星辰與月亮，移動的車潮與乾燥的柏油路，我聽見風呼嘯過耳邊的巨吼，髮絲與襯衫的領子隨之飄揚，我最後聞到了一陣香味，才驚覺現在正是家家戶戶晚餐的時間，在我背後的大廈正散發出無以倫比的溫暖，每一間窗戶都流瀉著紅橘色的燈光。我看見一個母親在怒斥兒子；一對夫婦在相擁而泣；一名年輕的女孩正彎腰打開電視；一位老人正拿著報紙嗑起桌上的瓜子。就在這眨眼間，我突然想起那本攤開在書桌上、自己尚未閱讀完的《夜鶯與玫瑰》，這讓我內心驀然一動，突然驚覺自己其實並沒有這麼愛女友。為甚麼要與她一起死呢？這想法觸動了我，於是我開始掙扎，在半空中笨拙的揮舞手臂，彷彿將像電影的超人那樣騰空飛起，但僅僅這麼一個動作，下墜的驅力仍強力的拖住我全身，絲毫不給我任何一點存活的機會。我發出驚駭的吼聲，這聲音驚動了緊握著我手的女友，我們瞪視著對方，明白彼此的愛意在這落下的三秒內全然消逝，我們同時尖叫，全身戰慄。

緊接著一片黑暗。

台北市的街道承受了兩個人的摔落，發出的聲響沉悶駭人。當晚的夜間新聞花了十秒鐘的時間介紹了這兩人的名字；而地球依舊不受影響的轉動。對它而言，那墜地的聲音並不比蘋果擊中牛頓時的聲響要大多少。

賞析

恩琪〈蘋果的聲音〉，最具反諷效果，深具魔幻寫實效果。兩個決心反抗愛情阻力的男女朋友，相偕跳樓殉情，卻在墜地途中，先前決絕的怪異滿足感，在瞥見大廈內家家戶戶散發出的無以倫比的溫暖時，驚覺自己其實並沒有這麼愛女友，於是，他被強烈的悔恨包圍，墜地之時，發現自己全然失去了愛意。

文章中提到的《夜鶯與玫瑰》，是英國大文豪王爾德的童話故事。他敘寫信仰愛情崇高的純真的夜鶯，為幫助青年得到一朵紅玫瑰送給愛慕的女孩，不惜以椎刺入心臟，用心血染紅一朵玫瑰；沒料到玫瑰並未獲得女孩的青睞，她只愛珠寶，不愛花草，青年無知的愛情只落得女孩的訕笑。恩琪讓主角墜落翻滾之際，突然想起那本攤開在書桌上、尚未閱讀完的《夜鶯與玫瑰》，繼之「內心驀然一動，突然驚覺自己其實並沒有這麼愛女友。」暗喻愛情的盲目，含蓄用典示意。

這篇極短篇，以逆向正襯為愛自殺的無知行為。原本因為愛情不被祝福而走絕路抗議，志在使「父母哭泣懊悔，朋友們自責悲傷」，然而，臨終瞥見的溫暖家庭窗口遞送一幅又一幅的生之畫面，悔恨之感陡生，卻一切都來不及了！題目叫〈蘋果的聲音〉拿人死墜地的聲音和蘋果擊中牛頓的聲音相較，暗自指涉亞當和夏娃偷吃伊甸園中的蘋果，同樣是蘋果墜落，一個發現地心引力，一個人死如燈滅，只在夜間新聞出現十秒鐘，意義大不相同。文章構思奇巧，行文亦靈動有致，非常迷人。

長話短說

●簡訊寫作●

隨著手機使用的普及，簡訊寫作開始蔚為風潮。簡訊小說據說已在市占率上頗具規模。如何在短短十幾個字或幾十個字內，寫出讓人動心的簡訊，考驗著手機愛用者的功力，可以稱做「最短篇」。因為字數少，文壇出現有史以來最高的稿酬，「想我，嚮我！」（江曉倫）兩個標點、四個字，拔得第三屆台灣大哥大myfone行動創作獎情書簡訊的頭籌，獎金七萬塊，創下單字最高稿酬的記錄。「媽，我去相親，妳去健檢，當作交換條件，公平吧！」（李振豪）短短不到二十個字的家書簡訊，也同樣勇奪七萬。真是羨煞人也！

簡訊雖然不比正統文學那麼注重字句鍛鍊，但達意、輕簡是基本原則，就如筆畫少的字難以寫得漂亮，如何言簡意賅地收攏萬千情意，也是不簡單的任務！

範例一：時事簡訊

◆因為風的緣故，星空非常希臘。有酒可要滿飲，然後相偕去遠行。（廖玉蕙）

二〇一七年底到二〇一八年三月間，台灣一連痛失三位文學巨擘：余光中、李敖和洛夫先生，堪稱文壇大事。這則時事簡訊是我為台灣大哥大行創獎示範之作，連結三位已故作家作品，堪稱台灣四位作家跨時空聯手完成，相當符合參賽要求的「時事」與「成語詩詞創新應用」。首句「因為風的緣故」取自洛夫詩句；次句「星空非常希臘」是余光中名詩；最後兩句化用李敖名言。其中隱含「跨界」的創作精神，並向大師致敬。

◆政府有燃煤之急人民有肺腑之炎。（陳蒼多）

這是二〇二〇年的時事組首獎。一方面點出政府受困燃煤發電導致空污問題嚴重的燃眉之急；一方面直指全球疫情失控的慘況，發想非常具有創意。

範例二：化用古詩詞、俗語簡訊，古今交融，文白混搭

近日時興舊瓶新裝，從台灣大哥大行動創作獎的「成語詩詞創新應用」的簡訊徵選作品，可以看見古詩的脫胎換骨。譬如二〇二〇年首獎之作：

「人生得疫須禁歡」（張澄月）就是轉化自李白〈將進酒〉詩「人生得意須盡歡」，只轉換兩個諧音字，就將疫情發生後，罹患COVID-19者必須自我隔離，不能群聚同歡的情況自然托出，感覺非常巧妙。

他如：

宋柳永詞「今宵酒醒何處？楊柳岸，曉風殘月。」變成「今宵酒醒何處？臨檢站，警察筆錄。」（揚觀）

元代馬致遠「枯藤老樹昏鴉，小橋流水人家。」變身成「枯藤老樹昏鴉，拍照打卡回家。」（胖丁人）

趙翼的「江山代有才人出，各領風騷數百年。」成為「手機代有新款出，各領風騷一兩年。」（朱邦彥）

卓文君〈白頭吟〉「皚如山上雪，皎若雲間月。聞君有兩意，故來相決絕。」轉成「統如山上雪，獨若雲間月。民心有兩意，鐵粉各成列。」（廖玉蕙）

古今交融，文白混搭，雖不講究平仄，但句式、押韻猶在，且都幽默詼諧、趣味橫生。趙翼曾嘆息李杜詩篇萬口傳，至今已覺不新鮮；我以為妙用古詩詞形式，穿梭時光，解構社會荒謬現象，呈現新世代網路簡訊潮流，也算是文學中的另類思考，頗見創意。

以殊相寫共相

‧親情散文‧

親情散文易寫難工，卻是初學寫作者最容易入手的題材。親情是最自然的血緣聯繫，不需藻飾，只要真誠。所以，揀選事例是勝負關鍵。光是用「衣不解帶」、「溫柔慈祥」或「個性剛毅」等共相形容詞堆積是最劣等的寫法。寫親情不只寫共相，更需言殊相。寫殊相，與其抽象地滔滔敘寫親情關係之惡劣或親密，不如揀選事例，具體呈現人物風貌、親疏緣由。

郁蘋的〈亂〉，是研究所的考試當堂之作，有時間、字數、題目等限制。因為「亂」字被民眾票選為當年度的代表字，所以，一般考生都由時局著手，大談社會亂源。而郁蘋逆勢操作，由父親的一頭亂髮起筆，就顯得與眾不同，讓閱者耳目一新。文章寫母親離開後，父親一團亂的生活，從穿著到起居，不修邊幅、日夜顛倒、坐臥失衡……最後，逐漸抛去作為一個社會人的責任，而終至無法回到正常的人生軌道上來。文章以粗筆勾勒輪廓，卻像孟克〈吶喊〉畫作一般，讓人看了，心頭抑鬱，不覺惘惘然。

範例一

亂

國立台北教育大學語文與創作所　黃郁蘋

從有記憶開始，爸爸的頭髮一直很亂。

金的、銀的、黑的、紅的，從祖上派傳下來的色彩爬上了髮根，然後在頭皮上建立起一塊區域，就像是一場達爾文式的自然鬥爭一樣，我看著烏黑的部份逐漸變少，而白色的髮絲站上了物種的最高點，甚至攀爬著歲月到我頭上駐足。與爸爸不同的是，我總會細細密密地用梳子把銀絲藏好，裝作看不見它狙擊的痕跡。但爸爸偏不，他非要所有髮色交雜成一團，變成後現代藝術畫，連同身上皺摺、泛黃斑斑污點的XL大T恤，以及比原本的顏色還晦暗的灰色運動褲。他開始習慣不在吃飯時間用餐，習慣深夜泡咖啡，再不小心在廚房灑落一些咖啡色的粉末於流理台上，偶爾他會在半夜坐在電視前囈語。當我加入的時候，他會把搖控器遞給我，然後自己回到房間去。

也許爸爸從來沒擁有過屬於自己的搖控器吧，在媽媽離開後的日子，他為了他的父親、母親而活，甚至為了作為我的父親而活。在一團亂的生活裡，他真正能控制的，就是抓著那股亂源，然後身陷其中。

當我因身體不適而不修邊幅時，我總會想到我的父親，在我們因不同的病狀而不願打理的時候，「亂」就像是搖控中的暫停鍵，讓我們可以拋去身為一個社會人的責任而雜亂不理。

只是父親似乎停頓了太久。於是他的「重新播放」鍵永遠失靈了。

芳妃的〈咖啡與幸福〉，恰恰和上述的〈亂〉相反，她從非常細微處先行刻畫母親的整潔細膩，繼寫性格南轅北轍的母女倆溫馨有趣的互動，描繪出如星子般的平淡幸福。芳妃由一個代表家常的冰箱寫起，因情感悟，從而開始追索幸福的定義，提醒人們得珍惜心靈的平靜與安寧，學會看見平凡中的美麗。

在這樣的亂世，看到年輕人寫出盈溢著如此濃郁惜福感恩的文字，總要為其中透露出的溫婉情懷，感動得紅了眼眶。而我的學生芳妃確如她自己文章中所示，溫雅有禮，且珍視生命中的所有際遇，無論是好還是壞。

範例二

咖啡與幸福

世新大學中文系　林芳妃

晚飯過後，生性愛潔的母親在廚房裡順手整理環境，擦磚抹地順手擦拭冰箱門。銘黃色的電冰箱因母親惜物，十幾年來整潔如新，功能健全。母親蹲下身子，在冰箱右下角靠牆處的面板上反覆擦拭，輕輕發出疑惑聲，我跟著蹲低身尋問，仍在擦拭的母親輕輕地回應：「這裡黃黃地，該不會生鏽了吧！」向來笨拙的我沉默了會兒，像大型機械的腦袋遲緩運轉幾回後才回答：「聽說用牙膏可以去鏽。」

風吹過窗外的芭蕉葉，沙沙的磨擦聲在我們身邊流過。我站起身，積極地表示要拿取牙膏及工具替冰箱去鏽，沒想母親半晌沒說話，等帶著器具的我回到廚房，母親背著我搓揉抹布，輕輕笑著：「我是想，也許有機會可以換個冰箱。」恍然大悟的我忍不住哈哈大笑，抱著母親直說自己是個粗神經，請她別介意。

總是這樣的，細心溫柔的母親總是為一家打理，再細微的部份也會替別人著想，將一切處理得妥貼適切。燙好的蝦子總先去殼，柳丁、椪柑等柑橘類的水果不說，連棗子都會先替家人削皮切好。性情直爽的母親待人處世總是直來直往，言談風趣幽默，對人事物的評析犀利適切，行事爽朗快意，然而心思細膩，溫婉體貼全在日常生活中顯現。這樣聰穎細膩擅用各種生活譬喻的母親，與反應遲鈍，凡事要慢個幾拍甚至善於遺忘的我生活，每天總要發生幾件逗趣事。

母親常說我是個不懂生活情趣的人，婉轉的話語常是想了半天也抓不著一點頭緒，隨著生活的軌跡，對談方式越來越直截了當，無話不談。早晨，依著美麗的晨光，我們習慣靜靜地喝杯咖啡，閱讀各自的書籍；傍晚，攜手漫步在滿天彩霞下，晚風拂面慢慢走著。沒有絢爛的生活，只是平淡且安順的日常，人的相處有許多的模式，而我們選擇的生活步調緩慢而柔和，兩個性格南轅北轍的人生活在一起，也可以非常幸福。

生活中的幸福建立在心靈的平靜與安寧，學會看平凡中的美麗，體會自我與生命的關聯，先由本身出發進而關懷他人，如此才能得到平靜的幸福。

幸福之於每個人的定義不同。某日，電視專訪中，蹣跚的老人對著記者說：「兒子出去找工作了，年輕力壯。這個地方不能生存了，我老了……最希望，如果在冷冷的天裡，醒來有杯熱熱的咖啡喝該有多好。」對熱熱的咖啡將能溫暖自己的老人眼底，有著滿足的想望，他的眼角殘有對生活的期待，一杯咖啡即是幸福。隔日，家裡的桌上兩杯熱熱的咖啡煙霧繚繞，母親坐在身旁對我說：「我們還來得及擁有幸福。」幸福地坐在家人的身邊，共享一杯咖啡的悠閒。

生命的考驗太多，無需強說愁緒即有難卸的沉重，歲月自然會去加深每樣感官的深度，只是大多數的人容易凝集缺角，忘了落在一旁如星子般的平淡幸福。生活的美與自然的美好都要一顆澄淨的心靈去體會，能夠珍惜生命中的每一個片段，敞開心胸，才能回歸到自然本位，才有心看青草的鮮嫩，頹紅的美豔。

珍惜身旁的人，每段與之擦肩的緣分，能夠有意識生活的時間已不多，面對相同的時間刻度，樂觀進取是一種生活方式，頹靡不振也是生存之道。事物少有對錯，萬事皆相對而來，若於繁擾的紅塵中迷失了自我，不妨回到最原始的地方重新尋找本真。人生少有人完整走過，每一次開始都是新的嘗試與體驗，只要舉步穩健，自然就能平安順遂。

有關學測作文的十四點叮嚀

寫作是一條長遠的路，除了好好觀察人生，細細思考其中的奧妙，再斟酌著，以與眾不同的美好手法加以呈現外，其實是沒有捷徑可循的。但是，在學測或指考時，還是有一些不失分甚或增分的基本原則，可以提醒考生們注意：

一、平時就得勤加閱讀，多看報章雜誌，關心時事議題，光是死背強記教科書已不敷使用，必須靈活運用各項知識

國文不管是選擇題或國寫，素養題型考題比例逐年提昇，跨界題目更是多元，側重思考、質疑和歸納、分析。

二、考題字數越來越多，考試時，得眼明手快，斟酌時間短長。整合多篇文字的題型，可先粗看問題，抓住問題重點。再來閱讀原文。如此，可掌握該聚焦之處，節省答題時間

為嚴防時間匆促，先略過看來太過複雜難解的題目，有把握的請優先解決。整合多篇文字的題型，不急著閱讀文章，先大略看問題是甚麼，抓住提問重點，再回頭看文章，可省下盲目、無目標閱讀的時間浪費，很快將閱讀重點直接聚焦在答案的解決上。

三、少用立可白，不要在作文考卷上塗抹過度

塗抹過度除了白點處處，讓考卷像充滿補釘的衣服般缺乏美感外，也暴露了思慮不周的躁進。尤有甚者，塗上白粉，卻忘了補上正字，更讓人感覺作者漫不經心。所以，先在腦中或草稿裡作初步構想，想好之後，再謹慎落筆，可以減少塗改率；接著，寫完之後，再次檢查是否有沒有補上的地方是很重要的。一試雖然未必就此定終身，但終究事關重大，還是以謹慎為上。

四、請再三斟酌是否有別字或錯字

大考中心雖沒有錯字得逐字扣分的規定，但明言可以「酌予扣分」，所以，在錙銖必較的考試裡，最好別甘冒大不韙。錯別字太多，的確會影響評閱者的觀感。

五、寫考卷時，字跡宜力求整潔

每一位閱卷委員都要看上千份以上卷子，字體若寫得太小，無異凌虐閱卷老師的眼睛；太大，字擠著字，也缺少美感；大小適中，乾淨整齊，視覺上的美感，會給評閱者留下比較好的印象。

六、要看清題幹，不要率爾提筆為文

很多考生不知是過分緊張抑或過度自信，還沒看清題幹，就信手拈來。雖洋洋灑灑，文字也非常流利，可惜疏忽題幹上的說明，空有美好文采，卻無法拿高分。譬如：

1. 注意文長限制：沒注意字數、行數限制，寫得過多或過少，依規定都會被降級扣分。
2. 若有要求「標明題號一、二、三」者，也一定得照規定處理。有時有特定規定，如：「不得以新詩、歌詞或書信的形式書寫。」如果沒有依照規定，當然就無法得分。

3.有些續寫文章的題目，明言：「寫作時，為求文章完整呈現，上列引文務請抄錄，否則扣分。」還是有粗心的學生，忘了抄錄引文，白白被扣分，真是可惜。

4.九十六年學測以「走過」為題，寫一篇文章。題幹上清楚說明內容必須包含：生活空間今昔情景的敘寫、今昔之變的原因、個人對此改變的感受或看法。寫作時，就不要只就一點發揮，應同時關照三個部分，缺一不可。

5.請看清楚是語譯題，還是擴寫題。譬如：指考曾讓學生擴寫《史記．項羽本紀》項莊舞劍、意在沛公的原文。雖然考題是「擴寫」，題幹上說明希望學生以原有的材料為基礎，掌握該材料的主旨、精神，運用想像力加以渲染。甚至還在《史記》原文之後，仔細加上一行「本題非翻譯題，請勿將原文譯成白話。」的提示，但不少學生一見到文言文，就以為要將它翻譯成白話，又失去了好多分！

七、請務必斟酌幽默和輕浮的分界

考試是何等重大的事！有些學生在考卷裡滿不在乎地開些無聊且輕浮的玩笑，卻自以為俏皮，給人很壞的印象。譬如：提到外傭時，竟稱之為「黑鬼」、「黑奴」、「黑妞」等充滿歧視的字眼，或稱呼自己的爸爸為「我們家的那個老頭」便顯得輕佻無禮，給人沒有教養的印象。

八、應盡量避免一些陳腔濫調

譬如：

1. 廢話贅句盡量避免。如「人人都喜歡追求快樂，當然我也不例外。」甚至演變成：「每一個人都有父母，當然我也不例外。」的讓人啼笑皆非的句子，下筆之前，都請三思。

2. 不要動輒跟人攀親帶故或用呼籲語詞：譬如「朋友！讓我們一起來努力吧！」或「親愛的朋友！難道你不想要有一個美好的家園嗎？」

3. 倒裝句的使用請謹慎。譬如：「大家都應該注重環保議題，不是嗎？」或：「我們都希望國家強盛的，不是嗎？」等而下之變成：「誰會不喜歡可愛的孩子，不是嗎？」的雙重否定句，像是翻譯過來的句子，看起來相當滑稽。

九、不要過度仰賴成語

適度使用成語，可以達到言簡意賅的效果；但過度仰賴成語，往往會失去新意，缺乏吸引力。所謂「創作」，貴在創意，創意可以見諸結構、內容、精神、思想……，語言當然也是其中重要的一環。

十、盡量以故事譬喻，莫要強行說理

說理需要較多的經驗或知識撐起格局，年紀較輕者，缺乏人生閱歷，很難說出不同的創見，如果只是人云亦云，或重複書上的說法，就失去寫作的意義。所以，平常請多注意周遭環境，多閱讀，並培養深思好學的習慣，才能建構深刻的思想。否則，寧可以小故事來凸顯大道理，才不致引人生厭。

十一、平常多觀察世態人情，說故事時才會生動

故事的情節，需要合乎情理，不要危言聳聽，或意圖以死亡或撞車等戲劇慣用驚悚情節取勝。故事人物若要栩栩如生，對白的傳神是其中的竅門。而有一些合理或活潑對白的加入，或許可以稀釋版面的濃稠，帶來閱讀文章的愉悅感，也是一個不錯的選擇。

十二、請勿因循補習班的陳套，隨意牽扯

補習班會提供考生背熟幾套以蘇東坡或屈原的遭際為主題且看似充滿哲理、文采又美麗的套式，傳授勾連方式，無論何種題目出來，以不變應萬變，胡亂牽扯。既是補習出來的，追隨者必

多，很快便會在閱卷場合中被識破，這種現象，相當不可取。非但談不上創意，甚至惹人討厭。

十三、真誠的心意容易感動人

現今考場作文猶如說謊競技場，講實話翻為上策。在一片虛假的厭套裡，誠懇最容易被看見。

十四、切記不得在考卷上以任何方式透露自身的姓名

就算是虛構小說裡的對白或散文裡的真實稱呼都在嚴禁之列，否則以零分計算。

第四輯

文字流動

文學與生命養成經驗

開窗放入大江來

● 我是如何學習悅讀、樂學、勤寫 ●

書本成了她和寂寞握手言和的仲介

要看銀山拍天浪，開窗放入大江來。

——宋曾公亮〈宿甘露寺僧舍〉

十五歲進入婚姻，十六歲初為人母，母親在大家庭裡，侍奉公婆、丈夫，教養九個子女，在刻苦、混亂，堪稱極其艱難的少婦生涯裡，端賴坐落街市角落一家租書店裡的言情小說排遣委屈與壓抑。尚未學會作個女人，已然成為人母，年紀小，尚且來不及從娘家萃取足夠養分，母親所有的人際應對，悉數從哀感頑豔的中、外小說裡借鏡、取法，幾十年來，抓緊時間，在生活的隙縫裡閱讀，習染言情小說的誇飾、虛構手法，母親膨脹現實裡的小奸、小詐為深冤、大恨；放大生活中的小歡、小樂為巨喜、狂歡，八十餘歲了，仍然黑白篤定、愛憎分明，全然沒得商量。文學的感染力，穿透時光，浸浸乎直探生命底層，為人生設色定調，而母親自己當然是渾然不覺的。

那樣的年代，沒有電視、沒有電腦，戒嚴的世界看似簡淨安穩，其實險巇難測、暗潮洶湧；小我的苦悶也膠著難解、波瀾漸興。一個小小的、寂寞的女孩兒，自轉學到城裡後，一腳踩空，便掉入舊雨新知眾叛親離的窘境，原本只能躲在閣樓窗簾後，和路上指天畫地、自言自語行走的瘋婦遙遙招手，進行自認的通關密語對話遊戲，而因為街角的那間租書店，自憐被同儕孤立的孩子，偷偷和母親搶看同一窗口；也以那小小的租書店為根據地，似懂非懂地鯨吞蠶食，書本成了她和寂寞握手言和的仲介。她開始看小說排遣孤獨並養成自言自語、自編故事給自己聽的習慣。租書店為母親開啟了一扇對外的窗口，可惜那扇固定的窗口，視野局限，景致不夠精彩，走不遠、飛不高的母親，終於沒能看到銀山拍天浪的壯闊蒼茫。而小女孩兒循著這扇窗口，一路往外迤邐前行，不只見識了海深浪闊，在風雨陰晴的日子裡，還看見「漠漠水田飛白鷺，陰陰夏木囀黃鸝」，看見「落木千山天遠大，澄江一道月分明」，更看見「疏影橫斜水清淺，暗香浮動月黃昏」的絕妙景觀。

或者應該還可以更往前溯。

天這麼黑，風這麼大，爸爸捕魚去，為甚麼還不回家？聽狂風怒號，真叫我心裡害怕。爸呀！爸呀！我們多麼牽掛！只要你平安回家，就算是空船也罷。

國語課本上，天黑風大猶然不能回家的爸爸，讓三年級的她，每每在天色將暗之際，便無端升起憂懼，在颱風夜裡為了遠方不知哪個孩子的漁夫父親輾轉不能成眠；從沒見過海峽的她，因為「海峽的水，靜靜的流。上弦月啊月如勾！勾起了恨，勾起了仇」。而萌生對海洋的嚮往和對彼岸的仇視，使得「買棹歸帆」成為五年級時的天真想望。不經意間，文學慢慢走進女孩的心底。

國、高中階段，因為一本《人間詞話》，她被精雕細琢的字句所收服，瘋狂迷戀起詩詞韻文。買不起課外書，向租書店裡找，租書店裡沒有的，站在台中中央書局裡抄。往往一站便是整個黃昏，像貪婪飢渴的孩子，狂抄、記誦，不管數學、地理或公民的課本上，文本的周邊，全填滿柳周詞、雙李（李商隱、李賀）詩，當然沒有遺漏當年最膾炙人口的泰戈爾。慘綠的歲月中，眼光總是搜尋著幾近病態的華麗悲傷，《紅樓夢》看了又看，專挑寶、釵、黛三角戀愛部分，不斷反芻悲壯。

文學養成原來旨在開發情意，培養多元解讀人生的能力

但行刻薄人皆怨，能布恩施虎亦親。
——明馮夢龍《醒世恆言．卷五》

她試著用文學來抵抗寂寞，並不代表閱讀就可以讓她心滿意足。心底的那個大窟窿，空空的，無時無刻不提醒著她的形單影隻。胡適的一句話在絕望之際映入眼底：「獅子和老虎向來都是獨來獨往的，只有狐狸跟狗才聯群結黨。」她若有所悟，人緣差，竟得了「獨一無二」的新詮，她因之感到短暫安慰，卻納悶到底在何時、為何故，成了人人避之唯恐不及的老虎、獅子！如果可以選擇，她情願加入狐狸或狗的行列，和他們成群結隊。一日午後，無意中讀到唐人變形小說〈李徵〉，寫博學善屬文的書生，生性疏逸，恃才傲物，平常和友朋飲酒，常口出狂言，所以僚佐都很嫉恨他。忽然在一個夜晚，被疾發狂，不知所終。其後，才被發現居然變形為一隻老虎。雖然「念妻孥、思朋友」，卻自慚形穢，怯於和前往述職的朋友相見。讀到李徵臨走吩咐友人：家人若問消息，「但云我已死，無言今日事。」她忽然心情大慟，淚流滿面。雖然只是一則虛構的志怪傳奇，卻狠狠地在心上一擊！這則故事像度人的金針，為她開示了虎性傷人的前因後果，而她，終於不

再只是傷心束手。因為一則奇幻故事，她決心追根究柢，窮究「我見青山多嫵媚，料青山見我應如是」的處世哲學，期盼有朝一日能因篤行「得饒人處且饒人」的信條，終達「能布恩施虎亦親」的境界。莊子以為道在螻蟻、在稊稗、在瓦甓、在屎溺，文學正是道的另種變貌，它無所不在，端看是否和生命的經驗相契合、起共鳴。這一刻，她隱約省悟幾年來的文學養成原來旨在開發情意，培養多元解讀人生的能力，為自己找尋一條路、一個說法，它絕不只是區區「聽說讀寫」而已。

閱讀原來不只是「翻閱」而已，還得靠高聲「朗讀」！

樹影興餘侵枕簟，荷香坐久著衣巾。

——唐方幹〈睦州呂郎中郡中環溪亭〉

大三，她得了個機緣到文學雜誌社工作。每到月底，雜誌即將付梓前的好幾個黃昏，她總和主編據案面對面校對，就著昏黃的燈光，她細細地一句句誦讀著名家的作品，以便主編據以校勘。讀姚一葦談李商隱；看陳世驤論中西文學；唸琦君、王鼎鈞、許達然的精緻散文；朗誦余光中、楊牧密度、張力俱足的現代詩；姜貴的《桐柏山》開始連載了；顏元叔的西洋文學批評史也出場……一點一滴地，文字的節奏韻律在腦海逐漸形成自己的旋律，淪肌浹髓地股股滲透到心上、流露在筆端。幾年後，她終也自己提起筆來，才恍悟閱讀原來不只是「翻閱」而已，要想竟其全功，還得靠高聲「朗讀」！韻律感不只存在於詩，所有順暢的文章都具備優美的旋律，唸誦久了，潛移默化，掌握住其中的韻律感，形諸文字時，自然會隨著熟悉的節奏寫出順暢可讀的文章來。

多少年後，她還清楚記憶著那些個黃昏。王鼎鈞的〈最美的和最醜的〉，曲盡小宦官用最醜的手段維繫最美的信念的過程，曾經讓她多麼驚豔；為了一篇題為〈婚禮鞋〉的文章，又是如何邊唸邊涕淚淋漓、泣不成聲；還有當年迫不及待搶先閱讀田納西．威廉斯作品《慾望街車》及余阿勳翻譯的日本小說《草花》連載的熱切心情……年少時，對文學的癡迷，讓她在大學畢業後負隅頑抗，不惜退還母親在故鄉為她苦心孤詣求來的中學教師聘書，堅持留在和文學最為接近的出版前線，並轉進古典文學的鑽研。而這一留，便再也不曾離開。那種童稚時期劈頭直擊的心頭一點，慢慢引燃了星星的火花，終至在多年後開始燎原，一發不可收拾地延燒出六十餘本創作並作育英才三十七年。

文章哪需分古今，一切唯「精彩」是尚

不薄今人愛古人，清詞麗句必為鄰。

——杜甫〈戲為六絕句〉

求學過程裡，女孩的成績一向不甚理想，即便是喜愛的國文，也從未有過亮麗的成績。她視課文裡的忠君愛國思想為應付考試的虛辭詭辯；孔、孟被闔上的《中國文化基本教材》夾死在書本裡頭，《大學》、《中庸》，充其量只是無聊的制式教條！直到長了些年歲，才知是老師教死了經典，四書無端被聯考怪獸株連迫害。學習原是為了讓生活更容易，然而，短視近利的飣餖字句解說及無趣的作者生平強記，讓文學陷入死胡同，讓許多學生痛恨不已，立誓考完試後，立刻將文學碎屍萬段。

站上了大學講堂，在第一線上從事語文教育，當年那位冒著被活逮的危險，也堅持要在國文課上偷看卡夫卡、大仲馬甚至於梨華小說的女孩兒，終於了然語文教育一旦讓學生失了興味，光談上課時數或文言、白話比例都是白搭。當老師的，推窗放入了大江，天浪如何拍擊出銀山，得有本事將它說得虎虎生風。教授四書，得讓學生明瞭這些所謂的金科玉律究竟和他們有何關聯，又憑甚麼成就其經典地位；閱讀黃春明的《蘋果的滋味》，如可以讓學生順便看看王禎和的《嫁妝一牛車》，再比較一下林語堂的《唐人街》和老舍的《駱駝祥子》，文學的流變傳承就不言自喻。當老師的如果在語譯之外，還能將〈訪隱者不遇〉裡隱者飄忽的行蹤勾連上詩裡一反一正的結構；讀到膾炙人口的李白〈靜夜思〉，若知指陳空間結構的點、線、面、立體空間的巧妙變化；而王維〈渭城曲〉除了道別贈柳的意義外，若還能說明「客舍青青柳色新」的尖銳齒音所造成的音響上的刺痛感……文學剎那間便添了活力、增了華彩。老師的教學如果不再陳腐相因，如能自出新意，學生上課怎捨得打瞌睡？當老師的，如果能透過有效的引導、鼓勵，激發學生的想像，讓他們產生參與討論的成就感，學生怎會在進教室時灰心喪志！當老師的，若能將考試視為情意教育的延長，讓學生反思文學和生活的關聯，讓他們藉此看到文學與生活的雙重繁花盛景，並允許他們找到合適或另類的角度切入去詮解人生，學生又怎會視考試為畏途！

杜甫詩：「不薄今人愛古人，清詞麗句必為鄰。」說明了文章哪需分古今，一切唯「精彩」是尚。多麼期待清詞麗句所構築的文學作品，能成為人生行道上一勺解渴的清泉、一處乘涼的遮蔭，而永遠不再是糾纏學生的可怕夢魘。

答客問

閱讀與寫作心得

Q1：老師曾經面對無法下筆的命題寫作嗎？如果有，怎麼辦？

A1：現在文學副刊或雜誌，都傾向計畫編輯。作家也常被邀請就編輯所策畫的命題寫作。譬如：副刊邀約作家以居住地為題創作，或以六〇年代的所知所感書寫，這些也許都並不在你原先的寫作計畫中，但命題寫作往往格外具有挑戰性，因為它常溢出你熟悉的思維。譬如，一回，副刊邀約作家去金門一遊，玩得好開心，但回來得繳稿一篇，就曾讓我大傷腦筋。但因為平日勤於動腦，腦力時常激盪，倒也不致被難倒。陌生的題材尤其需要更多的思考，旅遊時當然得格外上心，加上勤查資料，後來也寫出一篇自己覺得還算滿意的文章。

當然，類似的命題作文跟學生的作文相比，是有較多思考時間的優勢。學生的作文比較像是古人的即席賦詩，短時間內必須寫出足夠的篇幅，但這也正是學校作文課練習的目標。尤其目前的國文科或國語文寫作的考題都偏長、偏重統整及思辨，就是要測試你是不是平日積累了見識，是不是常常眼看四面、耳聽八方，是不是訓練出說故事的能力，並有能力快速回應問題，歸納分析出一個說法。

Q2：老師提到寫作不是為老師寫的，是為自己。如果寫作的內容老師不喜歡，我們是要聽自己的聲音，還是要屈就分數？

A2：寫作是一種表達，理應說出心聲，或抒情、或說理、或記事，每一樣都該出自肺腑，容或手法不同，但為自己發聲，寫心裡所想是理所當然。老師喜歡或不喜歡你的作文，會呈現在分數上，確實讓人感到困擾。但我一直認為，分數只是一時的高低，絕不至於致命。文清字順是基本，老師的標準大體一致，愛憎常見於思想或寫作手法，但對自己誠實，是人生的重要課題。何況這位老師之所喜，也許是另一位老師之所憎，你怎知大考時你會遇到怎樣的評閱老師？但寫出自己誠懇的聲音，至少對得起自己，求得了心安。將來你會知道，人生一輩子不過求其心安罷了。

Q3：很喜歡您笑謔幽默的筆觸，讓閱讀充滿歡樂！我很好奇，您願意在作品中，開誠布公省視過往曾有的負面心結並坦承以對。您掙扎過嗎？如何克服心理障礙？或是如何設定停損點避免自己或筆下的人物受傷？

A3：散文寫作較諸其他文類更加貼近真實生活，下筆時，的確會面臨「吞」和「吐」的掙扎。我得承認我所受到的文學養成教育常在我手敲鍵盤時絮絮叨叨地耳提面命：要溫柔敦厚！所以，有些心事雖不吐不快，卻得硬生生吞下。然而，就算百般思量後才落筆，卻因人人停損點不同，你自認周全考量後的溫柔，可能仍是他人心上的一根刺，不經意間傷了人恐怕也在所難免吧，我猜想。

Q4：老師是否曾在過去聽過的講座或學習歷程裡，遇到啟發自己的人？

A4：就像你們一般大的時候，我在台中女中念書。一次朝會，國文老師劉克寬先生在禮堂開講，一如今天我在這裡跟你們演說。他用《人間詞話》裡揭櫫的人生三境界比擬讀書，裡頭所舉的詩詞，讓我目眩神移。在那之前，我迷電影、看小說，幾乎把中央書局的國內外小說都看遍，母親喜歡在租書店租書看，我也跟著偷看，但詩詞對我而言，尚屬未開發園地，我去中央書局找出《人間詞話》，把後方輯出的詩詞全背了，從此愛上詩詞，也開啟了我念中文系的想望。

Q5：今天在《聯合副刊》偶然看到廖玉蕙小姐的散文〈取藥的小窗口〉，感覺文章非常感人，也開始認識這位作家。

我有一點問題是有關散文寫作，不知是否可以請教廖小姐？對於散文中以「我」來寫作的內容，是不是完全都要是真實的描寫，或者為了文章效果，大部分的作家也會加入很多杜撰的部分以求戲劇效果？我這麼問並非要挑剔文章，只是因我感覺若自己要來寫的話，好像生活中也沒有很多可以寫成故事的題材，所以不知是不是自己應該練習發揮想像故事的能力？

另外，請問廖玉蕙老師，對散文故事化、族史化、或偏向一些晦澀的風格，有甚麼想法？以文學獎為例，或許是評審的愛好，也許是當代潮流，諸如散文小說化的傾向、散文與小說渾然不分的風氣等諸多疑惑，請老師斧正與賜答。謝謝。

A5：虛構與真實的問題常常是讀者的困惑，文學獎中，不時出現顛覆一般分類的得獎作品，這用專業術語來說叫做「出位」。類似的文類混雜現象，已成為現今寫作的常態，虛實相生的情況在所謂的「私小說」裡看得最分明；而你所說的「晦澀」，也許正是作者刻意「陌生化」的結果。

其實，我們不必強行用題材的虛構或真實來區分文類。即使以「我」來寫作的內容也未必絕對得求真。創作者之所以虛構出「我」，有時並非僅為了戲劇效果，大多時候，裡頭往往埋藏更複雜的寫作技法、行文習慣或情感因素，你若繼續耐心讀下去，便會了然其中的奧妙。

文學當然需要想像力，但如果你認真生活，時而抬頭看看天，偶而俛首想想人，會發現文學題材就在抬頭、俛首間。虛構也罷，真實也好，只要所使用的形式能將想表達的內容承載自如，或讓人閱讀過後，得到共鳴、啟發或提昇，我以為，這便是好的文學。至於它屬小說或散文，已無關閎旨了。

不過，話說回來，寫作跟許多行業其實同樣現實，名家不管寫出晦澀或平實作品，都自有評論者幫著找到堂皇的文學術語來詮解——或實驗性強、或反璞歸真。一流的作者一定是走在理論前方，所以，寫作者先得自立自強，努力走出屬於自己的路。君不見文學史上，不合格律的曲文可昂首抗辯：「不妨拗折天下人嗓子」；寫得通俗淺淡，也有人幫腔：旨在「老嫗能解」！

Q6

：據說傷害張愛玲最深的人不是胡蘭成，而是她的母親；從你的文章中，我也感受到你和母親之間的深谷幽壑。和你們一樣，我的母親也傷我甚深，年幼時我以為母親的多疑善變是基於她自小喪母又歷經流離之苦所致，所以對她因心疼而百依百順；及長，唯一的弟弟在她的寵溺之下，價值觀混淆不清，造成我們手足之間的嚴重疏離。

為了撫平內心的委屈和不滿，近年來我研讀佛經，漸漸走出心裡的陰霾。請問你，血源是切割不斷的關係，也是無法選擇的宿命，在自我修復的過程中，你除了用文字療癒傷痛，是否也曾求助宗教？在放開和放下的路上，要如何尋找出口？

A6：小時候，我老為細事挨打，莫名感受無依無靠；我不知道有恨，只覺自己可憐！人際疙疙瘩瘩，小小年紀無端興起「黃泉無客店，今夜宿誰家」的淒惶！幸而，接觸了文學，我拾起筆，回顧過往，整理爬梳，身心慢慢得到安頓，才放下執念，找到出口，開始學會憐惜。

母親十五歲結婚，十六歲為人母，隨即一肩扛起大家庭的所有生計。我老想起當她背著孩子勤做家事的年紀，我卻還成天在學校裡為著芝麻小事哭哭啼啼，難怪她要恨鐵不成鋼。而女孩還沒升格女人先就當了媽的她，大半輩子的人生都為著九個孩子操心、操勞。當我略有能力時，便偷偷立誓一定要讓母親在有生之年得到女兒最貼心的回報，以彌補她雖曾年少卻從未嘗過輕狂滋味的遺憾。而一直到母親仙逝已然三年的今天，我猶然自責做得不夠好。

雖然我亦知宗教常具驚人療效，也深深為你找到療癒良方而慶幸，但我沒有求助宗教，我選擇向文字靠攏。

Q7：妳的文章寫得極好，凡在《聯副》發表的，我都仔細欣賞過，相當欽佩。

我有一個問題：現在很多大學畢業生，不但不能寫出好的文章，甚至寫一封信也白字連篇。原因何在？請見示。

A7：白字連篇的問題確實嚴重，這跟教育當局的不在意，及學習分散有很大關聯。考試裡，錯字連篇的作文依然可以得滿級分；很多考生連不會寫的字都不肯用腦筋想想替換字，而隨意用注音取代，甚或乾脆任其空白，就因為規定只是「酌予扣分」，閱卷老師常常沒有當真。在這種情況下，錯別字成為常態也就不足為奇。

至於不能寫出好文章的問題，我倒是不敢驟下定論。我們常常以五十歲的成熟去取笑十八歲的天真、遺忘了我們也曾少不更事。你能肯定我們當年的文章就寫得比現在的學生好嗎？我在課堂上時常為學生的表現驚豔！他們的創意十足，活潑生猛，勇於表達，這在在都比我強。其實，在我們那個年代也不乏辭不達意的文章，也許因為年深月久，都被歲月給美化了亦未可知啊！

Q8

：曾於《聯合報．四版．名人堂》專欄拜讀大作〈喧賓奪主的錯別字〉一文，除了引發共鳴外，感觸尤深，對時下連政府、學校、社團……等舉辦活動，也都「順應時代潮流」猛搞所謂「創意」，例如日本人最愛使用的「××祭」，我們也模仿著用，動不動都用「祭」，「周年紀念」與「週年紀念」不分，大辣辣的掛在政府機關禮堂上，甚至大投年輕人之口味跟著「夯」來「夯」去的，真不知十幾二十年後的人如何看懂此時的文章、標語、活動名稱等等？

在下建議由廖教授帶頭推動我國第二次文藝復興運動，喚醒傳統文化精神，注入文藝革新生命，有您登高一呼，應可帶動風潮，避免我國博大精深的文化繼續受到以邪代正的錯別字日漸侵蝕。

A8

：你真是個憂國憂民的熱血漢子！我一向笑稱自己長於「應召」，拙於領導，哪有能耐擔當文藝復興的重責大任！不過，話說回來，一項風潮的造成，通常是經年累月的堆積，要扭轉以訛亂真的錯別字現象，恐怕也不是一蹴可幾的。幸而已有許多像你一樣的有識之士憂心地登高呼籲，看來社會已經普遍有所警覺，只盼為人師者，能不辭辛勞，勤加導正；掌握決策的官員能做出正確的決策，設法杜絕歪風，讓文字回歸正道。如此上下一心，我就不信喚它不回！

生命關懷

Q1：老師談到年少時和母親無法溝通，後來有想到用甚麼樣的方法向母親靠近嗎？

A1：所有的溝通都不能只想到自己，這是一種相互靠近的練習。通常溝通的時候，每個人都急於表述自己的理由，比較少去傾聽對方的聲音，也比較忽略去肯定對方，自然溝而不通。譬如我們那個年代的母親多半重男輕女，在財產的分配上尤其如此；如果我們只用民法的新規定的男女平權來譏嘲老一輩的落伍，老人家必然拿傳統男人傳承祖先姓氏及牌位的傳宗接代大旗來捍衛。

相互靠近可以用退一進二的方式。退一就是自己退一步，讓母親先進一步。先從自我釋出善意、卸下母親的心防，再進兩步婉轉提出自己的想法。譬如：先給母親貼上一張進步新潮的標籤，肯定她平日是非常跟得上潮流的人，再請她仔細從具體事證上，想一想家裡姊妹在家事或經濟上的貢獻與孝行，再輔以民法的規範，便容易達成觀念上的改變。畢竟誰都不願意自己變成頑固分子。這也是遊說的要訣，溫柔設想世代差異轉換之不易，願意先跟對方站到同一邊。時日一久，他們終會明白活著的親人之間的相互對待，其重要性終究遠超過對逝者的款待，歡快地活著比傳統的綑綁更具體實際。

Q2：老師說過自己年輕的時候想要當歌仔戲演員，老師覺得自己完成了年少的夢想了嗎？

A2：我小三時寫了想當歌仔戲演員的志願，被老師寫了評語：「不登大雅之堂，重寫！」上一句不懂是何意思，下一句倒是清楚明白。後來重寫為當科學家的志願，作文被張貼在教室後方的布告欄當示範，畫滿圈圈的高分文章，好長一段時間讓我誤以為作文原來是說謊競賽。

後來，我走上學術之路，在大學的殿堂教戲曲、影劇，跟我童年想當歌仔戲演員的志願相較，雖不中亦不遠矣。我站上講台說戲曲、電影，唱作一如伶人的表演，只是舞台換成了講台，上一堂課其實也像表演了一齣戲，內容要動人，表達要細膩風趣，不能讓繳了學費的學生打瞌睡，就像不能讓買票進場的觀眾失望一樣。

Q3：我很喜歡戲劇，對戲劇很著迷。可否請教老師教的戲曲課是甚麼樣的內容？

A3：我教「戲曲」，也教「電影與人生」，有古典，也有現代。我的一位高足跟你一樣喜歡戲劇。她很明確知道自己的目標，一年，白先勇先生應我之邀，到世新擔任駐校作家。白老師正大力推廣崑曲，這位洪同學跟幾位同學趁勢成立了崑曲社，找老師教戲。她在大學就開始認真發表戲曲論文，常在夜裡跟我討論；她不只在學術上用力甚勤，甚至在舞台表演上花許多功夫。在念中央大學中文所時，還曾因為到水磨曲集去學表演借宿台北的我家。在師大念博班時，也邊寫論文邊學習京戲、歌仔戲。她朝著自己的目標一步一步穩穩地前進，如今已進到大學殿堂當老師。你喜歡戲曲，可以拿她當榜樣。她有醇厚的學養，加上能在實務上開嗓唱戲，課堂上就比她的老師——我更具魅力，我退休了，她上來，時代就是這樣進步的。

Q4：老師彷彿給予孩子最大的自由，可不可以談一談老師的教養觀？

A4：我不是個嚴格的母親，只喜歡跟孩子分享所有生活中的悲歡。我很不擅長教訓，也不相信教訓的功能，但我篤信無言的身教。你希望教出怎樣的小孩，你得先是那樣的人。我只盼望自己在孩子受挫時，能提供一個肩膀讓他倚著哭泣；在他開心時，跟他一起歡喜分享。顛覆我母親對我的鞭打教養方式，我希望他們快樂過日子，不要懷抱不安。

Q5：老師曾經在生活中遇到甚麼樣難解的困境嗎？妳當時是如何面對或解決？

A5：人生遭遇逆境是常事，當時覺得異常絕望也是真的，但幾年後回首，大多能怡然笑談。譬如：當年我進軍校教書，遭遇諸多不合理對待。我努力寫論文、認真教書，因為略有文名，不停幫學校做額外的服務，寫這、寫那的，但升等老等不到「占缺」的門票，真是憤怒異常。後來，學校長官或許也感受到我的委屈，特准我不必占缺，先拿論文去教育部升等。升等很快成功，但在學校依然拿講師薪水近二年，我常戲稱我是台灣最資深的講師，講師一當十三年，不是因為我的能力不足，是因為我的關係不夠；我氣憤之餘，轉念繼續考試進修，拿到博士學位，人生因此由黑白逐漸轉為彩色。這種長期的鬱悶，經過一轉念後，變成鞭策的力量，我由是知道「坐困愁城」不是辦法，設法找到天光雲影才是重要。我利用不公不義的委屈，轉換成帶職進修的前行優惠。

Q6：今早在早餐店翻閱報紙，看到大作，趕快去Seven買一份收藏。您的筆觸「溫柔又詼諧」（聯副語），卻如此真實地寫出了我這個年紀的人的心情。我也是從「醫生館」年月走過來的，您對醫生那嚴肅又專業的描述，躍然紙上。當年富家子弟的上下學三輪車、蘋果，又勾起小時候那份羨慕的心情。您母親的訓示，不就是踏踏實實的台灣老百姓的做人方針嗎？

總之，您的大作是我必要的收藏，謝謝您。在當下普遍一堆文字垃圾中，您的文章是永不褪色的珍寶。

A6：我的母親過世已然三年有餘，三年多來，我念茲在茲的，就是設法用文字將她留下。她沒有接受多少正規教育，卻一輩子在廣闊的社會大學裡換氣、泅泳，靈活地學會用最優雅的姿勢下水……她嚴以律己，寬以待人，對家人非常嚴格，卻是眾口交讚的熱情親友。她一生最重視的是名聲，最勉力經營的是人際。這的確是台灣老百姓一向自我砥勵的美德，我受其薰陶，也有心徹底篤行庭訓，卻自覺心餘力絀，難以望其項背。

真的很謝謝你對拙作的溢美！但台灣的文學園地絕非如你所說「普遍一堆文字垃圾」，許多有才華的文字工作者都孜孜矻矻埋首其間，半點不敢馬虎，只待如你一般的有心人細細品嘗並不吝給予鼓勵！

Q7：我是您台中附小「同學」。很意外吧！我看了您文章十多年，當然知道您，因您是學校「才女名人」。哈！一笑。

但是今天看完您的文章，五十年前事，歷歷在目。如您所云：附小同學家長個個是台中大醫生啊！如您所知，我們班上就有童綜合醫院公主、仁愛醫院廖公子、蕭醫院（東平戲院）、澄清醫院、木瓜大王（醫院）、張啟仲醫生／市長……的同學，所以忍不住提筆，打擾了！

竭誠歡迎您到舍下敘舊一遊，定能給您更多寫作靈感，無限榮幸！祝好！

A7：從轉學台中師範附小的第一天起，我就熱切期盼能融入都市的環境與人情中，卻似乎總是格格不入。對友善邀約的強烈渴慕，使我的幼年生活翻轉出畸形的敏感與混亂。愛哭、善妒，眼裡除了淚就是滿溢的憂懼。你一定無法想像小學畢業那天，我是多麼歡快！奔向台中自由路的女中時，內心撲撲欲飛，以為從此得到釋放與自由。誰知鬱結的心事依舊且一路纏綿，直至北上讀書，邂逅了文學，有機緣藉著文字重新檢視過往、反芻難解的心事並密密尋春，痛才止，傷口才慢慢癒合，其中冷暖，真是一言難盡。

呵呵！這個邀請雖然遲來了五十年，我仍舊心懷感激。

Q8：您在許多作品中描寫的編輯生活令我十分嚮往，請問：1.成為好編輯的必備條件是甚麼？2.對於想要擔任編輯的年輕人有甚麼話要說？

A8：我對年輕時被網羅進編輯圈，至今仍心懷感激，它堪稱是我前進文壇的跳板，在跳板上，我看遍了各種跳水姿態，知道優美的彈跳俯衝需要經歷多少的訓練才不會在水面上激起過多的水花。我在那兒觀察、暖身，和作家聯繫，讀了許多美好及不甚美好的作品。忽然，在某一天不自覺也縱身一跳——寫了起來。

至於當編輯的條件跟所有行業一樣，都需熱愛所從事的工作，除了當它是生活之資的來源外，且努力從中取得讓生活更加美好的所有營養，並由此感受到快樂。常常有人戲稱編輯是「為她人做嫁衣裳」！嫁衣裳可非比尋常，得縫製裁剪得當，才能把新嫁娘妝點得細緻可人。常常，嫁衣裳做久了，免不了萌生當新娘的渴望，君不見台灣報章雜誌的編輯多是允文允武之士，本身幾乎個個都是優秀的寫手。嚴格說來，那可不是一個易闖的叢林，你的先備知識必須豐富，能識別文學的真善美，還要有良好的應對進退，當然裁剪衣服時的細心、耐力就更不在話下了！

Q9：我曾看過廖老師的作品〈諸葛亮的同學〉，感觸良多。請問世間真有如此好的先生嗎？請問這種先生的星座是甚麼？請問廖老師對婚姻的看法是甚麼？

A9：寫作可以看出生活方式的揀選，樂觀的人，回想起的多半是歡樂，悲觀的人卻一逕記憶著殘缺。因為喜歡自在度日，所以，寫作題材一逕歡喜，那是我的生活哲學。

世間好男人跟好女人一樣多，〈諸葛亮的同學〉中的好先生也到處都有，星座不定，端賴你是不是獨具慧眼，能忽略瑣碎、無聊及陰鬱，常常設法看到燦爛的陽光。至於對婚姻的看法，我沒有撇步，只確知老花眼幫了我很大的忙！我成天忙著找眼鏡，根本來不及戴上它，所以，從來看不清另一半的臉上是否已然長了黑瘢。

推薦閱讀

青春小說選

吳岱穎、凌性傑　編著

本篇收錄林育德、楊富閔、葛亮、張耀升、胡淑雯、賴香吟、郭強生、嚴歌苓、李昂、史鐵生、鄭清文、翁鬧十二位作家之代表作，每一篇小說背後，暗藏作者的心靈映象，也負載了時代的縮影。這十二篇作品涵蓋了性別議題、職涯探索、多元文化等面向，亦可藉由小說文本展開討論，加深對自我的理解。

青春散文選

吳岱穎、凌性傑　編著

本書精選三十位當代名家及高中散文獎得主作品，希望學生透過大量閱讀不同類型的現代散文，重新取回深度閱讀文學作品的能力。每篇作品均有兩位作者的深入解析，或者針對文章作法，或者揭露創作意圖，或者提示文學觀念、觸發不同的思考。不同於課堂上制式的閱讀，而是試圖以更輕鬆多元的方式，帶領讀者找回對文學的喜愛。

遇見虎靈的女孩

泰・凱勒　著／王儀筠　譯

莉莉總覺得自己很膽小，不受重視又不被看見，就像個「隱形女孩」，但當老虎出現在她眼前，當危險逼近而親人垂危，無畏的靈魂開始翻騰，她決定成為一名追捕虎靈的獵人。新銳作家泰・凱勒以全新角度爬梳韓國民間故事，並在字裡行間放下愛與希望，在寫實中融入傳說與魔法，細膩描繪在人生旅途中經歷種種苦難與掙扎之後，仍選擇用歡笑與愛豐富人生的人們。

沒有勇氣的一週

鄭恩淑　著／梁如幸　譯

和平國中二年四班的朴勇氣，在學校前的便利商店前出了車禍，然而這並非是場單純的意外！班導師說了，三位霸凌者正是這起意外的真兇。其中兩位是誰，大家心中自有答案，但怎麼會有第三人？曾經對不起勇氣的事情一一浮現眾人心中，難道第三位霸凌者正是自己？只有一週的時間可以自首，然而坦白就無罪了嗎？

而勇氣不在後，下一個又會是誰？

長腳的房子

蘇菲・安德森　著／洪毓徽　譯

十二歲的瑪琳卡夢想擁有平凡的生活，可偏偏她的祖母是芭芭雅嘎，亡靈的守護者，加上她們住的房子長了一雙雞腳，究竟前方等著她的，會是什麼樣的旅程？英國新銳童書作家蘇菲・安德森從小就受到斯拉夫童話的薰陶，透過優美的文筆，她改寫了芭芭雅嘎這個既殘忍又慈祥的女巫角色，讓她成為引導亡靈向世界告別的智者。同時，安德森也希望藉由這個故事，來探討世人對於死亡的恐懼。

我在你身邊

喜多川泰　著／緋華璃　譯

討厭念書、非常在意別人怎麼想，每天都過得戰戰兢兢的隼人。升上國中課業壓力變大，又因為一些小事受到朋友孤立。有一天，隼人回到自己的房間，發現一個沒看過的龐然大物，那是「怪人」父親因長期出差，特別留給他的機器人「柚子」。史上最醜萌的人工智慧「柚子」，會為隼人的生活帶來什麼變化？青春接踵而來的疑惑，擁有萬千知識的機器人，給出唯一的解答是……？

台灣現代文選新詩卷

向陽　編著

詩不只是語言的凝鍊、靈感的揮灑，也是意識的宣揚、社會文化的鑑照。本書以台灣新詩發展的導覽輿圖為經，百年來詩人的作品為緯，輔以深入的賞析與解讀，凸顯出台灣新詩發展的繁複根源，以及詩人風格的多樣表現。本書不只是當代台灣新詩文本的呈現，也是一本有意藉詩再現台灣歷史與社會形貌的詩選。

台灣現代文選小說卷

林黛嫚　編著

本篇收錄賴和、王禎和、黃凡、駱以軍等老、中、青三代共十六位名家之代表作品，以時間為線索，依作者生年排列，呈現百年來台灣小說演變之樣貌。林黛嫚女士曾任《中央日報副刊》主編，亦為文壇寫作好手，以其閱文無數及實際寫作經驗，相信由其主編之《台灣現代文選小說卷》定能為讀者開啟全新的文學視野。

喜歡，是一粒種籽

韓秀　著

全書以種籽生長歷程為發想，從首章開始，介紹台灣作家、作品，在這塊土地落地生根。第二章以文學側寫歷史。第三章介紹海外優良讀物。最後一章則為眾作家對文學之光的永恆追求，對閱讀、寫作、出版的熱愛。翻開本書，便如同種籽的信仰，讓這些美好的文字在心裡向下深生、讓自身向上茂長，而生命終將吐露芬芳，綻放一個春季的燦爛。

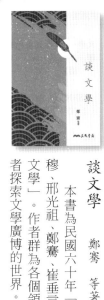

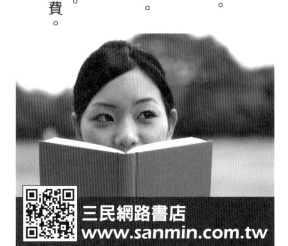